春陽文庫

恋紅

皆川博子

目次

恋紅

くるわ炎上

十月の川風が八ツ口から胸もとにしのびこむ。冷やりと肌《はだ》を撫《な》でられ、ゆうは身をすくめた。

掛け小屋の呼び込み、覗《のぞ》きからくりの口上が、入り乱れてゆうの耳を襲う。夏場は大山参りの講中が水垢離《みずごり》をとるところから垢離場《こりば》と呼ばれる東両国回向院《えこういん》前の広場は、冬のくもり空の下でも、見世物の掛け小屋、大道芸、おでこ芝居などに人が群らがっている。木でも金《かね》でも耳かきが一文、両国名物寄せ饅頭《まんじゆう》、こうばしい飴《あめ》こうばしい飴と物売りが呼び歩く。

その猥雑《わいざつ》な賑《にぎ》わいの底に、ひとすじ、琵琶《びわ》の音を、ゆうは聴いた。

……能登《のと》の前司《ぜんじ》教経《のりつね》は矢だね尽き、いまは最期《さいご》と思われければ……

この場所にそぐわぬ奥深い音色と、それにあわせて吟じる野太い声は、ゆうをぞくっとさせた。数えで九つのゆうは、水面にただよう芥屑《ごみくず》の隙間《すきま》から、永劫《えいごう》の闇《やみ》のむこうの深淵《しんえん》を垣間見《かいまみ》せられたような、そんな感覚を言葉で言いあらわすことはできなかったのだが。

連れのおふくの袂《たもと》のはしを握り、爪先《つまさき》立ってのびあがってみたが、見えるのは行きかう人々の背と、その頭の上にのぞく目をそむけたくなるような絵看板ばかりであった。

……おのれら死出《しで》の山の供せよとて、生年二十六にてついに海へぞ入り給《たま》う。新中納言《しんちゅうなごん》これを見て……

ここもと御目に替わりますれば、と、近くの見世物小屋の口上がひときわ声をはりあげ、どこからきこえるとも知れぬ琵琶歌は、一瞬かき消された。これをお名残りに一切りの入れ替えとあいなりまする。先さまお代わりお代わり。散らし太鼓がひびく。その切れ間に、

今は見るべきことは見はてつ……

琵琶の弾吟がふたたび耳を打った。そのとき、

あれ、いやだよ、この子どこの子。

袖《そで》をつかんだ手を、邪慳《じゃけん》に払われた。

そのまま立ち去ってゆく女のあとを追いかけて顔を見上げると、おふくではない。目《め》

晦《くら》ましにあったようで、ゆうは思わず立ちすくんだ。吉原から東両国までほぼ一里、連れがあれば、ゆうの足でも吉原まで歩いて帰れない道のりではないが、一人では心もとない。垢離場に着いてすぐ、おふくに餅《もち》を買ってもらって食べたけれど、そろそろ空腹になってきてもいる。

盛り場で迷子になると怖い男につかまって怖いところに売りとばされる、と耳にすることがあるのだが、その怖いところの一つに遊女屋もふくまれていると、ゆうはだれから教えられたともなく知っており、そのことを思いうかべるたびに何か奇妙な思いがする。ゆうの父は、吉原の半籬《はんまがき》『笹屋《ささや》』の楼主であった。

やてかんせ、やてかんせ、と大道に立って三味線を弾く女が、通行人に銭を投げろとせびっている。投げ銭を撥《ばち》で受けとめるとき、大きく割れた裾《すそ》がきわどく内股《うちもも》をのぞかせる。傾いた陽《ひ》に糸のようにのびた女の影は、土にはりついて踊る。小屋にも大道にも、見る者と見られる者がいた。見られる者たちは、痛切な哀《かな》しみと見る者への憎しみを眼《め》のうちにひそめているように、ゆうには感じられる。のど首だけ白く塗り、顔は陽《ひ》灼《や》けがしみついて渋紙色のやてかんせの女は、風に吹きさらされながら汗ばんでいた。

しょうことなしに、ゆうは歩きまわる。人の数が、見えない手で間引かれるように、少しずつ減ってゆく。あら、いたわしやな姉御さまは、つし王どのにすがりつき、と覗きからくりが拍子《ひょうし》をとりながら口上をのべる声も嗄《しわが》れてきている。客の入りが悪いのであきらめたのか、葭簀《よしず》や垂れ筵《むしろ》をとりはずし、たたみはじめた小屋もある。

この日、ゆうは内所（楼主の家族の居室）にとじこもっていたところを、父に言いふくめられた通い髪結いのおふくに誘い出されたのだった。どこへ行くとも言わず、おふくはゆうを舟に乗せた。吉原通いの客がよく利用する船宿の舟であった。川下りは、いっとき、ゆうの気をまぎらわせはしたが、初めて連れてこられた垢離場の、そこに並ぶ見世物小屋の絵看板は、ゆうをいっそう淋《さび》しくさせるものばかりであった。

廓《くるわ》のなかに、河岸《かし》と呼ばれる怖《おそ》ろしい場所があることをゆうが知ったのは、いつごろだったろうか。その名前だけは、物心つかぬうちから耳にしていたように思う。東西三町、南北二町、二万七百六十坪の吉原は、四方を板塀《いたべい》でかこわれ、その外を更に、幅約三間の下水堀《ぼり》、通称おはぐろどぶがとりかこむ。常の出入り口は北の大門《おおもん》ただ一つである。ほかに非常の際の出入り口が九箇所あるが、ふだんは刎《は》ね橋をあげて通れないようにしてある。このおはぐろどぶに沿った塀を背に切見世の並ぶ一帯が、『河岸』であった。

浄念河岸とも呼ばれる西河岸の切見世は、掟《おきて》にそむいたり楼主に迷惑をかけたりした遊女が懲罰として売られる場所なのだと、ゆうは薄々きいていた。そこは、ゆうが足を向けることを父に厳しく禁じられた場所でもあった。

ゆうは、昨日、そこへ行ったのである。薄雲《うすぐも》に会うためであった。

つい半年ほど前までは笹屋で全盛の花魁《おいらん》の一人だった薄雲は、上背があり、きりっとした顔立ちで、勝気で意地が強いが、ゆうにはやさしく、客からもらった菓子をわけてくれたり、暇なときは二階の座敷に呼び入れて、いっしょに手毬《てまり》をついたり双六《すごろく》で遊んだりしてくれた。稼《かせ》ぎのいい花魁は、座敷持ちといって、客の相手をする座敷と私室、二部屋を与えられる。薄雲の部屋は、金蒔絵《きんまきえ》の簞笥《たんす》や長持などが飾られ、ゆうは、大名の奥方の部屋というのは、きっとこんなふうなのだろうと思っていた。その薄雲がふいに姿を消したのは、この春のことだった。身請けされたのだと母は言ったが、実は足抜けをしようとしてつかまり、西河岸に売られたのだと、下女が耳打ちしてゆうに教えた。

同じ日の昼、ゆうはもう一つ禁をおかし、父と母にきびしく叱責《しっせき》されている。昼見世がはじまる前であった。新造《しんぞ》や禿《かむろ》たちが台所につづく板の間で朝とも昼ともつかぬおそい食事をとっている。そのとき、ゆうは禿のたよりが隅《すみ》の方で、ひとり何も食べずにうつむいているのに気づいた。たよりはどうしたのかい、と訊《き》くと、台の物に遣手《やりて》より先に手をつけたので、叱《しか》られて、おまんま抜きなのだと、朋輩《ほうばい》の禿が告げた。

七つ八つで買われてきて、花魁の身のまわりの用事をしながら、ゆくゆくは遊女として客をとるために必要なことを仕込まれる禿は、座敷に出るときはきれいな着物や花簪《かんざし》で飾りたてられるけれど、客の目のない陰では、何かというと罰を受け、食事を抜かれたり叩《たた》かれたりする。その泣き声は、しじゅう、ゆうの耳を刺す。

食事が終わった後で、ゆうはたよりをこっそり内所に呼び、菓子をわけてやった。そのために、たよりはいっそうひどい罰を受けることになってしまった。もらった菓子を、たよりは無邪気に仲間にみせびらかし、そのことを遣手に告げ口されたのだ。物差で叩かれて泣き叫ぶたよりの声が、ゆうが慄《ふる》えながらじっと坐《すわ》っている内所にまできこえた。そうして、ゆうは、かってなことをしてはいけないと、父と母から厳しく叱責された。

二度とおせっかいなことをするんじゃないよ。甲高《かんだか》い母の声を背に聞きながら、ゆうは涙をにじませ、裏口から外に出た。まともに吹きつけてくる木枯しに、おはぐろどぶの饐《す》えたにおいが混る。母の口叱言《こごと》はしじゅうだが、父はいつも寛大だったので、その父に咎《とが》められたことも、ゆうを悲しくさせていた。薄雲に会いに行ってみようと、そのときふと思いついた。薄雲が足抜きをしたときいたとき、ゆうは、何だか裏切られたような淋しい気がしたものだけれど、姉さんにもきっと、たまらなくいやなことがあったのにちがいないと思えてきた。薄雲姉さんに話したら、お嬢さんは悪かァありいせんよと慰めてくれそうな気がする。

河岸までほんの二町（約二百メートル）足らずだが、はじめてのことなので、ずいぶん歩きでがあるように感じた。仲之町の通りも、人影はまだ少なく、馬糞《ばふん》まじりの埃《ほこり》を風がまきあげる。右に折れて京町一丁目に入ると、半籬や小見世は昼見世をはるころあいで、格子《こうし》のむこうに、裲襠《しかけ》がゆらめいていた。客はほとんど通らない。廓のにぎわいは、陽が落ちるころからはじまる。

京町を通りぬけると、河岸に出る。間口四尺五寸、長屋作りの切見世が並ぶ前で、ゆうは足がすくんだ。客が通ったらひっぱりこもうと待ちかまえている女たちは、瘡《かさ》だらけの鉛色の肌を濃い白粉《おしろい》で塗りつぶし、額がぬけあがった四十がらみのものまで混っている。着飾った花魁衆しか知らなかったゆうの目に、ここの女たちは、地獄絵からぬけ出してきたかのようにうつった。西北の烈風が、この場所ではことさら荒々しい。怖くなって帰ろうとしたとき、女の一人と眼があった。姉さん、と言いかけ、ゆうは口ごもった。薄雲は、死んだ魚のような目でゆうを見た。おずおずと近寄ろうとすると、

「見世の前に立たないどくれ。邪魔だよ」とげとげしく薄雲は言った。

たった半年で、あたしの顔を忘れてしまったのだろうか。あたい、笹屋の……と言いかけるゆうに、薄雲は大またに見世の外に出てくると、どきなよ、と、いきなり馬糞をつかんで投げつけた。通りかかった遊び人風の男が、子供に何をするんだ、と咎めると、薄雲は手の汚れをはたき落とし、その男にしなだれかかった。汚ねえ、さわるな。いいじゃないか、ちょんの間、遊んでおいきな。わっちァ、もとをただせば、ごたいそうもない〝ありんす〟さ。松の位の太夫《たゆう》さまが、一切り百で遊んでやろうというのだ、ありがたく思いねえな。ほれ、息子が猛《たけ》っているわな。男の前を握りしめ、口に吸いつき手足をからめ、二人で見世のなかにもつれこみ、戸が閉《た》てられた。

板戸越しに、薄雲の笑い声がきこえる。やがて、男の声、そうして、荒い息づかいがきこえはじめる。男と女のことを、ゆうは知らないではなかった。見世の妓《おんな》や使用人た

ちの話はあけすけだし、見世の者の溜《たま》り部屋にはあぶな絵が無造作に放り出してあり、内所の縁起棚《だな》には張子の男根がうやうやしく飾られている。居つづけの客が、妓たちといっしょに朝風呂《あさぶろ》に入り、高声で淫《みだら》な話をかわす、その声はよくひびいて、ゆうの耳にもきこえてくる。しかし、妓が客と枕《まくら》をかわす部屋は二階にあるので、なまなましい嬌声《きょうせい》は、内所までとどくことはないのだった。そうして、父の佐兵衛は、ゆうの目や耳を、なるべく、そのことからそらせておきたがっていた。

薄雲と男のからみあった声は、ゆうの足を金縛りにした。

両隣りの見世の女たちが、薄笑いをうかべてゆうを見ているのに気づき、ゆうは走りだした。

笹屋に帰りつき、内所にこもった。そうして、今日になっても内所にひきこもったままのゆうを、河岸に行ったことを知らない父の佐兵衛は、たよりのことで叱られたためにしおれていると思ったのだろう、気晴らしに遊びに連れ出すよう、おふくにたのんだのであった。

ふと、絵看板が目にとまった。他《ほか》の小屋の、見るのが辛《つら》い因果物とちがい、それは芝居の場面を描いたものと思われた。三枚並んだ板絵のうちの一枚は、ゆうにも一目でわかる三人吉三《きちざ》であった。お坊吉三が振り下ろす刃《やいば》を振袖のお嬢が身をそらせて小刀で受け、和尚《おしょう》吉三が留めに入る図柄《ずがら》は、豊国《とよくに》の芝居絵で見たことがある。それを模したのだろうが、彩色が剝《は》げ、お嬢の顔は半ば板目があらわれていた。入口に立った幟《のぼり》は、額絵の薄汚なさとはちぐはぐに、浅葱《あさぎ》や朱の色がまだ鮮やかだった。役者の名を染めぬいた文字は、読めないものもあったが、字面《じづら》は目にのこる。富田角蔵丈江。富田福之助丈江、富田金太郎丈江。

打ち出しに近いのか、呼び込みも声をかけてこない。丸太を組み荒莚を垂らした小屋の入口には、大人八十四文、小人四十二文と木戸銭をしるした紙が、下の方はちぎれて、さがっている。ほかの見世物小屋は十八文からせいぜい三十二文、なかには只《ただ》で入れて途中で投げ銭をねだるところもあるのだから、この小屋は垢離場でも格段に高いといえる。

高いにしろ安いにしろ、ゆうは鐚銭《びたせん》一枚持っていない。おふくがなかで芝居を見ているかもしれない。たしかめたいのだが入るわけにもいかず、小屋の横手にまわった。莚の破れたはしが風にめくれあがっていた。目をあててのぞいてみる。藁《わら》のささくれが頰《ほお》を刺した。

屋根のない吹きさらしの桟敷《さじき》に、客はまばらだった。桟敷といっても、丸太の根太《ねだ》に駄板《だいた》を並べ荒莚を敷いただけだから、床下からも風が吹き上げるのだろう。びんの毛をなぶられ寒そうに背をこごめた客のなかに、おふくはいなかった。

暮れかかった外光をたよりの舞台は、井戸の底をのぞくように暗い。色彩を薄闇に吸いとられた舞台に、ゆうは目をこらした。

演じられているのは、絵看板にあげられた三人吉三ではないようだった。背景は遠見幕を一枚吊《つる》しただけで、その幕がときどき揺れるのは、裏の楽屋を通る人の軀《からだ》が触れるためか、風のせいか。舞台の真中で、抜き身を下げた男が奴《やっこ》ふうの男を斬《き》って捨てたところであった。もう一人、合羽菅笠《かっぱすげがさ》の男が下手で様子をうかがう。

抜き身を下げた男が、

死霊のたたりと人ごろし、どうで逃れぬ天の網。しかし、いったん逃るるだけは。

と、下手に行きかけたとき、合羽菅笠をぬぎ捨てた男が、斬ってかかった。

民谷伊右衛門《たみやいえもん》、ここ動くな。

や、われは与茂七《よもしち》。なんで身どもを。

女房《にょうぼう》お袖が義理ある姉、お岩が敵のその方ゆえ、この与茂七が助太刀して。

いらざることを。そこのけ佐藤。

民谷は身どもが。

立ちまわりがつづき、舞台の床板がぎしっと鳴った。薄どろとともに、焼酎火《しょうちゅうび》の人魂《ひとだま》が浮かんだ。

伊右衛門の役者は、与茂七に斬りつけられると、

首がとんでも動いてみせるわ。

と大仰な見得をきった。『いろは仮名四谷怪談』の大詰めのようだと、ゆうにもわかった。しかし、〝首がとんでも〟のせりふは、隠亡堀《おんぼうぼり》の場で使われるはずだ。いいかげんに変えてあるらしい。

更に二、三合斬りむすんで、伊右衛門は舞台からとび下りると、桟敷で酒を飲んでいる客のそばにずかずかと寄ってきて大あぐらをかいた。客は笑いながら茶碗《ちゃわん》をわたし酒を注《つ》いでやる。佐藤与茂七は舞台の上で棒立ちになっている。与茂七に扮《ふん》した役者は、まだ童顔だった。

伊右衛門は茶碗酒をあおると舞台に戻《もど》り、与茂七と形ばかりわたりあい、見得をきるのをきっかけに、ぼろぼろの緞帳《どんちょう》が舞台をかくした。

ゆうの首すじに水滴があたった。手足だけではなく、軀の芯《しん》まで冷えきっていた。地面に雨のしみは数を増してゆく。小屋に沿って、ゆうは裏手にまわってみた。舞台の裏につづく楽屋には、葭簀の屋根がさしかけてある。壁の垂れ莚が一枚はねあげてあり、ゆうはそっとのぞいた。雨を避けられる場所は、さしあたって、ここしかなかった。桟敷と同じように、丸太を組んだ上に板を敷き並べた楽屋である。入口の土間においた七輪にかけてある鍋《なべ》は、大根でも煮ているらしく、煮汁《にじる》のにおいと湯気が、ほうっとゆうをくるんだ。男が二人土間にかがんで、七輪の火に手をかざしている。二人はゆうを見ると、こう、入《へえ》ってあたりな、と声をかけた。

土間に足を踏みいれたとたん、おきゃあがれ、と中からどなり声がとんだ。思わず逃げようとして、どなられた相手が自分ではないとすぐにわかった。

「何がよ」

と言いかえす声がつづいたのである。

「四谷怪談の大詰めは、ちゃり場じゃあねえや。腑抜《ふぬ》けた芝居ばかりしやがって」

床の隅《すみ》には衣裳葛籠《いしょうつづら》をかさね、梁《はり》から梁にわたした綱に衣裳や下着がさがり、真中におかれた角火鉢《かくひばち》に跨《また》がって股《また》を焙《あぶ》っているのが、声を荒《あら》げた男であった。ほかの者は、小さい手鏡を前に化粧を落とし衣裳をたたみ、だれもがふてくされた顔つきをしている。狭い楽屋に十二、三人もいるので、互いの肩がぶつかりあうほどだ。

「見物衆は喜んだのだから、いいじゃねえか」

言いかえしたのが、伊右衛門をやった役者だと、ゆうはすぐにはわからなかった。化粧を落とした素顔は、舞台の顔とちがいすぎた。もっとも、化粧顔と素顔にはなはだしい違いがあるのは、ゆうは見なれていた。朝帰りの客を送り出したあと、後光のように髪を飾る櫛笄《くしこうがい》をひきぬいて重い衣裳を脱ぎ、化粧を落とし、疲れた軀を放り出して眠りこむ花魁衆は、塗りのはげた泥人形《どろにんぎょう》のようなのだ。

「降ってきやしたぜ。小屋ァたたまねえと」

七輪の前の男が言った。役者たちは手早く身仕度し、裾をからげ裸足《はだし》のまま、土間に立ったゆうの脇《わき》をすりぬけ、雨のなかにとび出してゆく。残った者は、衣裳だの鏡だの小道具だの、こまごましたものを葛籠にぶちこむ。小屋は小さい地震にあったように揺れた。

裾をはしょって長い臑《すね》を出した伊右衛門役者が、土間に下りてきた。近くで見る顔は、頬一面に薄あばたがある。舞台の印象よりはるかに若い。民谷伊右衛門の、切れの長い凄《すご》みのある眼、冷酷そうなくちびるは、この、愛嬌のある丸い目、薄あばたの顔の上につくられたものだったのか、と見上げているゆうの傍《そば》で、伊右衛門役者は鍋の蓋《ふた》を開けた。煮物のにおいが、濃くたちのぼる。箸《はし》の先に厚い輪切りの大根を突き刺すと、伊右衛門役者は、ゆうに手渡し、ちょっと笑顔をみせてゆうの肩をかるく叩き、小屋の外に出ていった。もう一人の男が、明日はおっ母《か》ァと木戸銭持って見に来な、と言って、これも外に走り出た。

醤油《しょうゆ》の色が芯までしみこんだ、湯気をたてている大根を、ゆうは吹いてさまし、かじった。とろりとやわらかく、あたたかい大根がのどを通り胃の腑に落ちていった。

箸に突き立てた大根を食べながら、小屋の表にまわった。雨は髪を濡《ぬ》らし鼻の先からしたたり落ちた。小屋をたたむ男たちも、濡れとおっている。水をふくみはじめた荒莚は柱からはずされ、丸められる。桟敷や舞台の板がはずされる。背景の幕をとり払ったので、裏の楽屋まで見とおしになったが、そこも、すでに壁はなくなり、床板も半分以上かたづけられ、広くなった土間の隅に、七輪の鍋が煮たっている。男たちは、ときどき鍋の中みをつまんでは、仕事に戻る。

傘《かさ》をさし裾をからげた女が小走りに来た。おふくかと思ったが、ちがった。女は、男たちの一人に傘をさしかけた。相手は、佐藤与茂七をやった、まだ少年のような役者であった。若い役者の肩を抱きこみ、一つ傘に入れて、もつれあうようにして去ってゆく。遊女屋に育ったゆうには、二人のかかわりが何となく察しられた。

掛け小屋は、またたくうちに、地上に生えた丸太の柱ばかりになった。どこに置いてあったのか、一人が大八車をひいてくる。葛籠や莚の束を積みこむ。そうして、去ってゆく。七輪の残り火は火消壺《ひけしつぼ》にうつされ、役者の一人が鍋をかかえこんで大八車のあとを走る。小屋の跡に水たまりがいくつもできた。水は、何もうつしていなかった。

その後、おふくと会えてうちに帰ることができたはずなのだけれど、慶応二年、十三になったゆうの記憶に、そのあたりのことは残っていない。

＊

ゆうは、花の夢を見ていた。廓の大門から水道尻《すいどじり》までひとすじにのびる仲之町の通りを埋めた桜は、薄墨をにじませたように色が無く、花蔭《はなかげ》を練り歩く花魁も、若い衆がさしかけた長柄《ながえ》の傘も、つきしたがう振袖新造《ふりそでしんぞ》、番頭新造《ばんしんぞ》、紫陽花《あじさい》に似た簪を飾ったおさない禿も、水に色を洗い流されたようで、ゆうは、眼《め》だけになって、そのひっそりした道中を視《み》ているのであった。

ぬくもった夜着の衿《えり》もとに隙間風《すきまかぜ》が冷たい。ああ、明け六つ、と思う。からだはまだ夢のなかにあるようにけだるいが、耳はうつつの物音をとらえている。見世の大戸を上げるきしんだ音。梯子段《はしごだん》を下りてくる花魁の、厚い上草履《うわぞうり》をはたり、はたりとひきずる音。あの足音は桂木《かつらぎ》花魁、気忙《きぜわ》しい足音をひびかせるのが桂木についている番頭新造、もう一人は桂木の客だろう、と、ゆうの耳は聞きわけている。

遊女の身のまわりの世話をする女を新造と呼ぶのは、新艘《しんそう》——つまり、新しい船によそえたのだという。遊女見習いの振袖新造は、新しい船にたとえてもおかしくはないけれど、番頭新造の方は、年季が明けても身請けしてくれる客のつかなかった遊女などがなるのだから、すれっからしの小意地の悪い女が多い。

霜月の風は、開けた大戸から吹き込み、見世と内所を仕切る後尻《あとじり》の隙間を縫って入る。また来てくんなんし、きっとでおざんすよ、と後朝《きぬぎぬ》のきまり文句で客を送り出す桂木花魁のねばっこい声も、へい、おしげりでごぜえやした、お迎いに参じやした、まだ暗うござんすからお気をつけんなって、と茶屋から出迎えの消炭《けしずみ》（若い衆）の声も、すぐ枕もとにあるようにきこえる。

大戸が閉まり、ああと大あくびして梯子段をのぼる桂木の足音に二階から下りてくる幾つもの足音がかさなり、あれは玉衣《たまぎぬ》花魁だ……声をきく前に、ゆうは察する。太夫、去《い》なせともない、と玉衣が訴えかける相手の客は猿若町《さるわかちょう》に出ている役者で、玉衣の方でも商売気をはなれた相惚《あいぼ》れと、遣手や番新の噂話《うわさばなし》が、数えで十三のゆうの耳にまで入ってきている。

隣りの蒲団《ふとん》で、きつが寝返りをうった。ゆくゆくは、禿、新造、花魁へと育て上げる『小職《こじょく》』として、楼主であるゆうの父佐兵衛が買いとってきたきつは、五歳。くりくりに剃《そ》り上げ前髪と耳の上の毛をほんの少し残した芥子坊主頭《けしぼうずあたま》を夜着の衿からのぞかせ、無心に寝入っている。七つになったら、禿として二階の花魁の部屋にひきとられ、姉花魁の身のまわりの用をしながら、遊女の心得を仕込まれる。笹屋でいま全盛の花魁は、玉衣と桂木である。玉衣はやさしくおとなしいから、きつにはいい姉さんになれるのだけれど、再来年、年季が明けて廓《くるわ》からいなくなる。みえっぱりで小意地の悪い桂木にひきとられるのでは、きつがかわいそうだ。賑《にぎわい》花魁はお人好《ひとよ》しで、きつも苦労しないですむかもしれないが、あまりいい客がついていないから、きつが突き出し——一本立ちの披露《ひろう》——をするとき、立派に面倒をみてやれるかどうか……などと、いくら遊女屋の娘とはいえ、ゆうが、先々のことまでませた気苦労をするのは、きつを妹のようにいとしんでいるからであった。七つ八つの女の子を、年季六、七年、二両二分ほどの身代金で買い、十三、四歳で振袖新造にするときに、あらためて身代金を払って遊女の年季明けに相当する二十七歳までの又証文を作るのがふつうのやりかたなのだけれど、きつは、二十二年の年季証文で佐兵衛が買いとってきた子だ。五歳のきつの、小さいながら雛人形《ひなにんぎょう》のようにととのった皃《かお》に、佐兵衛はみごとな大輪の花魁の芽立ちを見たのであった。

廓には、植木職人の出入りが多い。ことに、春三月、仲之町の道ひとすじは、花の宿となる。高田の長右衛門が宰領する染井、巣鴨《すがも》の植木職人たちが、根付きの花樹を大量にはこびこみ、植えそろえ、月の終わり、花の散りはてるのを待たず、引き抜いてはこび去る。その跡には、五月、溝《みぞ》をひいて菖蒲《しょうぶ》を植え、船板で八ツ橋をわたし、花開きをする。

仲之町三日みぬ間によし野山
吉原を樹屋《きや》の桜の仮の宿

などと川柳に詠《よ》まれている。

廓《さと》の景色は人の手で作られ、人の手で変えられる。芝居の書き割りのようだと、ゆうは、盛りの花さえ何か淋《さみ》しい思いで眺《なが》める。まして、樹々が抜き去られたあとの索漠《さくばく》としたさまは、いつまでたってもなじめない。しかし、人手で作られる景色を、嫌《きら》いなのではない。

果《はて》は桜もむごき吉原、と玉衣花魁《おいらん》がくちずさんだのを、ゆうはおぼえている。玉衣は北陸の出である。父親は京から下ってきた旅絵師で、宿った先の下女を孕《はら》ませたという。下女は身重になったことをかくし働いていたが、納屋《なや》で産み落とし、死んだ。生まれた子は主家の残り飯などで育ち、器量がいいので、八つで判人（女衒《ぜげん》）に売られた。玉衣の生まれについて、ゆうはそんなふうにきいている。どこまで真実なのかはわからない。遊女たちは、身の上を語るとき、ずいぶん作り話をする。ほぼたしかなのは、玉衣が北陸の出であることと八つで判人に売られ笹屋に来たことだけなのだが、玉衣は京の人の血をひくことを誇りにしている。少し陰気なくらいおとなしいけれど、文人の客などに手ほどきされると、すぐに歌を詠むことや水墨画の技法なども身につけたのは、やはり父親の血なのかもしれない。ゆうも色は白い方だが、雪国生まれの玉衣の肌《はだ》の白さは、雪をかぶった蚕のようだ。

客のひとりが玉衣を相手に、此《こ》の夜桜に死にたくもなる、と詠んだといって、遣手《やりて》や番新が湯殿で笑いあっていたのを、ゆうは思い出す。そのころ、七つぐらいだったゆうは、まだ、玉衣を夜桜の妖《あや》しい美しさにたとえ、死ぬという言葉を性の極致にひっかけた笑いの意味はわからず、ただ夜桜が死を誘うという言葉ばかりが心に残った。仲之町の桜は、周囲に青竹の垣《かき》を結いめぐらし、雪洞《ぼんぼり》をつらねる。灯《ひ》が入ると、仄白《ほのじろ》い桜が夜の空に浮かび上がる。

いつは樹屋の里、染井から来た。しかし、夜桜の妖しさにはほど遠く、風邪ひとつひいたことのない健やかさであった。この年の二月、はじめて笹屋に来たときは、爪《つめ》のあいだに黒く土がつまっていた。

ゆうは、五つの年まで、今戸の寮(別宅)で乳母に育てられた。母親がゆうに添え乳したのは、せいぜい一月《ひとつき》ほどだったときいている。今戸で暮らした日々の記憶は乏しいのだが、父の佐兵衛が様子を見に立ち寄ってくれるときの嬉《うれ》しかったことはよくおぼえている。恰幅《かっぷく》のいい佐兵衛は、ゆうを軽々と片手で抱きあげ、頰《ほお》ずりした。母も時たま来はしたが、ゆうは母に甘えたおぼえはほとんどない。泥や食物でべとついた手で、ゆうがまといつくと、着物が汚れると母はいやがった。ゆうには九つ年上の兄、安太郎がいる。安太郎は、やはり今戸で生まれたけれど、生後三月《みつき》で、母といっしょに廓にうつったのだそうだ。ゆうを今戸に長くとどめるようにしたのは、佐兵衛のはからいであった。佐兵衛は、遊女屋の水に、あまり早くからゆうを浸らせたくなかったらしい。それにもかかわらず、六つの正月からゆうが見世にひきうつるようになったのは、母のとよが、家業になじませた方がいいと佐兵衛に強く言いはったためだそうだ。今戸にいるあいだも、正月などは廓うちの見世に連れてこられて、家族揃《そろ》って祝ったし、草市だの玉菊燈籠《どうろう》の飾りつけだの、振袖新造の突き出しだのといった行事のあるときは、見物に連れてきてもらってはいたけれど。

今戸のだだっ広い寮で、乳母や寮番夫婦と暮らすのは、ずいぶん淋しかった。日が暮れると野狐《のぎつね》や狸《たぬき》が庭にあらわれた。しかし、六つになって、見世で暮らすようになると、人の出入りの多い騒々しさになじみきれない気がした。出入りがはげしいだけではない、その誰《だれ》もが、何だか殺気だっているように棘々《とげとげ》しいのである。客を一人でも多くひきずりこみ、少しでも多く金を出させようとする、その意気ごみが、ゆうには卸し金で肌をこすられる荒さと、感じられたようだ。

朝帰りの客を送り出すざわめきがひとしきり続く。泊まり遊びのきりの刻限は明け六つ（午前六時）、このときを過ぎると朝直しの居つづけで翌日の揚げ代も払うことになるから、客たちは呆《ほう》けた顔でそそくさと去ってゆく。

ゆうときつを間にはさんで両脇に床をのべた父と母は、毎朝の行事である後朝のかましさに一々眼をさます様子はない。客のあしらいに手落ちはないか、再会の約束をぬかりなくとりつけているか、そのあたりは、手練《てだ》れの遣手や番新の監視の目にまかせている。兄の安太郎は判人といっしょに玉の買入れに旅に出ていて、このところ見世を留守にしている。

送り出しのざわめきがやがてしずまると、表の通りに荷駄《にだ》馬の足音がひびき、人声もきこえてくる。饐《す》えたごみのにおい、肥《こえ》のにおいが隙間風に混る。早暁《そうぎょう》大門から入ってくる荷駄馬は、妓楼の肥をあげにくるので、両脇に二つずつ樽《たる》を積んでいる。春なら樽に桃の一枝を挿《さ》し、せめてもの風流にするならわしなのだが、霜月、菊も闌《すが》れ、穢《むさ》い樽はむきだしのまま、馬の歩みにつれて揺れているのだろう。花を飾ったところで、肥は肥、汚水が清水にかわるわけではないけれど、とゆうは思いながら、汚水の飛沫に汚れた花枝を何かせつない感じで眺めていたおぼえがある。溜《たまり》から来た男たちが、道を掃ききよめ芥塵《ごみ》を集める。店のなかは、泊まり客が食べ散らした台の物のかたづけ、酔客の吐物の拭《ふ》き掃除で、なおひとしきり騒がしい。

馴《な》れた物音なので気にもならず、障子のむこうで手燭《てしょく》の灯《あかり》がゆらぐたびに、縁起棚《だな》の脇に吊した千羽鶴《づる》やくくり猿《ざる》の色がちらちらと浮くのを見るともなく見ながら、ゆうは浅い眠りに入る。

火が出た！　火事だ！　表を叫びまわる声が夢のなかにわけ入り、ゆり起こされた。母のとよが、唐草の風呂敷をひろげ、下女に手伝わせ、簞笥《たんす》の衣類を次々に放り出し包みこんでいるのが、まず目に入った。おまえも早く大切なものをまとめて、と促される。きつも起き出し、自分の行李《こうり》をひきずり出し蓋《ふた》を開けようと苦労する。ゆうは手を貸した。いいんだよ、そのまま若い者にまかせな。とよがとめたが、きつは小さいくちびるをひき結んで、一心に蓋を開け、衣類をかさねたなかから、花簪《はなかんざし》をとり出した。大切なものを、と、とよが言ったのが耳に強くひびいたのだろう。ゆうが与えた簪である。笹屋にはじめて来たとき、きつは髪を芥子坊主に剃られるのをいやがった。もう少し大きくなったら、髪をきれいにのばして切り禿《かむろ》になる、そのとき挿すんだよ、となだめてゆうが手持ちのなかから与えた簪が、きつには〝いっち大切なもの〟なのだろう。

男たちが慌《あわただ》しく梯子段を上り下りして、荷物を外にはこび出すさまが、境戸をあけひろげた内所から見える。花魁づきの禿が、男衆にはねとばされ梯子をころげ落ち、泣きながら、また二階にのぼってゆく。裾《すそ》をからげ袖をまくりあげた花魁や新造たちが、風呂敷包みを下に投げ落とす。包みがほどけて、豪奢《ごうしゃ》な衣裳《いしょう》が、射落とされた孔雀《くじゃく》のようにこぼれひろがる。花魁の部屋の、簞笥だの長持だのびーどろ鏡の鏡台だの、高蒔絵《たかまきえ》の蝶足膳《ちょうあしぜん》だの、碁盤、将棋盤、寿語録《すごろく》盤だの、文台《ぶんだい》だの呉服台だのが、男たちの手で次々にはこび下ろされる。

黒塗り金蒔絵のみごとな用簞笥は桂木花魁のもので、こう、傷をつけるんじゃあねえよ、と桂木は仕込まれた廓言葉などふり捨て、生まれ在所の房州の訛《なまり》をまる出しに、二階から身を逆さに叫ぶ。部屋持ち遊女の所帯道具は、ことごとく自前で——前借をふやしたり客をくどいて買わせたりして——ととのえたものだから、焼くまい傷つけまいと、目の色も変る。

笹屋には、座敷と私室と二部屋与えられた座敷持ち遊女は玉衣と桂木、賑の三人、一部屋だけの部屋持ち遊女が五人。残りの二十一人は、自室を持たぬ見世張りの遊女と振袖新造である。更に、禿、番新、内芸者、遣手、総勢五十人に近い女が二階に寝起きしている。階下には、若い者――と一口に呼ばれても年は六十に近い老爺《ろうや》も混る男衆が、通いの番頭は別として、見世番、二階廻《まわ》し、掛廻り、不寝番《ねずのばん》、中郎、飯炊き、料理人など十数人、それにお針や下女たちも住みこんでいる。この大人数が、逆上ぎみに荷物をかついで我れがちに走りまわるのだから、家のなかはごったがえし、見世の脇《わき》の狭い出入り口で人と荷物がぶつかりあう。

「火元は大桝屋《だいますや》だ」

という声が、外の方からきこえる。

「大桝屋なら、すぐ目と鼻の先じゃありませんか」

下女が荷作りの手を止め、浮き足立った。

「この風じゃあ、笹屋は一舐《な》めですよ」

「格子《こうし》を破れ。ぶち破れ」

佐兵衛の声が見世の方からひびく。ふだん穏やかな父の声とも思えぬ荒々しさだ。その佐兵衛が内所に走ってきて、

「おゆうにいつまで荷作りなどさせているのだ」

と、とよを怒鳴りつけた。男にしては色白でふっくらした佐兵衛が、酒にくらい酔ったように頬を火照《ほて》らせている。大柄《おおがら》なので、いっそう猛々《たけだけ》しくみえる。

とよは、何か言いかえそうとして、黙った。

「おゆう、おまえは荷物といっしょに大八車に乗れ。奥山にひとまず逃がれるのだ。千吉が心得ている」

口早に命じ、佐兵衛は、また見世にとってかえす。

「お父っつぁんがああ言ってだから、早くお行き」

とよは少し不機嫌《ふきげん》に促した。

「おゆう、おゆうって、お姫《ひい》さまのように。もう一人前に手助けできる年なのに」

捨ぜりふのようなとよの声を、背にききながら、ゆうはきつの手をひいて出口に走った。男たちが玄能で見世の格子を叩《たた》きこわしている。木《こ》っ端《ば》がとび散り、ゆうの顔にもあたった。

「お嬢さん、こっちへ」

表にいる若い者が格子の破れめから手をのべて、ゆうときつを外に抱き下ろした。

「幸吉、早いところ仮宅《かりたく》の手をうて。深川だ」

佐兵衛が通い番頭の幸吉に命じる声が、ゆうの耳に入った。店の前におかれた大八車に積みこまれた荷物に、若い者たちが縄《なわ》をかけ縛りあげている。男たちがゆうをその上にのぼらせた。つづいて、きつが抱きあげられた。荷物のあいだに足を割りこませて立ったゆうは、足をふんばり、両手を葛籠《つづら》についてささえ、その隙間《すきま》にきつを立たせた。たちのぼる黒煙と火の粉が朝の陽《ひ》を翳《かげ》らせ、空は嵐《あらし》の前のような色をしている。しかし煙の間からのぞく空は青い。半鐘がまるで火の粉を呼び寄せるようにひびく。

大八車の梶棒《かじぼう》があがり、見世番の千吉が曳《ひ》いて走り出そうとしたとき、待ってくんな、と桂木がよじのぼってきた。邪魔な裾を湯文字ごとたくしあげ、髪から抜いた笄《こうがい》をおさめた匣《はこ》で懐《ふところ》はふくらんでいる。荷の上に腰を下ろし、裾をなおした。

「こいつァ豪気に楽だ。さあ、千さん、やっとくれ」

初会の客には口もきかず、番新、新造にすべてをまかせて気位高くかまえている座敷での威厳は影もなく、河岸《かし》の切見世の安女郎のような口をきく。

待った、待った、と更に声がかかり、玉衣を背負った見世番の芳三《よしぞう》が走り寄って、「花魁、すまねえが、玉衣花魁に場所をゆずってやっておくんなさい」

「わっちに下りろというのかえ」

「足を怪我《けが》しなさってね」

「足ばかりじゃあねえ、顔もだろう」

桂木は言った。昂《たかぶ》りがたしなみを忘れさせ、房州の漁村の生まれという荒さを丸出しにしていた。

「もう使いものにゃあならねえやな。千さん、かまわねえよ。やってくんなんし、だ」

冷酷に、ふざけた口調で言いはなった桂木に、いっそ小気味よさをおぼえている自分にゆうは気づき、あ、と息をのんだ。芳三の肩に顔を伏せた玉衣が眼《め》のはしにあった。

「千、手ェ貸してくれ」

芳三に言われ、千吉が梶棒を下ろすと、荷台は斜めに大きくかしいだ。芳三は千吉と二人がかりで玉衣を積荷の上に押し上げた。

「後押しを頼むぜ」

「おうサ」

仲之町の方に千吉は梶棒の先を向け、後から芳三がぐいと押し、はずみがつくと車は荷を積みこんでいるにもかかわらず、軽快に走り出した。

北から南にとおった仲之町の通りを廓の背骨とすれば、肋《あばら》の骨のように東西に突き出た路の、西が火元大桝屋のある江戸町一丁目、笹屋は東の江戸町二丁目にある。更に、西側は揚屋町、京町一丁目。東側は伏見町、角町、京町二丁目と、道すじが並ぶ。

火元の方角にむかうことになるので、炎のなかにつっこんでゆくような恐怖を、ゆうは抱いた。しかし、恐怖心ばかりとも言いきれないものがあった。理非分別を踏みにじる猛々しい奔馬が、ゆうの胸のなかでさわぎたっているのだが、傍目《はため》には、ゆうがしんと鎮《しず》まっているようにしかみえない。声をあげたり手を叩いたりはせず、ただ凝《じ》っと周りを視《み》ているだけだからだ。

玉衣は積荷の上に突っ伏し、かけ渡した綱にしがみついた拳《こぶし》のふしが白い。その姿が、少しもゆうに同情心を呼びおこさない。猛りたった眼には、傷ついた者が、一塊のぼろのようにしかうつらなかった。

走りまどう人々がひしめく。非常の際なので、さすがに九箇所の刎《は》ね橋はすべて下ろされた。

仲之町に出ると、道のむこう江戸町一丁目から揚屋町にかけて、火が燃えさかっていた。大門にむかって逃げ走る人の群れは道に溢《あふ》れ、その頭や背に火の粉が降りそそぐ。

玉衣の背に落ちた火の粉が着物を焼きはじめたのに気づき、ゆうはいそいで叩き消した。そのとき、ようやく、姉さん、大事ないかえ、やさしい言葉が口から出た。

大門口のきわにある四郎兵衛番所も、屋根は火と烟《けむり》のなかにあった。押しあいながら大門を出、おはぐろどぶにかかった橋を渡ると、廓外である。突然、けものの呻《うめ》きのような声を、桂木が、あげた。焼けるがいいわさ。桂木は吼《ほ》えた。焼けるがいいわさ。ちょいと、玉衣さん、ごらんな。焼けるがいいわさ。吉原ァ灰だよ。ざまァみさらせ。くたばりやがれ。

桂木、おまえ、わざとやったのかえ。わっちの顔に傷をつけなんしたのは。

突っ伏したままの、玉衣の声であった。くぐもった低い声だったので、桂木は聞きもらしたようであった。

桂木。

何ざます。桂木は廓言葉になった。

おまえ、わっちの顔に……

知りいせん。何のことざます。姉さん、四郎兵衛番屋が灰ざますよ。いいきみだ。

これらの話し声を、ゆうの耳はきいてはいた。しかしその意味は心を上すべりした。

自分のなかで荒々しく哮《たけ》り狂うものにふりまわされていた。

大門口から日本堤にむかう三曲りの五十間道を、乱雑に投げ出されて道幅をせばめている家財道具を蹴散《けち》らして、千吉の曳く車は走った。

両側に並ぶ編笠《あみがさ》茶屋も逃げ仕度《じたく》をはじめている。火は南にむかって燃え進んでいるが、いつ風のむきが変って飛び火してくるかもしれない。茶屋の屋根の上には、かけつけた町火消十番組の纏持《まといも》ちがのぼり、纏を倒して見物している。他《ほか》の火消しも土手に勢揃いし、手をつかねて火が鎮まるのを待っている。

吉原の火事は、廓内で組織された廓火消にゆだねられる。廓の周囲一帯は、稲の切株がつづく田圃《たんぼ》と霜どけでぬかるんだ畑地ばかりである。人家が類焼する恐れはない。楼という楼を焼きつくし、燃えるものがなくなれば、火はおのずとおさまる。そうして、廓内は全焼した方が、妓楼の主人はむしろ喜ぶのであった。

冬ともなればほとんど毎日、どこかしらで火事が起きる江戸のなかでも、ことに吉原は大火が多く、明暦三年の大火のあと、遊廓が元吉原から浅草田圃の一画に集められ新吉原がつくられて以来、この慶応二年までのほぼ二百年のあいだに、およそ二十回は火を出している。焼けだされるたびに、妓楼は廓外の仮宅《かりたく》で営業を許される。この仮宅の方が、商売にうまみがあった。格式ばった廓内とちがい、仮宅は万事手軽で揚代も安く遊べるから客が増え、たいそうな繁盛《はんじょう》になるのである。深川のころび芸者をはじめ岡《おか》場所の安女郎に客足をとられがちで、ひところの勢いはない吉原の遊女屋としては、仮宅営業の期間の少しでも長いことを願う者が多い。つい二年前にも、吉原は火を出し、笹屋は深川の仮宅で営業していたのである。ゆうはそのとき、麻疹《はしか》にかかり今戸の寮にいたので、仮宅の暮らしは知らない。吉原の店を建てなおして営業を再開したと思ったら、またもこの大火である。お父っつぁんは、この騒ぎのなかで、まっ先に仮宅を押さえるよう手配したのだなと、幸吉に「深川だ」と命じていた父の声を、ゆうは思い出した。

仮宅営業が許されるためには、廓内の全焼が条件になる。焼け残った妓楼があれば、許可は下りない。それゆえ、廓火消は、火が出た初期には消火にあたるけれど、手がつけられないとなったら、むしろ、燃え残りのないよう、積極的に火をつけたりもする。

土手を右に折れ、吉原から浅草寺《せんそうじ》までものの五、六町ほどを、千吉が曳き芳三が押す大八車は一気に馳《か》け抜けた。

浅草寺の境内《けいだい》に着くと、桂本は裾はしょりのまま車からとび下りた。ゆうときつゝは千吉に抱き下ろされた。芳三は玉衣を抱え下ろすと、すぐに背負って、医者に連れていった。浅草の奥山一帯をとりしきるのは、町火消を組の頭、新門辰五郎《たつごろう》である。を組の鳶《とび》の者と浅草寺の寺僧たちが総がかりで、湯茶をふるまい火を焚《た》き、焼け出されてくる人々を迎え入れ世話をしている。

やがて飯も炊《た》きだされ、握りめしがくばられる。ゆうはきつと並んで石に腰かけ、握りめしを食べた。

浮かれてしまったよ。

ゆうがささやくと、きつは指の飯つぶをねぶりながら、首をすくめて笑った。

腹ごしらえができて気分の落ちついた禿たちが集まってきて、退屈しのぎに、座敷で見おぼえた〝供《とも》せ供せ〟の遊びをはじめた。二人で拳《けん》を打って、勝った方が旦那《だんな》、負けた方がお伴《とも》になり、旦那は突き袖《そで》のいばったかっこうで、お供に、何々で供せ、と命ずる遊びである。奴《やっこ》で供せ、だの、婆《ばば》ァで供せ、だのと命じる。お供は命じられた身ぶりをして二人で練り歩き、座敷なら一回ごとに盃《さかずき》をさすのだが、ここにはもちろん酒はなかった。きつも誘われ、懐にしまっていた花簪をゆうの膝《ひざ》にあずけ、仲間に入った。年上の子供たちに混って、けっこう一人前に、お供になってむずかしい注文に応じたり、旦那になってせい一杯肩肘《かたひじ》をはり、お化けで供せと声をはり上げたりして興じている。お嬢さんもと誘われたが、ゆうは目だけで笑って首を振った。

年に一度、店の者が揃《そろ》って花見に出るときのほかは廓の外に出ることを許されない禿たちは、火に追われた恐怖を忘れ、広い境内で遊びほうけている。外出を許されないのは、遊女たちももちろん同様で、禿以上にその禁は厳しい。昔は、仮宅営業のときは自由に外出できたというが、寛政六年以降、それも禁止となった。よんどころない事情があるときは、女手形を四郎兵衛番屋に見せて出ることはできるたてまえだが、その手形をもらうのが容易ではない。ゆうは、身軽であった。気ままに廓の内と外を行き来できる。三味線と踊りの稽古《けいこ》に、三日にあげず廓を出、聖天町の師匠のもとに通う。そこは猿若三座のある芝居町のすぐそばだから、華やいだ空気に触れることも多いのだった。吉原とて、外から遊びに来る者には華やかな場所であるけれど、その裏の汚なさも、ゆうの目にはさらされている。猿若町も同じことなのだろうかと思う。

吉原ァ灰だよ。ざまァみさらせ。くたばりやがれ。桂木の声が耳にきこえた。あのときは、心が浮きたち猛りたっていたから、伝法な罵声《ばせい》に快感さえ持ったほどだったが、――くたばりやがれと罵《のの》しられる側に、あたしは、いる……。そう気づいたとき、風が撫《な》でるように、寂寥感《せきりょうかん》が吹き抜けた。玉衣と桂木のあいだにかわされた言葉も思い浮かんでくる。玉衣は顔を怪我したらしい。遊女の顔に傷がついたら……。でも、あたしに何ができるわけじゃない。いつもこの寂しさのなかに立ちすくんでいる……と思った。

*

笹屋抱えの花魁《おいらん》、新造《しんぞ》、禿《かむろ》らがにぎにぎしく乗りこんだ屋根舟、屋形舟が大川を下る。笹屋の揃いの印袢纏《しるしばんてん》をひっかけた船頭のこぐ櫓《ろ》の音に、内芸者が陽気にかき鳴らす三味線の音が混る。火事のあと、十日あまりを今戸の寮ですごすうちに仮宅の用意がととのい、そちらに移る『笹屋』の触れこみを兼ねた派手やかな川下りであった。

佐兵衛もとよも、賑《にぎ》やかなことが好きなたちである。商売の披露目《ひろめ》という勘定の上にたっているものの、あまり人目をひくのは考えものではないかと、番頭の幸吉などは、佐兵衛から川下りの支度を命ぜられたときにいくぶんためらいを覚えたという。

今年、西の方で、いくさがおきた。長州藩征討の軍を将軍みずから率いて西下した。ゆうが生まれる前年、嘉永六年に浦賀に黒船があらわれて以来、世のなかが急に騒がしくなったと、ゆうは大人たちの話を耳にしている。昔とどう違うのか、安政元年、生まれたときすでに、開港攘夷《じょうい》の騒ぎのなかにあったゆうにはよくわからないけれど、ここ一、二年、急激に、打ちこわしやら一揆《いっき》やら、不穏な気配がたかまってきていることは感じられる。去年、大坂ではじまった打ちこわしがたちまちひろがって、今年は江戸でも、品川宿、四谷、本所と、方々で米屋や富有な町家が群集に打ちこわされている。九月には、貧窮組の騒動が本所、深川のあたりからはじまって、流行した。『貧窮組』の蓆旗《むしろばた》を押し立て屯集《とんしゅう》した人々が、市中を押しまわって、物持ちから米やお菜をねだり取った。

こんなとき、派手なところを人にみせたら、笹屋が打ちこわしの対象にされるのではと、幸吉は案じて、舟に乗りこむときも、人目を気にしていた。

幸吉の不安をよそに、とよは、他愛《たわい》なく川下りをたのしんでいる。

とよは大柄《おおがら》で膝も肩も丸々と盛りあがっているし、佐兵衛も恰幅《かっぷく》がいい。その二人のあいだに生まれた娘にしては、ゆうは肉づきが薄く華奢《きゃしゃ》なのだが、佐兵衛は、ゆうの色の白さと、きゅっと括《くく》ったような丸みのあるくちびるは自分に似たのだと、自慢なのであった。とよに言わせれば、色の白すぎるのもよしあしで、ゆうの濃い髪や、眉《まゆ》や眼が、小作りの顔にくっきりと目立ち、どうしてもきつい感じになってしまう、口もとのかわいらしさで救われちゃあいるが、ということになる。とよは、刷毛《はけ》ではいたようなぼうっとした目鼻だちが、実際以上におっとりした印象をひとに与える。旅に出ている兄の安太郎は色黒の骨太であり、四人いっしょにいると、血のつながりのあるのはとよと佐兵衛の夫婦というふうにみえる。長い年月いっしょにいると、夫婦は歩み寄って似てくるものなのかもしれないと、ゆうは思うことがある。

山の宿の船宿から出て、竹町之《の》渡し、駒形堂《こまんどう》、御厩河岸《おうまやがし》、御米蔵と過ぎる。「大桝屋さんも気の毒に」とよが坐《すわ》りなおしながら言う。火事以来、何度となくくりかえされた言葉である。「火付をされて、お咎《とが》めを受けて、間尺《ましゃく》にあわない話だよ」

火元の大桝屋は、失火ではなかった。抱《かか》え妓《こ》のなじみで、身請けの金などは工面できない若い男が、女を逃がすために放火したのだという。吉原の火事は、失火はほとんどなく、遊女の放火が原因であることが多い。逃げるため、あるいは、怨《うら》みからの放火である。——おっ母さんは、怖くないのだろうか。ゆうは、思う。ゆうは、怖い。

「そろそろ両国かしら」内芸者が障子を細めに開けると、川風が刃物のようで、「おお、寒い、閉めとくれ」遣手《やりて》のおげんが叱《しか》った。とよとゆうのほかに、きつ、見世番の芳三、遣手のおげん、内芸者の小静が、一つ屋根船に膝をつきあわせるようにして坐っている。膝のあいだの狭いところに、料理の入った重箱がひろげてある。佐兵衛は別の船であった。

船が漕《こ》ぎだしてからずっと、とよは、提げ重の料理を食べつづけている。重箱には、煮物だの焼物だの酢の物だのが色のあんばいよく詰めあわされている。とよの好物は鯛《たい》の駿河煮《するがに》である。

「こんな豪的は、台の物にはありませんのさ」おげんが、遠慮なく、駿河煮に箸《はし》をのばす。

店の二階をとりしきっている遣手のおげんは、おっ母さんやあたしを少し舐《な》めているみたいだと、ゆうは感じる。

客に出す台の物は、値ばかり高くて味は悪い。遣手がかすりをとるから、よけい高くなるのである。客は遊女にすすめられて台の物をとり寄せても、ろくに箸はつけない。残りは台所に下げる前に、梯子段《はしごだん》を上がってとっつきの部屋に腰をすえた遣手がまず賞味することになっている。ずいぶんさもしいと、ゆうは思っていたのだけれど、遣手は、給金というものをいっさい与えられていないのだときかされたとき、遊女屋の仕組の酷《むご》さの一端を知った。客のくれる祝儀と、出入りの商人からとるかすりだけが収入《みいり》となれば、金ばなれのよい上客を遊女にとらせるよう、遣手は真剣にならざるを得ない。監視役にうってつけの因業《いんごう》な性格につくりあげられてゆくのだなと、ゆうは思う。

鯛を白焼きにして、酢を少し加えた出汁溜《だしたま》りで煮込み、豚の脂《あぶら》で揚げて更に煮込む南蛮料理の駿河煮は、花見などの特別なときに、笹屋に古くからいる料理人が、女主人のとよのために腕をふるうものであった。ゆうは、塩を盛った焙烙《ほうろく》であっさり焼いた焙烙焼きの方が好きだ。

魚のすり身に玉子をたっぷり入れて、上下に火をおいた鍋《なべ》で焼いたかすてら焼きだの、鳥の膏皮《あぶらがわ》を煎《い》りつけこくを出した汁《しる》で鳥の身を煮込んだしいしいぶしぶだの、今戸の寮の台所で、料理人は前の日からかかって、花見のときのように手のこんだ料理をととのえていた。

ゆうは、はしゃぎきれない気分でいる。心のすみに錘《おもり》が一つさがっているようなのだ。その錘から、ゆうは目をそむけている。なんとなく怖いおげんがそばにいるための気づまりばかりではないと、わかっている。玉衣の不在が心から離れないのだ。

両国橋の下をくぐったとみえ、障子がかげった。

「おゆう、おぼえているかえ。おまえ、垢離場《こりば》で迷子になって、髪結いのおふくを、気を揉《も》み死にさせるところだったたっけよ」

玉子焼を口にはこんでいた手をとめて、とよが言った。

そのとたんに、ほうっと湯気をたてている大根のにおいが、ゆうの鼻先をかすめ、舌の付根に唾《つば》が湧《わ》いた。重箱に詰められたどの料理より、醬油《しょうゆ》の色が芯《しん》までしみた、とろりとやわらかいあの大根は、うまかった。伊右衛門役者は、大根を箸に突き刺し、寒さに胴震いしているゆうに手わたし、眼で笑いかけ肩をちょっと叩《たた》いて出ていった。こう、入《へえ》ってあたりな、と七輪の火のそばに誘ってくれたのも、明日はおっ母ァと木戸銭もって見に来な、と言ったのも、それぞれほかの男だったのだが、ゆうの記憶のなかでは、それらがすべて、伊右衛門役者のやさしさに重なっていた。

伊右衛門役者と垢離場の掛け小屋は、寂しさの底にうずくまっているゆうを、いっとき、掬《すく》いあげてくれた相手であり、場所であった。くり返し、記憶のなかで、ゆうはそこに戻《もど》った。それなのに、もう一度たずねて行くということが思い浮かばなかったのは、なぜだろう。雨のなかで、掛け小屋が、またたくうちにとりこわされ、水たまりに雨が波紋を描く地面と柱だけになってしまった、何もなくなってしまった、という印象が強くて、現実には、あれは、もう無い場所逢《あ》えない人と思いこんでしまったのだろうか。だからこそ、これほど、なつかしいのだろうか。

柱だけ……と思ったとき、廓《くるわ》の焼け跡の光景が、ひきつづいて眼の前にあらわれた。火がおさまった夕方、今戸に行く前に、ゆうは父たちといっしょに見に行ったのである。塀《へい》も焼け落ち、田のなかに、おはぐろどぶが向うまで見わたせた。どぶのおもて一面に燃えかすが浮き、どろりと油光りのするような水をかくしていた。炭になった黒い柱が地にかさなりあって、時々、ちろりと炎の先をみせていた。

「垢離場で芝居をやっていたっけ」

ゆうが呟《つぶや》くと、

「いまでもやってまさあ」

船尾に近いところに坐っている見世番の芳三が言った。

「垢離場には二本かかってますがね、お嬢さんが見なすったのは、どっちかね」

「あたいが見たのは、こうっと、四年も前だよ」

「垢離場の芝居は、掛け小屋芝居じゃありますが、常打ちみてえなもんで、同じ一座がここ何年、ずっとやっています。西両国の広小路にも、一つありやすよ」

「くわしいんだね」

「芳さんの妹は、両国広小路で、亭主と粟餅屋《あわもちや》を出しているんですよ」

おげんが口をはさんだ。

見世番は、夜昼なしに丸々一日つとめて、次の一日は揚げ番（休み）になる。遊女とちがって廓の出入りは自由だから、休みの日、芳三はときたま妹夫婦の見世に息抜きに行くのだという。芳三は、ひとり者だった。

「この妹のやつが、垢離場の大辰《だいたつ》の芝居に出ている佳根三郎《かねさぶろう》がひいきでやしてね、まるでてめえのいろみてえに、佳根さまが佳根さまがと、うるさくていけやせん。権十郎《ごんじゆうろう》によく似ていると評判で」芳三が言いかけると、

「緞帳《どんちよう》役者といっしょにされたんじゃあ、権十郎が泣くわな」

とよが嗤《わら》い捨てた。とよは芝居好きで、猿若町の三座、守田座、中村座、市村座の、狂言がかわるたびに、茶屋に桟敷《さじき》をとらせて、見物に行く。毎年、十月半ばに、刷りあがったばかりの顔見世番付が茶屋から届くと、とよは気前よく使いの若い者に祝儀をはずんでやる。柿の渋《しぶ》汁と灰墨をまぜた墨で刷ってあるから、新しい番付はいやな臭《にお》いがすることがあるのだけれど、とよは、番付が臭うときは狂言が必ず大当たりするといわれているから、今度も当たるよ、と、指の先を黒くしながら嬉《うれ》しそうに読みかえす。

「妹に言わせりゃあ、両国で何よりおもしろいのは大辰の芝居、役者で上上吉は坂東《ばんどう》佳根三郎と、こうなんでやすが」

「何が上上吉なものかね。小芝居のくせに」

とよは、ずけずけ言う。

「それが、けっこう達者な役者が揃っておりやしてね、佳根三郎ばかりじゃあねえ、市川高十郎、助高屋金五郎、尾上《おのえ》いろは、猿若町の三座に出てもつとまるだろうと」

「おまえの妹が言うのかい」

「世間の口が申しておりやす」

芳三は、通行の客を呼び込むのを役目の一つにしている見世番――牛《ぎゆう》とか牛太郎とか呼ばれもする――にしては、口の重い男であった。入り口で客を呼びこむときは、軽薄な口調でまくしたて、たくみに、ひっぱりこんでしまうのだが、仕事を離れると、芳三が軽口をたたいているのを、ゆうはほとんど見たことがない。芳三は三十二、三、長身で、二十ぐらいのころは鳶のようにいなせないい男だったというが、筋肉をひきしめていた緊張の糸が投げやりになったというふうに、肉がたるみ、肥えはじめていた。食べて飲んで喋《しやべ》るほかはすることのない船のなかだからか、いつになく芳三は喋った。しかし、その口調に、どこか棘《とげ》があるように、ゆうは感じた。小芝居の肩を持ち、ことさら、とよにつっかかるふうであった。

「大辰というのも、役者なの」

ゆうは訊《き》いた。きつは、芸者の小静の膝にもたれている。

「いえ、お嬢さん、大辰というのは小屋の太夫元《たゆうもと》でして。これが大道具師でね、ですから、舞台の仕掛けが凝っておりやすよ」

妹をひきあいにだしたが、大辰の芝居にいれこんでいるのは、芳三も同様らしかった。

「セリとかぶんまわし（廻り舞台）とか」

芳三が言いかけると、

「それじゃ、何かい、芳さん」

おげんが割りこんだ。

「その大辰の芝居では、小芝居に御法度《ごはっと》のセリやぶんまわしを使っているのかい」

「いいや、そこが工夫さね。猿若町が目くじらたてるようなこたあしねえ。黒幕をうまいぐあいに使いましてね」半ばはとよとゆうにむかって、「欄干に張りわたして、こいつを上げ下げして、役者がセリ上がったり下りたりするがようにみせるんでさ。ぶんまわしといっても、舞台の上で、道具だけまわしてみせるんでさ。猿若町も、よっぽど情けないじゃあありやせんか。小芝居に人気をとられるのをこわがって、引幕を使っちゃならねえの、セリも花道も御法度の、道具も衣裳《いしよう》も粗末なものを使えの、本筋の芝居はやっちゃあならねえの、三座の役者が一度でも小芝居に出たら、猿若町の舞台《いた》にはこんりんざい立たせねえの」

「何か三座の役者に恨みでもあるのかえ、芳さん」と、おげんが茶々を入れる。「それとも、小芝居の役者をよほどひいきに……いえね、わかってらあね、おまえのきげんの悪い、そのわけは」

「何かわけがあるのかい」とよが訊く。

「さて、言っていいものかね、芳さん」

芳三は、おげんの言葉を無視した。

「西両国にも村右衛門の芝居というおでこがありやすが、これは、市村座の名題下で半道（道化がかった敵役）が達者の坂東村右衛門というのが、何かしくじりがあって破門されやしてね、これが座頭ですから、なかなか本筋の芝居を見せまさあ」

「あたいが見たのは、その大辰の芝居だったのかしら」ゆうは、芳三からもっと話をききたくて、たずねた。

「でも、ずいぶんいいかげんな芝居だったのだよ。四谷怪談の、伊右衛門の役者が舞台を途中で下りて、お客に酒を無心したり」

「そりゃあ、富田の三人兄弟の方の芝居でしょう。大辰の芝居の役者は、ことに伊右衛門なら芯になる立役でさ、舞台をつとめている最中に、そんなちゃらけたことはやりゃあしません」

ゆうは黙った。幟《のぼり》の文字が、うっすらと思い出される。富田……そう染めぬいてあった、たしか……。大切なものが、芳三に冷たくあしらわれたような気がした。

「もとをただせば、大道の飴《あめ》売りだったといいますからね、あの三人兄弟は」

そう言いかけて、芳三は、すばやくゆうの顔色をよみ、自分の言葉がゆうを傷つけたとさとったようだ。それ以上悪口はつづけず、

「お嬢さん、寒かありませんか」と話をそらせた。

何となくこじれた空気をときほぐそうというのか、芸者の小静が、居眠りをしているきつの手を膝からそっとはずして三味線をかかえなおし、あれまた憎や鳥の声、とにぎ

やかに佃《つくだ》をひきはじめた。ききながら、ゆうは、この場にいない玉衣を思った。心の隅《すみ》に下がった錘が、いっそう重くなる。

＊

小名木川《おなぎがわ》、竪川《たてかわ》、油堀、仙台堀と、水路が網の目をつくる深川の地は、濡《ぬ》れた草履《ぞうり》のように、いつもじっとりしている。吉原通いの猪牙舟《ちょきぶね》がすばしこく行き来する。水を売る水舟が行く。沖の船頭に湯浴《ゆあ》みをさせるための風呂《ふろ》をすえた据《すえ》風呂船が海に漕ぎ出す。

水面も見えぬほどおびただしい筏《いかだ》、木材を浮かべた九万坪の木場《きば》では、いなせな川並《かわなみ》鳶《とび》が浮いた丸太の上で、かけあいで歌いながら、手鉤《てかぎ》をあやつる。

ええ、ええ、乗ったァ。よォいィと
ええ、乗ったる木ィをォ引いてくれ

家々の屋根が遠目に雪が降り積んだように白く見えるのは、牡蠣《かき》や蛤《はまぐり》、浅蜊《あさり》の殻《から》を隙間《すきま》なく並べのせてあるせいだ。牡蠣殻、貝殻は道にも捨てられて、踏む下駄《げた》の歯の下で、しゃりしゃりと砕ける。

永代寺、深川八幡《はちまん》前の、黒江町、山本町、仲町のあたり、横堀をはさんだ両側に、吉原の仮宅が並んだ。

仮宅はいずれも手狭であり、何事も安直で、部屋持ちの呼出し遊女が禿《かむろ》、新造《しんぞ》をしたがえて、仲之町を練り歩き茶屋の見世先まで客を迎えにゆく花魁《おいらん》道中はみられない。それでも、吉原でのならわしを持ちこんで、夜見世をはる。桂木や賑のような部屋持ちは、自分の部屋で悠然《ゆうぜん》として客を待っているが、ほかの女たちは見世に出る。

暮れ六つになると、鈴を合図に、表の雪洞《ぼんぼり》に灯《ひ》が入り、内芸者が神棚《かみだな》の前に並んで弾き鳴らす三味線の清掻《すががき》と、若い者が下足札をさばき上げる音に景気づけられ、立兵庫《たてひょうご》や島田髷《まげ》に笄《こうがい》、銀簪《ぎんかんざし》、花唐草《はなからくさ》や露芝を金糸銀糸で縫いとった裲襠《しかけ》、天鵞絨《びろうど》や呉絽《ごろ》、繻子《しゅす》にこれも縫い模様の帯を前結びにした花魁衆が、七枚重ね、八枚重ねの厚い草履で二階から下りて来て、見世に居並ぶ。

そのころ、ゆうはたいがい、内所で、素見客《ひやかし》が女たちをからかう声をききながら、きつといっしょに夕餉《ゆうげ》を摂《と》っている。きつの食べる分のかかりは、きつの借金に加えられてゆくのだと、ゆうは知っていた。食事のたびに一々思い出しはしないけれど、ふとそれに気づくことがある。

「おきつ、どの姉さんの禿になりたいかい」

「玉衣花魁」

好物のふき豆があるので、きつは嬉しそうだ。

玉衣がどうなったのか、ゆうはだれにもたしかめられないでいる。使いものにならなくなった遊女がどう扱われたか、きかなくても、およそわかる。黙って、ゆうは箸を動かす。


兄の安太郎が判人といっしょに旅から帰ってきたのは、仮宅にうつって半月ほどたってからである。十四、五の娘を二人連れていた。

そのくらいの年のものは、禿から仕込まず、短い間にひととおりのことを教えて客をとらせることになる。

旅装をといた安太郎は、一まわりも軀《からだ》が大きくなったように、ゆうにはみえた。二人の娘はおげんが二階に連れていった。二人とも赤い頬《ほお》が風にさらされてひび割れていた。冬の旅だから、それほど強い陽《ひ》を浴びたわけではなかろうが、安太郎の肌《はだ》は浅黒さを増し、体臭が強かった。とよは下女をせきたてて風呂《ふろ》をたてさせた。湯をつかい、鬚《ひげ》をあたると、体臭が薄れ、旅の垢《あか》のせいだったのだと、ゆうは思った。

内所で身内の者だけで茶を呑《の》んでいるとき、とよは安太郎のこめかみの傷痕《きずあと》に気づき、「どうしたんだえ」と気づかわしそうに眉《まゆ》をひそめた。村の子供《がき》に、人買いが来たと石を投げられたと安太郎は大人びた苦笑をみせた。そうして、ゆうの軀を舐めるように眺《なが》め、

「おれが留守をしているあいだに、赤飯を炊《た》いてもらったんじゃあないのか」と、話をかえた。

「そうなんだよ」とよが笑いながらうなずき、佐兵衛は満足げな目を安太郎にむけた。

ゆうは、耳たぶが熱くなった。火に追われて逃げた日の夜、今戸の寮で、遣手に着物のうしろが紅《あか》く汚れていることを教えられたのである。兆《きざ》しは何もなかったから、言われるまで気づかなかった。おや、お嬢さんも行水《ゆきみず》だな、と遣手のおげんはしのび笑いした。行水は、廓の女たちのかくし言葉である。また行水だよ、というときの女たちは、いかにもうっとうしそうで、腰が痛いとか頭が痛いとかいって寝こむものもいる。行水

でも二日しか休ませないのが廓のきまりで、わっちゃ詰め紙でおつとめだよ、と女たちはかげで辛《つら》そうに言う。赤飯を炊いて祝うような喜ばしいこととは、ゆうには感じられなかった。

「ご苦労だったねえ」とよは、話を安太郎の上にもどした。

ゆうは目を伏せ、兄の視線を避けるように、知らず知らず後じさっていた。

「帰ってきたら吉原《なか》が丸焼けで……まあ、火事は毎度のことだから、たいして驚きもしませんでしたがね」

「おぶう、熱いのにかえようかね」

とよは上機嫌《じょうきげん》で、安太郎の呑みざましを茶こぼしに捨てた。

＊

染井、巣鴨の植木職人たちが、松の枝と青竹を山とはこびこんできたのは、年の瀬も迫った師走《しわす》の二十四日であった。腹掛け股引《ももひき》に袢纏《はんてん》、藍染一色《あいぞめひといろ》の男たちが道に溢《あふ》れ、松の脂《やに》のにおいがむせかえるようだ。青竹のまわりに松をそえ、樽《たる》ほどの太さにして根元を縄《なわ》で巻き上げてゆくのを、ゆうときつは、門口で見物していた。

季節のかわりめごとに、どことも知れぬ遠いところから、そのときどきの花樹や草花をはこびこんでくる植木職の一群は、ゆうには、異域からの不思議な使者のように思える。

「おきつ、達者か。きれえなべべを着せてもらっているじゃねえか」

きつに話しかけたのは、ゆうも顔見知りの植徳、徳次郎親方であった。年季奉公の若い弟子たちを指図しながら、松飾りを仕立ててゆく。昼は遊び客の出入りが少ないので、佐兵衛やとよも、見世の前に出てきていた。

「徳さんは、おきつを知っているの?」

ゆうは訊《たず》ね、きつは染井から来たのだった、と思った。

「生まれる前《めえ》から知っておりやす」

「生まれる前から?」

「たねのころから」小僧っ子のような弟子が半畳をいれ、親方が叱《しか》らないので図にのった。

「こう、おきっちゃん、きれえだなあ。あと十年待ちねえ、おれが水揚げしてやろうよ」

「何てえ口をききやがる」徳次郎は手にした青竹で小僧の頭を打った。

「おきつは、徳さんのたねなのかい」とよがからかう。「その小僧さんの口ぶりじゃあ、そうきこえたよ」

「おなぶりんなっちゃあ、いけやせん」

「そうだろうね。徳さんのたねで、こんな器量よしができるわけがない」

「役者の子ですもんね、おきっちゃんは」

小僧が言ったとき、隣りの見世の飾りつけを指図していた若い職人が、

「おう、そっちに縄はあまっていねえか」と声をかけてきた。

「持っていってやれ」徳次郎に顎《あご》で命じられ、小僧は縄の束をかかえこんで走っていった。

「あれは、友《とも》さんかえ。たのもしくなったね。若頭が板についたじゃないか」

「へえ、どうも。こう、友、手が空いたらこっちィ来て、旦那《だんな》とおかみさんにごあいさつしな」

友吉を、ゆうは顔だけは見知っている。徳次郎親方の女房の弟ということだ。女房は二度めで、徳次郎と年がはなれているので、その弟の三十をちょっと出た友吉は、徳次

郎の息子ぐらいにみえる。二、三年前から、徳次郎といっしょに、廓《くるわ》の仕事に来るようになった。

縄束で膝《ひざ》の泥《どろ》をはらい、そいつを職人たちに放りわたして、友吉はやってきた。きつの頭を撫《な》でようとして、おっと、この手で撫でたら、泥坊主《ぼうず》になっちまうわな、とくったくない声で笑い、佐兵衛とともに小腰をかがめた。背の高いところが芳三に似ている。芳三のように肌がたるみはじめてはいない。芳三を精悍《せいかん》にひきしめたら、友吉に似た軀つきになるのではないかと、ゆうは思う。友吉には芳三のような翳《かげ》はなかった。

年が明けたら、髪をのばすんだから、と、きつは言った。そうかい、そうかい、と友吉はきつにうなずいた。

「こいつも、この秋、嫁をとりやしてね」徳次郎が言った。

「それはけっこうだね。知らせてくれたら、祝儀もあげたのに」

いえいえ、と徳次郎は手をふった。ひととおりのあいさつをすませた後、友吉は、きつの傍《そば》に来てかがみこみ、

「おめえにやろうと思って」と、お守り袋ほどの小さい縞木綿《しまもめん》の袋を腹掛けから出し、きつの手に握らせた。

「なに？」

「肌守りにしときな」

「どこのお守りかえ」

ゆうは横から訊いた。

「お嬢さんにも持ってくればようござんした。一つきり持ってこなかったんで、かんにんしておくんなさい」

「どこのお守りなの」

「いえ、どこそこのお宮さまのって代物《しろもの》じゃあねえんです。まあな、おきつ、しまっておきな。いいことがあるだろうよ」

友吉は手をそえて、縞木綿の小さい袋をきつの帯の間におしこんだ。

「友さんも、おきつをたねのころから知っているの？」

「ヘッ」と、友吉は呆《あき》れた顔になり、「さすが廓《さと》育ちのお嬢さんは言うことがちがうね」と笑った。その笑顔が、なにか苦笑じみていたので、

「親方が、おきつをたねのころから知っているそうだよ」ゆうはいそいで言い足した。

「そうですかい。そりゃあ、たねも畑も」

「友吉、子供の前でおかしな話はやめてくれ」

話し声を小耳にはさんだ佐兵衛が咎《とが》めた。

「申しわけありやせん」

友吉は、きつの帯の前をかるく叩き、ぬっと立ち上がって、仕事に戻《もど》った。何気なく口にした言葉の意味がようやく察しがついて、ゆうはいたたまれないほど恥ずかしくなった。そのために、きつが役者の子というのは、どういうことなのか、訊きそびれてしまった。

男と女のことは、あらためて教えられなくても、わかっている。廓のなかではそれはあけっぴろげなのだけれど、廓の外の人に対しては、ゆうは、それを知っているということすら恥ずかしく思える。あけすけな言葉をつい口にすると、佐兵衛に強くたしなめられるせいかもしれない。

「仮宅は、なかなかの御繁盛《ごはんじょう》のようで」

「水の悪いのが困りものさ。飲み水ときたら、水舟ではこんでくるのを買うのだからね」

「みせてごらんな」

ゆうが手を出すと、きつは帯のあいだから袋を出した。

「何が入っているのだろうね」

きつは、ためらわずに袋の口をあけた。

「たねでおざんすよ」

きつは廓言葉をまね、口のあいた袋をゆうにみせた。小豆粒《あずきつぶ》ほどの大きさの固いたねが七粒入っていた。植木屋だから、たねをくれたのだね、とゆうは思った。――特別なたねなんだ。持っているといいことがあると、友さんは言ったもの。

「一つあげましょうか」

「いいよ。おきつがもらったのだから、大事にしまっておくがいいよ」

「あげますよ」と、きつは三粒わけてよこした。袋に四粒残った。

「四つというのは、よくないよ。一つかえそう。ほれ、五つ。おまえの年と同じになった」

小さい二粒のたねを、ゆうは懐紙のあいだにはさんだ。

「おまえは、役者の子なの？」

「うんにゃ、おらっちのお父《と》は、樹屋ざます」きつは答えた。

翌日、ゆうは、松飾りの前できつを相手に追羽根をついていた。きつは羽子板をふりまわすのがせいいっぱいで、羽根は羽子板をかすりもせず地に落ちてしまう。

「あたいが一人でつくから、きつは見ておいで」

澄んだきもちよい音をたてて、羽根が舞い上がるたびに、きつは、ゆうと声をあわせて数えた。

ひとり来な　ふたり来な　見に来な　寄って来な　いつ来たむすめ　ななこの帯を矢の字にむすんで……

高くあがった羽根が、軒の上にのった。

「だれか来とくれな」

ゆうが見世をのぞきこんで呼ぶと、飯を食べている最中らしい芳三が、口を動かしながら出てきた。

「羽根をとっておくれな」

「よござんす」

芳三は草履をつっかけて外に出てきた。そのとき、大勢の人間が罵《ののし》りあうような声がきこえ、芳三は、

「いけねえ、お嬢さん、早く中に」

きつを抱きあげ、ゆうの手をひいて、見世にかけこんだ。

「御亭《ごて》さん、おかみさん、歩卒があばれこみやしたぜ」

佐兵衛が内所から顔を出し、ゆうに蒲団《ふとん》部屋にかくれているように命じた。

歩卒の乱暴は、これがはじめてではない。江戸市内の治安はこのところ急激に悪化していた。押し込み強盗が増え、尊攘《そんじよう》派の浪士やそれに便乗した御家人、浪人が横行し、歩兵組は、それらをとりしまるために組織されたものだった。しかし、何にもまして手に負えないのが、この歩兵、歩卒であった。農民や仕事にあぶれた町の者などを集めた急ごしらえの組織である。あんな給金でまともに働くやつがいるものかと、大人たちが話しているのをゆうはきいた。歩卒の給金は、年に銀十八匁《もんめ》。下女の給金の相場の半分よりちょっとましという程度だという。給金は安く権威ばかりを与えられたから、徒党を組んで無銭飲食やら、暴行、乱暴のかぎりをつくす。

ゆうは、きつといっしょに灯《あか》りのささない狭い部屋で、積み重ねた蒲団のあいだにもぐりこみ、じっとしていた。ゆうの息が首すじにかかると、きつはくすぐったがって、くっくっと声をしのばせて笑った。笹屋には乱入者はなかったようで、蒲団部屋に騒ぎらしい物音はきこえてこなかった。半刻《はんとき》ほどして、男衆がもう大事ありやせんと、二人を出してくれた。仮宅のある一帯は、松平和泉守《いずみのかみ》の支配下にある。和泉守の家中の者が歩卒を上廻《うわまわ》る人数でかけつけ、とりしずめたということであった。ゆうが再び通りに出てみると、松飾りは打ちこわされひきぬかれて路上に散乱していた。

それから三日後、松平家中の武士たちが見廻りに来て、歩卒の監視という名目で登楼した。笹屋に登ったのは、前から笹屋をひいきにしてしばしば遊興に姿を見せる、松本と山田なにがしの二人であった。

松本も山田も、女たちを侍《はべ》らせ酒を飲んでくつろぐだけで、泊まることはしない。酔っても手のつけられぬほど乱れることはなく、そうかといって浅葱裏《あさぎうら》と遊里でばかにされる勤番侍のように野暮でもなく、女たちにとって好ましい客であった。おだやかな松本に、ゆうも親しみを感じていた。山田は陽気だが気が短かく、酒肴《しゅこう》の並ぶのがおそいと、大声でせきたてるのだった。刀は登楼するとき内所であずかる。松本は、ゆうをかわいがっており、松本の刀をあずかって内所の刀掛けにおさめるのは、ゆうの役のようになっていた。袱紗《ふくさ》で受けとるたびに、ゆうは刀の重みを軀に感じ、何か血が騒いだ。自分のなかに、猛《たけ》りたちたい力があって、鞘《さや》につつまれた刃《やいば》と感応しあっているふうであった。炎の吉原を走ったときに騒ぎたったものは、鳴りをしずめてはいるけれど、ゆうの体の奥底に身を潜めているようであった。

松本と山田は二階にあがると、いつものようにゆうを呼んだ。桂木花魁と賑花魁が、それぞれの新造や禿を居並ばせ、芸者衆も顔を揃《そろ》えて、相手をしていた。

「おゆう、過日は騒ぎであったな。怪我《けが》はなかったか」

松本はそう言って、ゆうに踊りを所望した。これも、いつものならいである。

ふつつかでございますが、と、ゆうは仕込まれた挨拶《あいさつ》をし、扇をとりなおした。ゆうが座敷に出ることは、めったにない。ごく親しい、気心のしれた客のときだけ、望まれれば踊りや三味線を披露《ひろう》する。

二人がなかの恋草は重きが上の露ならで、
濡《ぬ》れて墨ちるのべ紙の……

芸者の唄《うた》、三味線にあわせて、手踊りをみせながら、松本たちの話し声が耳に入ってくる。都で天子が崩御されたそうだと、二人は話しあっている。あとをつぐのが、まだ十五歳。玉《ぎょく》を薩長どもがいいように……。

「お武家さまでも、判人のようなことをしなんすのかえ」

桂木が驚いたように口を出した。けげんそうな顔をしている松本たちに、

「玉がどうのこうのと言いなんすゆえ……」

賑も言い、二人の武士は、ゆうがこれまできいたこともないような大声で、笑いだした。倒幕派が言いはじめた、天子を将棋の駒《こま》になぞらえた陰語など、ゆうにも、いっこうにわからず、何をあのように笑いなさるのかと、思わず振りの手をとめたのだった。

仮の宿

突然、その男が目の前にいた。平手打ちのような衝撃であった。目の前というのは、正確ではない。ゆうは鶉桟敷《うずらさじき》東の四番に坐《すわ》っており、男は平土間の仮花道に近い仕切桝《しきります》にいた。細く剃《そ》った眉《まゆ》、薄あばた、愛嬌《あいきよう》のある眼《め》。垢離場《こりば》の伊右衛門役者、と認めるのと、ほっこりした大根の煮物のにおいが鼻先によみがえるのと、どちらが早かったろうか。

ゆうは、茶屋の緋毛氈《ひもうせん》をかけた桟敷の手摺《てすり》に身をのりだした。仮宅へうつる船のなかで、芳三から、〝三人兄弟の芝居〟は垢離場にいまもかかっているときいて以来、あそこに行けば、また見られるのだと思っても、足はむけないでいた。会いたいと望みながら、大切な思い出は、そのままそっとしておきたいという気持が強かった。

見おぼえのある顔をもう一つ、ゆうはその桝に見出《みいだ》した。掛け小屋の楽屋で、股火鉢《またひばち》をしながら大声を出していた男が、垢離場の伊右衛門役者と並んで酒を飲みかわしている。七人詰めの桝にぎっしり入っているなかに、佐藤与茂七をやった若い役者はいないようだ。

自分でも驚くほど、動悸《どうき》が高くなっている。耳のなかで血の脈打つ音がする。こんなにも、逢《あ》いたかったのだろうか。軀《からだ》の反応の方が、正直に、その願望の強さをゆうに思い知らせる。

五年前の、あのとき、あたしは寂しさの底にいた。どこにも自分の居場所がないと、感じていた。垢離場の役者がみせた何げないやさしさに、そのとき、ゆうはすがりついた。小屋は消えたが、すがりついた手応《てごた》えは、心に刻みこまれて残った。

雨だから……と、ゆうは思った。垢離場の掛け小屋は、今日はたたまれているのだろう。垢離場の見世物の人たちも大道芸人も、どこかで雨をしのいでいるのだろう。五年の歳月が一気にちぢまって、つい昨日のように近くなった。それにしても……と、客のまばらだった〝三人兄弟の芝居〟の見物席を思い浮かべる。平土間とはいえ、猿若町に芝居を見にくるというのは、近ごろは客の入りがよくて余裕があるのかしら。

ゆうのいる鶉桟敷の代金は、表むきは三十五匁《もんめ》、いろいろな品をつけて正味は六、七十匁である。平土間の桝は七人詰めで二十五匁。ひとり頭およそ一朱ほどは、あの侘《わび》しい掛け小屋の役者にとって、気安い出費とは思えなかった。

慶応三年三月十八日、佐兵衛ととよ、ゆうが、下女を伴なっての久々の芝居見物であった。この日の市村座のだしものは、『契情曽我廓亀鑑《けいせいそがくるわのかがみ》』で、これは鏡山の岩藤、尾上、お初を遊女屋の傾城《けいせい》、新造にうつしかえたものである。『吹雪花小町於静《ふぶきのはなこまちおしず》』の別名題を付した二番目が、人気を呼んでいた。

河竹新七の新作である。身分ちがいの男との仲をひき裂かれ目を泣きつぶし盲目となるお静を演じる紀伊国屋《きのくにや》沢村田之助が、何とも哀れで美しいと評判が高く、これは見のがせないよと、とよはたのしみにしていた。下女のおせきは誰《だれ》よりも昂奮《こうふん》し、前夜はほとんど眠らなかったようだ。桟敷を買うような上客の女は、幕間《まくあい》に茶屋で二、三度は着替えるのがならわしだから、ゆうととよの着物の包みは、かなりかさばったが、おせきは不服顔もせず、いそいそとかついだ。

前の日に髪を結いなおし、夜の明けぬうちに雨のなかを屋根船で大川を上り、山の宿の船宿で提灯《ちょうちん》をさげた芝居茶屋の出方に迎えられて、猿若町の、市村座の向いにある茶屋でまず一休みした。中央の大通りの一方の側に、中村座、市村座、守田座が、あいだに数多い茶屋をはさんで並び、向かい側には人形浄瑠璃《じょうるり》の薩摩《さつま》座と結城《ゆうき》座、そうして茶屋が軒をつらねている。もっとも、薩摩座と結城座は、外囲いしか残っていない。去年、薩摩座は筋違橋《すじかいばし》へ、結城座は両国米沢町《よねざわちょう》へと、移っていった。

役者や芝居にかかわる者たちの住まいも、ほとんどこの猿若町の一劃《いっかく》のなかにある。吉原のように、ここも、幕府の方針によって他《ほか》と切り離された〝悪所〟なのであった。役者は外に出るときは編笠《あみがざ》をかぶれという定めが、しばらくゆるやかだったものがこのところまた厳しくなっている。

裾《すそ》の濡《ぬ》れた着物を着替え、ゆっくり食事をとり、三建目《みたてめ》(一番目狂言の序幕)がはじまるころ、若い衆の案内で桟敷に入った。小屋の表には魚河岸からの積物《つみもの》が飾られ、呼び込みが立って、

「これ一切り見なさせえ。今が三建目だ。はじまった幕はまけやしょう。まあ中へ入《へえ》って」と、通行人の胸ぐらをつかまんばかりに、ひっぱりこんでいた。強引に客をひくこともないほど、平土間は混みあっていた。

小屋の木戸が開くのは、まだ日も昇らぬうちであるが、番立ちの三番叟《さんばそう》、つづく序開き狂言、二建目などは、ほとんど見る客もない。ようやく三建目から、狂言は本筋に入るのである。

猿若町の三座といっても、小屋の造りは粗末なものである。年中火を出して丸焼けになっている。そのたびに急ごしらえで建てなおす。天井《てんじょう》は牛丸太むき出しの梁《はり》に葭簀《よしず》張りで、三年もてばいいと、はじめから火事を見こしている。焼失後、短時日に建てなおしをはじめなければ、太夫元《たゆうもと》名義をとり上げられるから、資金の調達に暇をかけてはいられないのであった。手水場《ちょうずば》も十分にない。桟敷の女客は、幕間に茶屋の若い衆がお小用はと案内にきてくれるのだが、男は小屋の中庭に埋められた大きな樽《たる》にむかって用をたす。さしかけはしてあるけれど、今日のような雨の日は、臭気が小屋のなかにもみちる。そのにおいも、ゆうは気にならなかった。遊女屋も、見た目は華やかであるけれど、このにおいは、いつもまといついているのだ。妓《おんな》が下《しも》を洗う下湯場《しもゆば》は、床の中央に細い溝《みぞ》をとおしただけのものなので、落とし紙を溝に流すわけにはゆかず、壁にかけた籠《かご》に捨てておく。掃除のすんだあとも、このにおいは目が痛くなるほどしみついて、座敷にまでただよってくるのだった。

「紀伊国屋はどうしたというのだろう。歩きようがおかしいじゃないか」とよが言うと、

「昨日、つまずいたはずみに、右足の親指の生爪《なまづめ》をはがしたんだそうですよ」

下女のおせきは、少しとくいそうに、とよよりも早く耳にした噂《うわさ》をひけらかした。

「生爪を。そりゃあ大変だ。それでも芝居はつとめるのだから、さすがは紀伊国屋だ。豪気だな」

とよは、ほめそやした。

「あれが、玉衣の情人《かの》だった役者だよ」医師平井徳斎の妻おみきに扮《ふん》した女形《おやま》を、とよは指さした。「玉衣がいなくなったら、足もむけない。玉衣の方じゃあ、ずいぶん身揚がりもしたってえのに薄情なもんだ」

ゆうは、思わず母親の顔を見た。

「玉衣花魁《おいらん》は、どうしていなさるの」

「さあな。判人にかえしたから、どうしたかな」

借金が残っているのだから、そのまま親もとに帰すはずはない。ゆうは口をつぐんだ。おっ母さんは、自分が酷《むご》いとは毛ほども思っていなさらない……。

長い幕間に、ゆうたちは茶屋に行き、昼食と着替えをすませ桟敷に戻《もど》った。そうして、ゆうは平土間の垢離場役者に気づいたのであった。

その桝には、男四人、女が三人いた。仕立下ろしの友禅の振袖《ふりそで》に着替え、薄い化粧をなおし、京紅をくちびるにさしたゆうは、伊右衛門役者が鶉桟敷の方を見てくれないかと思った。そのときのゆうは玉衣のことは忘れていた。しかし、ふっと目をそむけた。伊右衛門役者の手は、連れの女の裾を割って、股のかげにかくれていた。胸に針がさささった。

おこし松風饅頭《まじゆ》よしかな。アア弁当《べと》よしかな、べとよしか。新狂言絵本番附よしかな。此《この》幕の出がたり浄瑠璃絵本鸚鵡石《おうむせき》よしかな。蜜柑《みかん》くねんぼうよしかな。お茶ァよしか四文。

中売りが客をかきわけ、ときには跨《また》ぎ越して売り歩く。

きかせどころの名せりふを抜書きした木版刷りの『鸚鵡石』を、垢離場の役者が求めているのが、ゆうのそむけた目のすみに入った。

揃《そろ》いの派手な衣裳《いしよう》の留場《とめば》が数人、平土間を歩きまわっているのは、喧嘩《けんか》口論を鎮《しず》め、無銭で入りこんだ油虫を追い出すためなのだろう。芝居の最中に、酔った見物が奇声をあげたとき、舞台下手から駆け下りた留場が、「こう、黙って見なせえ。舞台へさわらあな」と、どなりつけていた。その声の方が、ゆうにはよほど耳ざわりだった。

その留場の男が一人、鸚鵡石を買おうとしている垢離場の役者の桝に走り寄った。

和紙四、五枚を綴《と》じた薄っぺらな鸚鵡石を、伊右衛門役者に渡そうとする中売りの手からとりあげ、何か怒鳴りつけている。周囲の声が騒がしく、ゆうにはよく聞きとれない。垢離場役者たちが中腰になってくってかかる。

また、盗みに来やがって。

留場の罵声《ばせい》のなかに、たしかにそういう言葉が混った。伊右衛門役者が立ち上がった。相手の衿《えり》をつかむと同時に、長い臑《すね》が敏捷《びんしょう》に腰をはらった。留場は隣りの桝の客の上に横倒しになった。それ以上の騒ぎにならなかったのは、平土間のそここで、いっそう大変な騒動がはじまったからである。

鼠木戸《ねずみきど》を破って乱入してきた歩兵組は、三十人ほどもいただろうか。桝で飲み食いしている客を追い出し、その席に坐りこむ。さからう者にむかって抜刀した。まわりの客が総立ちになり、先を争って逃げ出す。抜き身をふりまわす歩卒には、威勢のいい留場も手が出ず、桝を占領した歩卒らが、客がおいて逃げた食べ残しの酒肴を拾い集めている。留場が逆襲に出た。桟敷番や半畳売り、火縄《ひなわ》売りなどの若い者まで総がかりで、六尺棒を武器に、歩卒の刀を叩《たた》き落とそうとする。

要領のいい客は舞台や花道によじのぼって高見の見物をしていたが、そこにも抜き身と六尺棒が高浪《たかなみ》のようになだれこんでゆく。

ひとまず茶屋に行って、騒ぎがおさまるのを待とう、と佐兵衛が立ち上がると、おせきは手摺にしがみつき、「紀伊国屋のお静を見ないで帰っちまうんですか」と半泣きになった。佐兵衛がさっさと出て行くので、ちきしょう、芝居にだんびらふりまわすなんざ、野暮の骨頂だよと平土間にむかって毒づいた。

表に出ると、通りもまた騒ぎになっていた。ほかの小屋でも歩卒が暴れているとみえ、逃げ出してきた人々がごったがえすなかへ、やはり芝居の只見《ただみ》を思いたったらしい歩卒の他の一団が押しかけてきたのである。

雨はあがったが、道はどぶ川のようにぬかるんでいる。歩兵組は、さすがに抜刀はしないが鞘《さや》ぐるみの刀をふりまわして歩き、茶屋の入り口でも土足であがろうとする歩卒と若い者との争いが起きている。

「紀伊国屋が！」と、突然、おせきが悲鳴のような声をあげた。

幕間に、贔屓客《ひいききやく》に挨拶《あいさつ》するために茶屋に行き、楽屋に戻ろうとして出てきたところなのだろう。ほっそりした姿の、右足に巻いた紅絹《もみ》の布が裾からのぞいている。道を横切ることもならず、立往生した沢村田之助の、白い額に癇癖《かんぺき》の筋が浮いた。若い者を叱《しか》りつけ、道をあけさせろと命じる。

ちょいと、そこを通してやっておくんなさい。道を開けておくんなさい。

若い者の声は、怒号に消される。

しゃらん、と金輪が鳴った。手古舞《てこまい》に使う鉄棒《かなぼう》である。楽屋に入りこんでかってに持ち出してきていたらしい。垢離場の伊右衛門役者であった。長い鉄棒を相撲の弓取りのようにふりまわし、人の渦《うず》の中に入りこんだ。群集が二つに割れた。向う側に行きつくと、鉄棒を若い者に渡し、田之助の前に背をむけて少しかがみこんだ。おぶされと、促している。両脚をひろげるぶざまなかっこうを、天下の太夫にさせようというのではなかった。伊右衛門役者は、手をうしろに組みあわせ、ささえる台をつくっていた。田之助はすぐに悟って、長くひいた小袖の裾で足をくるみ、折った両膝《りょうひざ》を、男の手の上にのせた。左の肘《ひじ》をはり、右手で衣紋《えもん》をつくろう。伊右衛門役者は立ち上がり、太夫と呼吸をあわせ、みえをきった。さすがは芝居町である、若い者が心得て、さっと傘《かさ》をさしかけた。長柄《ながえ》でないのが惜しいが、吉原の、古い時代の花魁道中が出現した。

いまはもう、揚屋は消失しているが、遊廓《ゆうかく》がいまの新吉原にうつる前、元吉原の時代には、揚屋が散在していた。遊女屋から揚屋への往来が、花魁道中のはじまりである。そのころの道中は、盛装して八文字を踏んで歩く大仰なものではなかった。雨が降ると、花魁は、若い者の背に組んだ手の上に膝をのせて中腰になる姿で負われたという話を、ゆうは思い出していた。

野暮な歩卒はさておき、見物も小屋の者も、みな芝居心がある。突如出現した古風な花魁道中に、歓声が沸いた。

田之助さんを褒《ほ》めやんしょう。声をあげたのは、見物にきていた芸者だろう。褒めやんしょう。朋輩《ほうばい》らしい女たちが声をあわせた。

気勢をそがれて、歩卒たちも狼藉《ろうぜき》の手をとめ、眺《なが》めた。

若い者が一人、さっき受けとった鉄棒を、地について、しゃらん、しゃらんと鳴らしながら先に立ち、花魁道中は、道を横切って市村座の前に着いた。一瞬の道行きであった。芝居の一幕を、眼前に見るようであったが、その後に、ゆうの思いがけない光景がつづいた。

ゆうは、田之助が伊右衛門役者に会釈《えしやく》の一つぐらいはするものと思ったのである。市村座の若い者が、田之助が背から下りるのに手を貸し、その耳に、伊右衛門役者を指さして何かささやいた。田之助の、剃り跡の青い眉が険しくなり、ひるがえった袖が、伊右衛門役者の顔を打った。冷ややかに伊右衛門役者を一瞥《いちべつ》すると、そのまま楽屋へむかった。ゆうは茫然《ぼうぜん》と立った垢離場の役者を見るのが辛《つら》く、目を伏せた。

＊

……ここも名に負う大磯《おおいそ》の、汐《しお》と真水の流れのさと……

気分よさそうに声色《こわいろ》をまねる下女のおせきの声が、内所で草双紙を読んでいるゆうの耳にもきこえる。契情曽我の田之助と家橘《かきつ》、左団次のつらねを、鸚鵡石をくりかえし人に読んでもらって、おせきはそらんじてしまったらしい。足にはいつも、お針にもらった赤い端布《はぎれ》を巻いている。田之助が傷ついた足を紅絹で包んで以来、痛くもない足に紅《あか》い布を巻くのが、江戸の若い娘たちのあいだで流行《はや》っている。

……色のちまたの仲の町、すだれかかげて見る雪の……

市村座で芝居を見てから二月《ふたつき》もたつのに、おせきはまだ夢のなかに半身浸っている。五月五日から市村座は狂言がかわったが、桟敷、高土間、平土間とも、銀十匁ずつ値を下げた。河竹新七の新狂言なのだが、妲妃《だっき》のお百をつとめるはずだった田之助が、足の痛みがひどくて舞台に立てず、家橋がかわることになったためである。春狂言で足を怪我《けが》したとき、すぐに手当てをせず、無理に舞台をつとめたのが悪かったらしい。田之太夫が出ないとなると、値下げしなけりゃあならないほど、入りにひびくんですねェと、おせきは、我がことのように自慢する。

毎月二十七日は、遊女屋が揃って髪洗い日とさだめている日であり、下女たちは朝から竈《かまど》の前にしゃがみこみ、たえまなく湯を沸かさなくてはならない。ふだんは髪を結うときに唐櫛《からくし》でよく梳《す》いて汚れを落とすだけなので、月に一度の髪洗いを、遊女たちはそれはたのしみにしている。

絞り染めの浴衣《ゆかた》に前垂れを肩から背に廻《まわ》してかけ、洗い髪を散らした女たちは、髪だけは女郎の語源である上臈《じょうろう》のようだ。

汚れた湯がどっと捨てられる。抜け落ちたおびただしい髪は、もつれながらどぶを流れ、海に流れ去ってゆくのだろう。玉衣はおとなしいけれど、髪のことでは癇性だったと、ゆうは、つい思い出す。髪結いに梳いてもらうとき、櫛の歯を立てて地肌《じはだ》を強く掻《か》かせ、血が滲《にじ》むほどだった。地肌を痛めつけることで、歯ぎしりのかわりにしていたのだろうかと、ゆうは今になって思う。玉衣の名は、今ではだれも口にしない。

「……江戸市村と市川の水にゆかりの沢むらさき……沸いたよ。早くはこんどくれ。次を沸かすんだから」

おせきの声につづいて聞こえる泣き声と言い争いの声は、禿《かむろ》たちだ。それぞれ、自分の姉花魁に誰よりも先に湯をはこぼうと、懸命なのだ。泣き声のあいだに、遊女屋では聞きなれぬ赤ん坊の声が混っているのに気づき、ゆうは草双紙を伏せ、出ていってみた。

新造《しんぞ》や禿の食事場である板の間で、ようやくつかまり立ちする赤ん坊を見知らぬ女があやしていた。きつもいた。きつは、切り禿にするのにそなえて髪を剃るのをやめたので、三寸ほどのび、お針にもらった小布をとめつけて飾りにしている。

「芳三の妹でござんす。えんといいやす」

見知らぬ女は、ゆうに会釈《えしゃく》した。芳三に似たおもざしだが、芳三より目もとにきりっと明るいはりがある。

洗い張りして仕立てなおした芳三の着物をとどけに来たのだと、おえんは言い、「悪さをするんじゃあねえよ」と、きつの髪飾りに手をのばす赤ん坊の臀《しり》を、一つ叩いた。

「粟餅《あわもち》の見世を両国広小路に出してるって？」

「そうなんですよ。おついでの時は、寄ってやっておくんなさい」

お邪魔さま、と、おえんは赤ん坊を背にくくりつけた。

「もう帰るのかい」

「おかみさんにちょいと御挨拶して」

「おっ母さん」

ゆうは呼び、奥から出てきたとよに、おあしをおくれな、とねだった。

「何だねえ、藪《やぶ》から棒に」

「おえんさんの粟餅を食べてくるよ」

「いい年ごろの娘が、何てェ色気のない」

「粟餅ですか。お持ちすりゃあよござんしたね。つい気がきかなくて」

「ちょいと両国まで、おえんさんといっしょにいってきます」

「ちょいと、と気軽に言うが、帰りはどうするのさ。こんなぶっそうなときに」

「なに、お送りしますさ」

おえんが言った。

「嬉《うれ》しゅうござんすもの。わざわざ、わっちらの見世の粟餅を食べに両国まではこんでくださるなんざ」

「すまないね。日に二度も長丁場を歩くことになるよ」

「きつ、お土産《みや》を買ってきてやるよ」

ゆうはささやいた。あまり、きつばかりかわいがると、ほかの幼い禿がかげできつをいじめる。

暗くなる前に帰ってくるんだよ、と、とよは念を押した。

大川に沿った土手道を行く。土手の葦《あし》が青々とのび、燕《つばめ》が水面をかすめる。両国までおよそ二十町、女の足なら小半刻近くかかる。

「おえんさん、垢離場《こりば》の役者がひいきだそうだね」

「よくご存じですね。そうなんですよ。佳根三郎といってね」

「権十郎に似ているって」

「権十郎より、いっそよござんすよ」

「よく見に行くのかい」

「この子ができるまえは、しじゅうでしたが、こう、うるさいのがひっついていちゃあ。それでも、ときには、背にひっくくって、泣くのをいぶりつけ、いぶりつけ、見ることもありますのさ」

「よほど好きなんだね」

「せっかく両国までおいでになるんなら、ちょいとのぞいていきますか」

「三人兄弟の芝居というのもあるそうだね」

「若い娘《こ》には、そっちの方が人気ですよ。きれえなのが揃っていやすから。富田角蔵、福之助、金太郎。角蔵というのが座頭で、これは醜男《ぶおとこ》だが、下の二人がなかなかの眺めで」

「あたいは、三人兄弟の方が見たいな」

おえんは笑いだした。

「隅《すみ》におけないな、お嬢さん。おえんの粟餅はだしで、お目当ては三人兄弟ですか。どれがひいきなんです。田之助ですか。家橘ですか」

「市村座の話をしているんじゃないんだよ」

「わかってまさあね」

「だって、田之助だの家橘だの」

「市村座でお静礼三をやりましたろう」

「見てきたよ」

「本場物を見たんですか。それなら、垢離場を見ることはありやせんよ」

「垢離場で三人兄弟がお静礼三をやっているのかい」

「福之助がお静、金太郎が礼三郎でね。二人とも、立役も女形もこなします。そっくりそのままやったら、お咎《とが》めを受けますから、変えてありますがね」

「どんな按配《あんばい》に」

「やはり、見なくちゃあおさまらないとみえますね、お嬢さん」

見ない方がいいのかもしれないと、ゆうは思った。

「お嬢さんは田之助びいきじゃあありやせんね」おえんは、ゆうの足もとを見て言った。「当節、田之助びいきは、足に紅絹を巻いて心意気をみせておりやす。おかしなことがはやるもんだ。もっとも、紅絹ぐらいなら罪ァない。こんなうすっきみ悪い歌が流《は》行《や》っているのを知っていなさいますか」

おえんは、背の赤ん坊の臀をかるく叩きながら、お江戸見たけりゃ今見ておきゃれ、じきにお江戸が荒野原《はら》になる、とくちずさんだ。

きしきしした手触りの紅絹は、いかにも田之助にふさわしいと、ゆうは思う。田之助は、楚々《そそ》とした華奢《きやしや》な容姿がいたいたしいほどだが、みかけと裏腹な気性のはげしさ、癇癖の強さでも知られている。あの後、騒動をとりしずめたのは、箔屋町《はくやちよう》の俠客《きようかく》相模《さがみ》屋政五郎——相政の子分たちであった。町方に出向かれては互いに厄介《やつかい》なことになるから、歩卒もひきさがり、舞台はつづけられた。平土間で、あれほど田之助に侮辱された垢離場の伊右衛門役者が、腹をたてて帰りもせず、一心に田之助のお静をみつめていた……と、ゆうは思い出す。

見世番の芳三にさえ、あの三人兄弟はもとをただせば大道の飴売《あめう》りと、さげすんだように言い捨てられていた。

ゆうは、低くいやしめられる三人兄弟に肩入れする気持が強まる。大道の飴売りは、役者の声色や踊りで道ゆく人の足をとめ、飴を買わせる。三人兄弟も、その声色つかいをやっていたのが人気が出て、小屋掛けをするほどになったのだろう。

また盗みに来やがって。留場は、そうどなりつけていた。あれは、せりふを、仕草を、そうして狂言そのものを盗みに来たと怒っていたのだ。そうに違いない。だから、だれにでも売ってあたりまえの鸚鵡石を、留場は中売りの手からとりあげていた。田之助が福之助を袖《そで》ではたいたのも、それを若い衆に耳うちされたからだろう。垢離場の役者風情《ふぜい》が、という目つきだった。

あんな無法なやりかたが、あるものじゃない。銭さえ出しゃあ、だれが買おうとかってじゃあないか。留場や中売りが客をえらんで、売るの売らないのと、よくもいえたものだ。

それだけ、三人兄弟の芝居は、名が立ってきているのだ。垢離場のお静礼三を見たい、と、焙《あぶ》りたてられるような気持になった。本芝居は、三座以外にやっちゃあならないというお上もお上だ。それを笠《かさ》に、小芝居をつぶしにかかる猿若三座も、と、ゆうは、これほど真剣に腹をたてたのは、生まれてはじめてという気がして、少しおかしくなった。垢離場の役者の方では、あたしの顔もおぼえていないだろうに。

いつも、目に入るもの、耳に聞こえてくるものを、あまりに辛いむごいことは、腹をたてる前に、見えない、聞こえないと、自分をだましてきた。玉衣のゆくえさえ、だれに問いただそうともしなかった。顔の傷がどれほどのものか、目をそむけ、見なかった。桂木にひとこと、おまえがわざと傷つけたと玉衣花魁《おいらん》が言ったのは、真実かえ、と訊《き》くことも、怕《こわ》くてできなかった。——いまでも、それは訊けない。傷が痕《あと》も残さずきれいになおったのであれば、笹屋に戻《もど》ってくるはずなのだ。かねのかかった花魁を、いつまでも養生させてはおかない。傷の治療代は、みな花魁の借金になる。休んだ日数の損失も、身揚りにしなくてはならない。花魁が、かねを自分で楼主に払って自分のからだを買うのである。顔に傷が残り、格の高い見世で使いものにならず、身請けしてくれる客もなく、借金ばかりとなったら、他の安見世に転売されるよりほかはない。ああ、玉衣のことは考えまい。

垢離場の掛け小屋は、あしかけ五年前にゆうが見たのと、ほとんど変らない姿で、ゆうの目の前にあった。

三枚の絵看板は、新しいものになっていた。図柄《ずがら》は、一枚は神霊矢口渡《しんれいやぐちのわたし》のお舟頓兵衛《とんべえ》で、のけぞって手をあわせるお舟に、銀薬鑵《ぎんやかん》の頓兵衛が刀をふりあげている。役者名が、お舟のわきに『ふくの助』、頓兵衛に『角蔵』とそえてあった。もう一枚に『金太郎』の新田義峯《よしみね》と『牡丹《ぼたん》』と役者名のついた傾城台《けいせいうてな》が描かれている。残る一枚は、首抜きの浴衣をつけた手古舞の絵で、手おどりつかまつり候《そうろう》、としるされてある。

雨にさらされ風に打たれつづけたとみえる幟《のぼり》の立つ木戸口まで見物が溢《あふ》れかえり、壁がわりに垂らした筵《むしろ》が揺れている。垂れ筵をあげて外からのぞき、人の背しか見えねえと舌打ちして去るものもいる。五年前とは、うってかわった盛況だ。よかったねと思うと同時に、ゆうは少し淋《さび》しい気もした。

あきらめやしょう。おえんが言うと、呼び込みが、高桟敷《たかさじき》で見せてやるから、木戸銭を払いなと言った。

この小屋で、高桟敷もすさまじい、梁《はり》の上にでものぼらせるつもりかい。おえんは軽口を叩《たた》いた。ついてきな、と呼び込みは先に立って、裏にまわった。

筵をはねあげた裏口から、土間に足を踏みいれたとき、ゆうは、思いがけないことに、涙が噴き上げた。

激しい感情に包みこまれたのであった。なつかしい、というだけでは言いあらわしきれない。何か、大きい暖いものに全身を抱きこまれたようであった。許されている。ここでは、あたしのしたこと、しなかったこと、そう、あたしのしなかったこと、すべてが許されている。しいて言葉にすれば、そんなふうな感覚であったのだろうか。

薄汚ない楽屋であった。梁から梁にわたされた綱に、汚れた糯袢《じゆばん》や下帯、衣裳《いしよう》、浴衣などが羽衣《はごろも》のようにさがっている。土間に七輪はなく、下駄《げた》や草履《ぞうり》がひっくりかえっていた。抽斗のついた木の箱の上に鏡がたてかけられ、紅や白粉がのっている。煙草盆《たばこぼん》だの土瓶《どびん》だの茶碗《ちゃわん》だのが散らばる床に、出番でない役者が寝ころがり、金巾《かなきん》の幕をさげた舞台への出入り口のわきに、中年の女が三味線をかかえて平たく坐《すわ》り、ときどき撥《ばち》をいれる。

こう、来ねえ。下足《げそ》は持ってな。

呼び込みについて楽屋にあがり、金巾の幕をくぐると、ぎっしりつまった見物とまともにむかいあった。舞台の下手の端《はな》であった。「高桟敷というよりゃあ、羅漢台《らかんだい》だね」おえんは小声で言った。すでに数人の見物がそこに坐っている。

そうして、舞台の中央に、お静と礼三郎がいた。お静に扮《ふん》した福之助というのが、伊右衛門役者であることを、ゆうは認めた。

「……その気でやったら商売冥利《みょうり》、よしや本場とまがい織り、くらべて見れば見劣りの、するのもそこが数年来、お恵みうけしお得意だけ」

「悪いも承知で是非一度は、行ってやらずばなるまいと、お運びあるは弱きをば見捨てぬお江戸のご贔屓《ひいき》さま」

「実々《じつじつ》もっていずれもさまを、力に始める見世開き」

「その引札のお引立てを」

「ひとえにお願い」

「申し上げまする」

割りぜりふは、河竹新七が書き、田之助と家橘が舞台でうたいあげた、そのままであったが、掛け小屋の兄弟に実にもってぴったりあっていて、二人が頭をさげたとき、見物は、おう、引きたててやるわ、どっと沸いて手を叩いた。

お静と礼三が新しく小さい見世をひらくのでよろしく頼みますというせりふを、兄弟は、大芝居にくらべれば見劣りするだろうが、ごひいきさま、小芝居のわたしどもをよろしくと、自分たちの状況に組みかえていた。

芝居が大詰めになったあと、いったん幕を下ろしてから、七、八人の役者による手踊りがつづいた。小磯ヶ原雪降りの愁嘆場で泣きに泣かせた見物を、にぎやかな手踊りでたのしく浮きたたせ、打ち出そうという心づもりであろう。おひねりが八方から舞台にとんだ。

ゆうも、何かを役者に捧《ささ》げずにはいられなくなった。福之助の扮したお静は、田之助にくらべ、哀切さに欠けていた。田之助は、舞台に立っただけで見物を哀愁感にひきこむ。福之助の姿態は、田之助ほど嫋々《じょうじょう》としてはいなかった。しかし、ゆうにとっては、遠い舞台の枠《わく》のなかに美しい絵のように立つ田之助より、寂しさの底から掬《すく》いあげてくれた福之助が、いま、手をのばせばとどくところにいる、ということの方が、はるかに心を惹《ひ》かれる大切な特別なことなのであった。

小銭ばかりでは物足りなかった。何か、自分だけのものを、と思ったとき、きつとわけ持ったたねを思いついた。いつも肌身《はだみ》につけていたのだから、ゆうには特別なものであるけれど、役者にとっては何の値打ちもありはしない、むしろ、馬鹿にされた、いたずらをされたと感じるかもしれないのに、ゆうはそこまでは心づかなかった。肌守りにしな、いいことがあるだろうよ、と友吉は言っていたっけ。ゆうは、自分の心の一部を福之助にあずけるような気持で、小遣銭の残りといっしょに、二粒のたねの一つを懐紙にくるんだ。

首抜きの浴衣にたっつけ袴《ばかま》、男髷《おとこまげ》、男姿の女芸者という扮装で鉄棒《かなぼう》を鳴らし手古舞を踊る福之助の手に、立っていって渡した。福之助はちょっと笑顔をみせて袖に落したが、見知らぬ者を見る眼《め》であった。

＊

法界坊だとからかわれていたきつの髪も、どうやら形がついてきた。

七月いっぱい軒下に飾られていた玉菊灯籠《どうろう》がとりかたづけられると、八朔《はっさく》の紋日《もんび》である。今年の灯籠は、度重なる歩卒の狼藉《ろうぜき》に叩きこわされ、ひきちぎられ、七月のみそかには、見るかげもなくなっていた。

七月から九月までを、江戸の歳時記は秋と呼んでも、八月一日《はっさく》は、まだ汗がにじむ。

寛文のころ、八月というのに肌寒い日があり、遊女たちはみな袷《あわせ》を着たが、新町宗玉抱えの夕霧が白小袖を着け、その姿がきわだって艶《えん》だったところから、八月一日に廓《くるわ》の遊女は揃《そろ》って白小袖を着るようになった、ともいわれているけれど、ほかにもさまざまな説があって、たしかな起源は廓の者さえ今では知らない。七月のあいだじゅうかかってお針が仕立てた白無垢《しろむく》を、残暑のなかで帯の下を汗まみれにしながら着るしきたりだけが、今もつづいている。禿《かむろ》が雪舞いのように白一色ではねている。

禿や新造《しんぞ》の小袖は、姉花魁が揃えてやらねばならないので、紋日ごとに花魁は苦労することになる。八朔の白小袖も、遊女屋が花魁を金で縛るてだての一つと、このごろ、ゆうには思えてきて、どの客をだまして小袖を無心しようかと算段している姉花魁たちを見るのが辛《つら》い。

外は雨、内は雪。「やあ、てえした雪だるまだ」

傘《かさ》をさし裾《すそ》をからげた男が、見世の格子《こうし》をのぞいた。切見世にでも行った方が似合いの風態だと品定めした見世番の千吉は、その男に声をかけない。

そのとき、ゆうは奥で三味線をさらっていた。後になって、その男のことを千吉からきいたのである。

その男は、初会だといい、〝ゆう〟という花魁はいるかと訊《たず》ねたそうだ。いないと千吉が言うと、おれも花魁じゃあねえとは思った、新造にはいねえか、芸者には、と、しつっこい。源氏名じゃあなく、本名かもしれない、本名がゆうという女はいないか。いくつぐらいのどんな女だと千吉が訊くと、それが皆目わからねえと答えた。

ひょっとしてお嬢さんのことか、と千吉は思いついた。何の用事だ。ここは遊女屋だろう、揚げて遊ぶほかに何の用がある。何か因縁をつけに来たと千吉は思い、冗談じゃねえ、そんな女はこの見世にはいねえ、と追い返し、おめえなんざ、一切りいくらのちょんちょん格子が似合ってら、と背に浴びせたというのであった。

心あたりがおありですかい。

どんな人だった。

年はそう、二十三、四ですかね。新内流しみてえに手拭《てぬぐ》いを吉原かぶりの、面《つら》ァ薄あばた……。

いつごろ来たのさ。

ゆうの声はきつくなった。

夜見世を張ってまもなくときどき、下駄をつっかけて外に出た。もう一刻あまりたっている。どこかほかの見世で遊んでいるのかもしれないが、まさか一軒一軒、福之助という人があがっていませんかと、たずねもならない。

あのとき福之助の手に渡した祝儀の包みのすみに、ゆうは紅筆で細く、『かりたくささや　ゆう』としたためた。目にとまるとは思いもしなかった。おひねりの包み紙など、かたはしから破り捨てられるだろう。名をしるしたのは……、祈りに似ていた。

雨が降ると、ひそかに、福之助を心待ちにしている自分に気がついた。二度とくるはずはない、と思う。ちょんちょん格子で遊べと、千吉は福之助を侮蔑《ぶべつ》したのである。人の機嫌《きげん》をとる商売、低くいやしめられる商売についている者の、屈折した自負心の強さを、ゆうは感じている。たとえば、たいこもちがそうだ。垢離場の役者も、意地と見栄《みえ》、自負の心は、人一倍強いのではあるまいか。もう来はしないだろう。その上、千吉は、ゆうという女はいないと言いきったのだから。二つのたねを、一つずつわけ持った。あの絆《きずな》が、福之助をひき寄せたのだ。会えなかったけれど、かまわないのだ、と、ゆうは自分に言いきかす。どうでも会わずにいられなくなったら、両国に行こう。あの、なつかしいとだけでは言いつくせない場所が、あそこに、ある……。

ところが、垢離場の役者は、ふたたび訪れて来たのである。ゆうが知らないうちに、来て、帰った。十日あまり過ぎた雨の日であった。その日の見世番は千吉ではなく芳三だったので、前のいきさつは知らず、なじみはいない、はじめてあがるのだと言われ、「お初会」と声を投げた。若い者が二階の引付座敷に案内した。入山形に星二つ、一番位の高い花魁をと所望され、桂木はなじみ客が来ていたから賑花魁が出ると、気にいって、盃《さかずき》ごとのはこびになった。その後、賑の部屋で、芸者も呼び、気さくで陽気な遊びとなり、金の切れ離れもよく、初会のことだから、きれいに帰っていった。様子をききに、ゆうが二階の賑の部屋に行くと、賑は、はしゃいでいた。

おでこの役者だと、自分で言いなんしたよ。まだ若い人ざました。

ずいぶん、いやしい人ざますね。賑さんも低くみられなんした。いあわせた桂木が言った。

何であろうと、好いた客は好いた客。お嬢さん、おゆうという人を知りいせんかと訊かれいしたよ。賑は、ゆうに言った。

何と答えたの。

うちの御亭《ごて》さんのお嬢さんでありいすと、言いした。

福之助が、つぎに現われたとき、ゆうは、意表をつかれた。

晴れわたった日の昼すぎであった。ひとり芝居がはじまるよ、と、見世の表がさわがしくなった。きつといっしょに、ゆうも見物に出た。見世の格子に自惚鏡《うぬぼれかがみ》をたてかけ、道ばたで二人の役者が顔をつくりはじめるところであった。

あれ、このあいだ来いした役者さん。

賑花魁の新造が声をあげた。

一人はふつうの白塗りの女形だが、もう一人は顔を右半分は白塗り、左半分は赤っ面《つら》と塗りわけている。

顔を二つに塗りわけて、一人で二役を演じ、往来で投げ銭を求めるひとり芝居は、物日に歩きまわることが多い。仮宅に入ってきたのは、はじめてであった。

女姿になった金太郎が、東西東西《とざいとオざアい》と柝《き》を入れる。

「ここもとお目にかけまするは、浮世塚比翼稲妻《うきよづかひよくのいなずま》は、名古屋山三と不破の鞘当《さやあて》。東西東西」

福之助は、赤っ面の不破伴左衛門と、白塗りの名古屋山三、半面を交互に見せながら、身ぶりをまじえ、一人で鞘当てをはじめた。花の吉原仲之町の本舞台、東のあゆみに名古屋山三、本花道に不破伴左衛門がたちあらわれての掛けあいである。

「遠からん者は音羽屋に聞け、近くば寄って目にも三升《みます》の寛濶出立《かんかついでた》ち、いま流行の白柄《しらつか》組、通い曲輪《くるわ》の大門を、入れば忽《たちま》ち極楽浄土、虚空《こくう》に花の舞いわたり」

「歌舞の菩薩《ぼさつ》の君たちが、妙なる御声音楽は、まことや天女天降《あまくだ》り、花ふりかかる仲之町、色に色あるその中へ……」

ゆうは、懐紙に小粒と、一つ残っていた種子《たね》を包んだ。紅筆で、前と同じように『か

りたく　ささや　ゆう』としたためた。

「互いに変らぬ対面に」

「場所も多きに吾妻《あずま》なる」

「花の中なる花のころ」

「折よくここで」

「逢《あ》いましたなあ」

みえを切ったとき、ゆうは、おひねりを投げた。名古屋山三の半面をみせた福之助は、宙に手をのばしてさらいとり、袂《たもと》に落とした。眼があった、と、ゆうは思った。

まとめた荷を金太郎が背にななめにかけ、柝を三味線に持ちかえ、弾き鳴らしながら会釈《えしやく》して、二人で悠々《ゆうゆう》と去ってゆく。道々、放られるおひねりは、たくみに受けて懐中に入れる。

しゃれっけのある役者衆だ、と、女たちは興がった。

「きつ、種子はまだ持っているかい」

「あい、持っておりいすよ」

「一つおくれな。あたいのは、役者さんにあげてしまった」

四つは縁起が悪いとこの前言ったのに、ゆうは、きつの手もとに残るのが四粒になることに、このときは気づかなかった。

＊

好奇心を持っただけのことであったにもせよ、『かりたく　ささや　ゆう』としるした紅の文字をたよりに、垢離場の役者は、三度も来てくれた。そう考えると、ゆうは、矢も楯《たて》もたまらなくなった。近ごろはぶっそうだからと、一人歩きは両親にとめられている。揚げ番で軀《からだ》のあいている芳三に、連れていってくれと頼んだ。おえんの見世に遊びに行くと、とよには言いつくろった。粟餅《あわもち》の曲搗《きよくづ》きはちょっとした見世物にもなっているから、「十四にもなって、まだあんなものがおもしろいのかい」と言いながら、とよは不審の念は抱かなかった。

ゆうは、福之助とのかかわりを、親と切りはなしたことにしておきたかった。そこは、親の影、遊女屋の影のささぬ別世界であった。

芳三といっしょに楽屋をのぞくと、一番年若い金太郎が、「おう、あがりな」と、気さくに声をかけた。

その隣りで福之助が顔をつくっている。ほかの役者たちも、顔をつくり衣裳をつけながら、ざれ口をたたきあっている。

「かりたく、ささやのおゆうさんだね」

話しかけたのは金太郎で、福之助は、鏡のなかでちょっと笑顔をみせただけだった。

〝特別な場所〟に、するりとあっけなく身をおいてしまった……。それにしても、この場所の、何と居心地のいいことか。ここでは、あたしは、無垢《むく》でいられる。あたしは、だれをも傷つけていないのだ。

眉《まゆ》をひき終えてから、福之助はむきなおり、

「このあいだは、遊《あす》ばせてもらったよ」

と、言った。

「兄さん、賑花魁に裏をかえしなさるの」

ゆうは、どぎまぎして、自分で思ってもいないことを口にしていた。

「おや、この子供《びり》が悋気《りんき》だよ」

金太郎がからかい、ゆうは赤くなったが、からかわれるのが不愉快ではなかった。

「花魁にゃあすまねえが、あんな散財は一度こっきりで沢山だ」福之助は言った。「あ

れは、おれが意地をとおすため、親方から金をむしりとったのさ。この吝《しわ》い親方も、いりわけをきいたら、よし、思うさま使ってこいと、ためこんでいたやつをつかんでよこしたぜ。なあ、親方」

福之助が親方と呼ぶのは、座頭で長兄の角蔵のことである。

ゆうは、せいいっぱい背のびした口調で、

「そのあとのやりようが乙りきだったと、みんな言っていましたよ。おでこの役者だとさらりと言ってのけ、景気のいい遊びのあとで、あのひとり芝居だもの。贅沢《ぜいたく》な芝居だった」

せっかく大人ぶって言ったのに、福之助は、あっさり子供扱いした。

「おれももう揚りはしねえが、おめえも、分不相応な祝儀《はな》はやめなよ。笹屋さんがいくら大身か知らねえが、親に内緒で来るんだろう」

「わかるんですか」

「わからなくてさ。おれたちのような役者を世間で何というか知っているかい」

「おでこ……」

「男地獄《おじごく》。男傾城《おとこけいせい》。おれの芸に惚《ほ》れさせ、惚れてきた女には底無しに貢《みつ》がせる。おめえみてえな子供《びり》の腕をひねるほど、女ひでりはしていねえのさ。いつでも遊びに来な。祝儀《はな》はいらねえよ」

「福兄《ふくにい》が、乙ゥきれえな口をきく」

金太郎が冷かした。

「おめえたちは乙なひとり芝居でいい気分だったろうが、おかげであの日は、市村座同様、ここも値下げだったぜ。立役、立女形が休んだんで、見物衆に座蒲団《ざぶとん》を投げられた」

角蔵は、ぶっきらぼうに言う。

「太夫元《たゆうもと》に、勘定があわねえと絞られたっけよ」

「ところで、あの種子ァ何の呪《まじな》いだい」

ゆうは困った。口ではうまく説明できないのだった。

「あの……持っていると、何かいいことがあるって……」

「お福わけかい」

「あい」

「お祝儀《はな》に種子をもらったなァはじめてだぜ。捨てちまおうとしたんだが、いってえ、どういう了見で、おひねりに、やくたいもねえ種子も包んだのか、ちょいと心にひっかかってさ」

「それで、来てくれたんですね」

「紅で書いた文字も、色っぽかったのよ。ところが、会ってみたら、こんなねんねェだった」

ねんねで悪うござんした。心のなかだけで言った。はすっぱなことは、福之助の前で口にできなかった。

言葉がとぎれた空白に、ほかの役者の話し声が耳に入った。

「紀伊国屋が脚を切るってな」

「おい、いま何と言った」

福之助の表情が険しくなった。

「紀伊国屋が……」

「冗談もてえげえにしねえな」

「でも……」

「あの……その話は、あたしもきいたけれど」

何げなく口をはさみ、ゆうは、言わなければよかったと思った。福之助が、まるで鳥《とり》肌《はだ》立ったように見えたのだ。

『田之助儀いまだ全快不致《いたさず》出勤なりかね候故《ゆえ》、又々無人にて興行致候儀、何《いず》れも様の思《おぼ》し召しの程も如何《いかが》と一同心配致し……』と、七月に田之助休演の詫《わ》びの口上を出した市村座は、八月の興行も、田之助が休演したので、客足が落ちるのをとどめるために、桟《さ》敷《じき》代、高土間代、すべて再び値下げした。

「おめえ、だれからそんな話を聞いた」

「うちにくるお客に、芝居の人は多いんです」

ゆうは言った。

「脱疽《だつそ》とかいう病気で、足が……肉や骨が死んだように腐ってゆくんですって。切らないと命とりになるって」

「だって、おめえ、田之太夫は役者だぜ。それが足を切ったら……死ねというようなもんじゃあねえか。ほんにかえ。もう、切っちまったのか。切っちまったら、とりかえしはつかねえ。そんなことを……」

「あたしも、くわしい話は知らない」

福之助の見幕に、ゆうは少したじろいだ。

「お客さんからきいた話を花魁衆《おいらんしゅう》が話しあっているのを耳にしただけだから」

「そのこたァ、おれもちらりと聞いたぜ」

角蔵が口をはさんだ。

「三月にいためた足の傷ァ、とっくにふさがってなおったようにみえたのに、いまごろになって腫《は》れあがり、立ちもならねえほど痛むってな」

「女の怨《うら》み、いびられた役者の恨みだと、人は言っていますのさ」

田之助が足を切ることを口にした役者が言った。

「おめえも以前は稲荷町《いなりまち》（大部屋）だったっけな」と角蔵が、「紀伊国屋にいじめぬかれた口か」

「だが、そいつァおめえが悪いんだぜ」福之助がそっけなく言った。「おめえみてえな棒鱈《ぼうだら》じゃあ、おれだって怒らァな」

「おや、あたしが棒鱈ですか。これでもあたしは、市村座の大舞台を踏みましたんですよ。火縄《ひなわ》売りよりゃァ」

調子づいて言いかけた横っ面を、角蔵がはり倒した。

「てめえ、そういう了見か。失せやがれ。おれの下に立つが不服なら、とっとと出ていけ」

火縄売り？　飴屋《あめや》ときいていたけれど……と、うしろで控えている芳三にゆうは、目で問いかけた。芳三は首をかしげてみせただけで、何も言わなかったが、飴売りをやる前か後かに、芝居小屋の火縄売りもやったのだろうと、ゆうは見当をつけた。平土間の客へ莨《たばこ》に火をつけるための火縄を売りつけるのが、火縄売りである。

「すんません。つい口が過ぎました」もと稲荷町は、身をちぢめた。

「口をつつしめばすむってえもんじゃねえ。腹んなかで思っているから、つい口にも出る。失せろ」

角蔵は容赦なかった。もと稲荷町が、いなおって毒づくかとゆうは思った。しかし、この男はあくまで下手に、許しを乞《こ》うた。

「かんべんしてやっておくんなさい。戯《ざ》れ口のつもりだったんです」

「親方、こいつが腹に毒のねえ奴だってことは知っていなさるだろう」

他の者がとりなす。

「こうやって詫《わ》びをいれてるんですから」

「じきに幕を開けますよ」

と、柝をかまえた男が言った。

「よござんすか」

「あとで、とっくり腹をきかせてもらおうじゃねえか」

角蔵はなおも言う。

「おれたちは、たしかに、飴売り、火縄売り、弁当《べと》よしかの中売りだった。おめえたちァ、稲荷町たァいえ、大舞台を踏んでいる。おめえたちがうちに入《へえ》るとき、おれは何と言った。腹んなか、さらけ出せ。そう言ったはずだ。てめえの芸は棚《たな》に上げて、火縄売り、飴売りと、さげすむ心がちっとでもあるなら、おれの下にはつくなと、そう、おれァ言ったぜ。おめえが、口がすぎたとあやまるのが、おれァかんべんならねえんだ。市村座だろうが何だろうが、おめえの芸ァ、おれの目から見ても棒鱈よ。だが、おめえが、大舞台できたえたおのれの芸が、火縄売りよりまさると心底思うなら、うわべばかりへいこらあやまるなと、おれァ言うんだ。稲荷町だろうと大名題《おおなだい》だろうと、役者は役者、棒鱈は棒鱈だ」角蔵は、稲荷町を怒りつけながら、半分は芳三とゆうにきかせているのだと、ゆうは思った。

役者の身分は、名題と、相中《あいちゅう》、中通り《ちゅうどお》、下立役、子役、色子に区別され、最下級の下立役が、稲荷町とも呼ばれる大部屋役者である。名題とそれ以下の役者とのあいだには、越えがたいへだたりがあり、名門の子弟でなくては、名題になるのはきわめてむずかしい。まして、下立役は、三座にいては、ほとんど一生、下積みで飼い殺しのありさまなのである。たとえ小芝居、緞帳《どんちょう》芝居でも、名のある役についた方がいいと、うつってくる者もいる。この役者も、そういった一人なのだろう。

「親方、客が沸いてるよ」

金太郎が言った。早く幕を開けろと騒ぐ声が大きくなっていた。

「すんませんでした」

うかつな軽口を叩《たた》いた役者は、すなおに頭をさげた。棒鱈呼ばわりして騒ぎのもとをつくった福之助は、そちらの方には関心のない顔で、重い傾城の鬘《かつら》をつけながら、

「田之太夫が足を切るという話、たしかなところをきいてきて、知らせておくれな」

鏡の中のゆうに向って言った。

逢州《おうしゅう》殺しの場になるころ、陽《ひ》が翳《かげ》りはじめた。下廻《したまわ》りが、燭台《しょくだい》を舞台端に並べる。

福之助が扮した傾城逢州の華麗な裲襠がひるがえるたびに炎はゆらぎ、光と翳が交錯した。

逢州を、自分を裏切った妻さつきと思い違えた御所五郎蔵が、裲襠の裾を踏まえ、刀を浴びせた。

掛け小屋の客は息をのみ、それから、どよめいた。

『曽我綉俠御所染《そがもようたてしのごしょぞめ》』は、元治元年、河竹新七が小団次のために書き下ろした狂言である。小団次は、何か私が困るような皮肉な趣向をこらしてくれと、河竹新七に注文した。その趣向が、逢州殺しにつづく大詰めの、五郎蔵自害の場面である。小団次写しの五郎蔵に扮した角蔵が、肌をぬぎ、手拭を巻いた刀の切先を腹に突き立てた。同時に、妻のさつきが胸に懐剣を立てる。河竹新七は、五郎蔵が尺八を吹きながら、さつきは胡弓《こきゅう》を弾きながら、落ち入る――絶命する――というむずかしい台本を与えたのである。

小団次はこの場面で大好評を得たが、客席にまわったゆうの目にも、垢離場《こりば》の役者の落ち入りは、手にあまるようにみえた。

三座のように悠長《ゆうちょう》な幕間《まくあい》をとっていたら、掛け小屋の見物は帰ってしまう。いったん下ろした緞帳はすぐにあがって、手踊りとなる。

裾引きの芸者姿で舞台に出た福之助に、

「おう、ひとり芝居をやってくれえ」

見物から声がとんだ。そうだ、ひとり芝居をやれ、と、他の者も口々にどなる。笹屋の見世先での茶番をきき知った者がいるらしい。

福之助は口上をのべるときのように舞台に正座し、東西東西《とざいとオざアい》、凛《りん》と声をはった。客が一瞬、好奇心と期待で声をおさめたとき、うしろをむいて中腰になり、両腕を交叉《こうさ》して肩にまわし、のけぞった。客の目には、その手は、女を抱きすくめた男の手に見える。のがれようとする女をしつっこく男の手が追うさまをみせ、姿勢をたてなおすや、

「金さんや」

金太郎を呼び、いなせな町奴《まちやっこ》姿の金太郎が袖からあらわれると、手をとりあい、抱きしめて口を吸うきわどい濡《ぬ》れ場をみせた。

「濡れごとは、やはり主《ぬし》さん相手がようござんすわいなァ」

下座が三味線を弾き鳴らし、手踊りに流れこませた。

「ひとり芝居は、もっとちがうものなのに、やってみせなかったね」ゆうは芳三にささやいた。

「あれは、いっそ賢いやりかたというものでござんしょうよ」芳三はささやきかえし

た。

「塗りわけのひとり芝居をやってみせたら、客は、おもしろがって、毎日でもやらせましょう。しかし、げて芝居ですからね、いっときは評判になっても、じきに倦《あ》きられる。倦きたら、また目新しい趣向を望むのが、客でさあ。げてより、本筋の芝居をきっちり見てほしいと、こう思って、あんなやり口でいなしたんでしょうよ」

「賢い役者なんだね」と、ゆうは自分がほめられたように笑顔になった。

＊

薙刀《なぎなた》ほおずきを鳴らしながら、

「おれはもう、奴島田はよしにして、針うちにしてくだせえ。花魁がそう言わしった」

男禿《おとこかむろ》が、牛台に、深く腰かけたのでは足が土間にとどかず、ずり落ちそうなかっこうで腰を下ろし、八つという年にしてはこましゃくれた口調で言う。昼見世がはじまる前の見世先である。

「その次は、わっちだよ」

「いんにゃ、わっちが先さ」

縞木綿《しまもめん》のふだん着に紅の綿繻子《めんじゅす》の半衿《はんえり》、納戸色《なんどいろ》の油掛を胸にかけた禿たちが騒ぐので、髪結いは、「この子供らァ、よういがみあう。ちっと静かにしねえか」

男禿の髪をぐいと梳《す》き上げる。

禿の数が足りないとき、近所の顔だちのいい男の子を短期間、禿として雇う。賑花魁についていた禿が水痘《すいとう》にかかり、今戸の寮にやられたので、貸本屋の伜《せがれ》が雇われてきている。男の子は珍しい上に、愛らしい顔なので、禿たちは小蝿《こばえ》のようにまといつく。少しませた禿は、からかったりいびったりして、関心を示す。

「おれの次は、きっちゃんさ」

源氏名をりん弥《や》と呼ばれる男禿は言い、きつを招き寄せる。

「きっちゃんの髪ァ、こう、つやつやときれえじゃねえか」

いっぱしの丹次郎で、愛想を言う。

「ほれ、すんだわ」

髪結いに背を押され、牛台からとび下り、きつを坐《すわ》らせてやる。禿たちの髪を結うのは、男髪結いと決まっている。

りん弥は、突き袖《そで》で少しとくいそうに、

「知っているかえ。公方《くぼう》さまが、京《みやこ》で、たいこもちになりなさったのだ」

「何をぬかしやがる」男髪結いが櫛《くし》でりん弥の頭をこづいた。「餓鬼でも、めったなことを言うと、ひっくくられるぞ」

「花魁の客が言わしった」

「公方さまが、座敷で〝ずぼら〟でも踊りなんしたのかえ」

年かさの禿が、眼《め》を大きくして訊《き》く。

「ずぼらか、かっぽれか、何を踊りなさったか知らねえが、とにかくたいこもちをやりなさったのだ。おいたわしいじゃあねえか」

禿たちの髪梳きを眺《なが》めていたゆうは、男禿の思いちがいに気づき、笑いだした。

「おまえ、とんでもないことをお言いだよ。ああ、おかしいったらない。もう、笑い死にさせられるよ」

「でも、お嬢さん、賑花魁のゆんべの客が、たしかにそう言わしったんですよ。おれァしっかり聞いたもの」

「たいこもちじゃあない、幇間《ほうかん》と言ったのだろう」

「同じことじゃあねえですかい」

ゆうにしても、幼い男禿の思いちがいを笑えたものではなかった。ゆうも最初、え、公方さまが幇間を、と、小耳にはさんだとき思ったのだ。座敷で話しあっていたのは、松平和泉守の家臣、松本たちである。大政奉還などという言葉は、それまでのゆうの語彙《ご》にはなかった。十月十四日、将軍慶喜《よしのぶ》が朝廷に大政奉還の上表を提出し、翌十五日承認されたことは、かわら版にもなっていたのだが。

名を捨てて実をとるのだ、と、松本たちはことさらに肩をいからして、言いあっていた。政事《まつりごと》をかえされたところで、子供のような新帝や長袖の公卿《くげ》に何ができるものでもない。この後の御定書が奏されているそうだが、それによると、大名と藩主が『議政院』というものを作り、大樹《たいじゅ》（将軍）がその首長となる、天子は、議決されたものを認証するだけで、拒否する権限はないという。

いや、薩長《さっちょう》の奴らがそれでは承知せず、あくまで大樹を倒しつくそうと画策しているというのが気になる。西の方の、例のお札《ふだ》降りやええじゃないかの騒ぎも、薩長がひそかに煽動《せんどう》しているときいた。

これまでになく、語気のすさんだ荒々しい酒宴であった。松本は盃《さかずき》を床柱に投げつけた。常日頃《ひごろ》はおだやかな松本の粗暴な酔態は、話のなかみはわからぬゆうにも江戸におそろしい事態が迫っていることを感じさせた。

——お江戸見るならいま見ておきゃれ。

いまだに廃《すた》れない流行唄《はやりうた》が、ゆうのくちびるにのぼる。声には出さなかった。

名古屋の寺社方同心大野八十次郎《やそじろう》の家に内宮《ないくう》のお札が降ったのを皮切りに、京、大坂、あちらこちらに、大神宮だの天満宮だの、さまざまなお札が降りはじめた。吉兆だ、と、人々は狂喜して〝ええじゃないか〟と踊りまわる。その騒ぎようはかわら版でつたえられ、やがて、江戸でも三田、芝、麻布《あざぶ》あたりから、お札降りがはじまり、次第に東へ、銀座、築地、そうして浅草両国辺へとひろがった。江戸では、ええじゃないかの狂乱踊りにまで発展することはなかったが、強盗、辻斬《つじぎ》り、白刃をかざし鉄砲を持った武士の集団による押し込みは数を増した。それらの強盗武士は三田の薩摩屋敷に出入りしていると風評がたった。実際、強盗の群れが千両箱を薩摩屋敷にかつぎこむのを目撃した者もいるということだ。江戸の人心攪乱《かくらん》が奴らの狙いなのだ、と松本らは酒を浴びながら苛《いら》だった。

師走《しわす》十七日、十八日は浅草の歳《とし》の市で、観音様に参詣《さんけい》してから正月のものをととのえるのが、吉原の楼主のならわしである。佐兵衛が出入りの男たちを伴《とも》に繰り出すのに、ゆうも毎年連れていってもらっている。去年は火事騒ぎのあとで、歳の市の買物どころではなかった。今年も、世情はぶっそうで、深川から浅草までわざわざ出向くのもどうかと、ためらいはしたが、こういうときだからこそ、にぎにぎしくやって不景気を追い払おうと佐兵衛は言い、例年どおり若い衆や出入りの職人、鳶《とび》の者などを十四、五人ひき連れて出かけることにした。すでに吉原の焼け跡に見世を再建し、引き移った妓楼《ぎろう》や茶屋もある。どのくらい復興しているか見てこようという心づもりもあった。

佐兵衛は、ゆうも連れてゆくと、とよに言った。今年はいつもとちがう、遠出して大丈夫だろうかと、とよは心配したが、こんなに大勢男たちが行くのだ、大事はないと佐兵衛はゆずらなかった。とかくひきこもりがちなゆうの気をひきたたせようと思ったのでもあろう。

おえんの粟餅《あわもち》を口実に、ゆうは九月、十月に二回ずつ垢離場の小屋を訪れている。十一月に入って、また芳三にねだると、三人兄弟の芝居は浅草の奥山に移ったそうだと芳三は言った。芳三が嘘《うそ》をつくわけもないけれど、自分の目でたしかめずにはいられなくて、芳三と二人で垢離場に行った。掛け小屋の前の三人兄弟の名をしるした幟《のぼり》は消え、絵看板も、足芸の軽業のものにかわっていたのだった――。

男衆は揃《そろ》いの仕着せを着、主だった者はこれも仕着せの革羽織をはおり、買ったものを入れる大笊《おおざる》を持って、船で浅草に向った。

浅草寺の境内《けいだい》はにぎわっていた。大政奉還も辻斬り押し込み強盗もまるでかかわりないように、着飾った人々が行き来する。まず目につくのは、金と朱に塗った大小さまざまの張子細工の男根を並べた見世である。細工の下部に鉛を入れ起き上がりこぼしのようになっている。遊女屋には大切な縁起物であり、毎年、新しいのを内所の縁起棚《だな》に飾る。大きいのを一つ求め、更に、板昆布《いたこぶ》や、ふっさりと大株のホンダワラ、髭《ひげ》をぴんと張った大海老《おおえび》、裏白、ゆずり葉、橙《だいだい》などの飾り物、若水を汲《く》むための真新しい手桶《ておけ》、杓子《しゃもじ》や玉杓子《たまじゃくし》、小笊などの台所道具と、次々に買っては大笊に放りこむ。

それから若い衆は二本の天秤棒《てんびんぼう》を笊に通し、朱と金の縁起物を結びつけ、左に大杓子、右に玉杓子をくくり、その上から革羽織を着せかけた。二つの杓子がちょうど手のようだ。おかめの面を張子の男根につけてやり、手拭《てぬぐ》いで向う鉢巻《はちまき》をさせ、わいわいと、かつぎあげた。掛け声をかけて、雑踏のあいだを練り歩く。

仲見世で、佐兵衛はゆうに羽子板をえらばせた。児雷也《じらいや》お雪に扮した田之助の似顔のものを買い、仮宅で待っているきつのためには、家橘の似顔のものを求めた。田之助の田之助の似顔の羽子板は、去年にくらべて今年は数が少ないようだ。田之助の片脚切断は、事実だった。横浜居留地に診療所を開くヘボンというアメリカ人の医師が手術したのだそうだが、これじゃあ役者もおしまいだろうと、人気の度合をあらわす羽子板まで減ってしまっている。ゆうは、人々に見捨てられかけている田之助に肩入れするような気持で、その羽子板を求めた。福之助を冷淡にあしらった田之助に、ゆうは口惜《くや》しさをおぼえていたのだけれど。

すぐ近くの奥山の小屋に、福之助が出ている。幼いころからなじみの寂寥感《せきりようかん》、心のなかに空洞《くうどう》をかかえて生まれてきたのかと思うようなあの感覚を、いっとき忘れさせてくれるのは、福之助のいる楽屋だったが、垢離場から奥山へ移ってしまったので、訪れることができなくなっていた。あそこに行きたい、と思うと、強い光に目がくらんだふうに、ほかのものが見えなくなった。

「お父っつぁん、あたい、奥山の芝居が見たい」

口に出せば、他愛《たわい》ない言葉になる。佐兵衛の耳にも、子供じみたおねだりときこえたことだろう。

「それじゃあ、こうしな。お父っつぁんはこれから皆と廓《なか》へ行って、和泉屋《いずみや》にあがっている。仲之町の茶屋だ。わかるだろう。芳三、おまえ、おゆうにつきあってやってくれ。芝居が閉《は》ねるまでいちゃあ遅くなる。半刻《はんとき》もしたら、和泉屋に連れてきてくれ。いいな」

芳三はゆうに、何一つ意見がましいことは言わない。おえんの粟餅をだしに垢離場の芝居を見にいったことも、佐兵衛やとよに黙ってくれているし、おでこの役者なんぞにのぼせあがって、と嗤《わら》いもしない。だが、ゆうに忠義だてしているというふうでもなかった。

見世先で客をひくときの軽薄な饒舌《じょうぜつ》は、本来の性質とは別のものらしい。

「芳三、あたい、浮いた気持じゃあないんだよ」奥山の見世物小屋のあいだを歩きながら、ゆうは言った。芳三は、うなずいた。

「何て言ったらいいんだろうねえ。信心みたいなもんなの。救われるんだよ、ほんの少し……」

「それはよござんしたね」芳三は言った。

「あたいが辛《つら》いなんて言ったら、罰があたるよね。お父っつぁんもおっ母さんもいて、お飯《まんま》に不自由はなくて。何がこんなに……」

辛いんだろうねえと、他人に問わなくても、ゆうには、答えはわかっている気がした。辛い人たちを踏み台にして、あたいは、いるんだものねえ。そのせいだけじゃない。遊女屋の娘でなくっても、辛さ、寂しさは変るまい、という気もする。

「俺《おれ》はむずかしいことは知りやせんが、仏さまの教えでは、四苦ということをいうんだそうでさ。生《しょう》、老、病、死、とね。耳学問のうろおぼえですがね。老いぼれるのと、病《やまい》と、死ぬのと、これが苦だというのは、わかりまさね。だが、生も……生まれて生きるのも苦だと……これじゃ、何から何まで、苦のほかは無《ね》えってことになるが……わかりまさァね」

「おまえも、ここが寂しい？」ゆうは、芳三の胸に指をあてた。芳三は、ちょっと笑った。これまで、だれにも訊《たず》ねようとしなかったことを、ゆうは、はじめて口にした。

「玉衣花魁《おいらん》はどうしていなさるか、芳三は知っているかい」

芳三の表情が、わずかに変化した。

「お嬢さんは、知らない方がよござんすよ」

「察しがつかないわけじゃあないけれど……。玉衣花魁の怪我《けが》は、桂木花魁がわざと何かしたのかい」

「お忘れなさいやし。本当のところは、二人の花魁のほかにゃあ、わからねえ。玉衣花魁は、桂木花魁が、あの騒ぎのなかで、わざと突きとばしたと言いなさる。桂木花魁は、突きとばしたなどとんでもない言いがかりだ、玉衣花魁の軀《からだ》に触れもしないと……」

「忘れたら、玉衣花魁がかあいそうだ」

「それをきいたら、花魁がよろこびましょうよ」

「どこにいなさるの」

「お忘れなさいやし」と、芳三は、また言った。

富田兄弟の名を染めぬいた幟が立つ小屋は、筵掛《むしろが》けではなかった。垢離場の小屋の三倍はある大きさで、粗末なものではあるが壁は板張り、見物席の上に板葺《いたぶ》きの屋根もある。

「この小屋で興行できるのは、てえしたものなんですよ」芳三が教えた。

「新門の親分を知っていなさるでしょう」

「を組の頭かい」

町火消を組の頭新門辰五郎は、七十に手のとどく老齢だが、江戸で当代一の俠客《きょうかく》であり、ゆうも名前は聞き知っている。

辰五郎は浅草境内の掃除方（風紀衛生の取締り）をつとめ、この一帯で商いをする香具師《やし》をとりしきっている。香具師たちは、毎日のあがりの何割かを辰五郎におさめる。

十五代将軍慶喜に、新門辰五郎はじきじきに目をかけられているということだ。慶喜がまだ一橋家にあるころ、辰五郎と以前から親しい上野大慈院の覚王院義寛がひきあわせ、慶喜にいたく気にいられた。袢纏《はんてん》着用のまま江戸城中奥まで入るのを許されている。目下、上方に上っている慶喜の身辺警護のため、随行している。三座のほかは筵掛けの小屋しか許されない江戸で、ただ一つ例外の、この奥山の常打ち小屋は、新門辰五郎のものであった。ここでの出しものは辰五郎の眼鏡にかなわねばならず、ここで興行するのは、おもしろいと内容に折紙をつけられたも同様なのだと芳三は言い、

「もっとも、辰五郎親分は上方に行ってなさるから、代貸しさんが話をつけたんでしょ

うがね」とつけ加えた。

木戸銭を払って札を受けとり入ると、顔見知りになっている内木戸の弥五《やご》が、「おや、お嬢さん、よく来なすった」と、角力取り《すもうと》のような大きな軀で見物のなかにわけ入り、つめさせて席をつくってくれた。だしものは、垢離場でも見たお静礼三で、見物は気持よさそうに泣いていた。

父と約束した半刻はたちまち過ぎ、芳三に「どうしなさいます」と訊かれ、すなおに立った。福之助は、いつでも、ここにいるのだ、消えてなくなりはしない。芳三がゆうの言葉をそのまま掬《すく》いとってくれたことも、ゆうをすなおにさせていた。

「なんだな、来たと思ったら、もう帰りなさるのかい」

そう言う弥五に、福之助へのおひねりをことづけた。『かりたく　ささや　ゆう』と、やはり紅筆でしるした。

「正月も、こっちでやっていますから、また来てやっておくんなさい」

弥五はおひねりを袂《たもと》に落とし、愛想よく言った。

焼け落ちた廓《くるわ》の大門は、建てなおされていた。黒塗りの冠木門《かぶきもん》、鉄鋲《てつびょう》を打った扉《とびら》、脇《わき》のくぐり戸、すべて以前のとおりである。番所も再び建ち、木枯しが吹きぬけ土埃《つちぼこり》を捲《ま》きあげる仲之町は両側に引手茶屋が並び、一見、何の災害もなかったようにさえ見える。しかし、茶屋はまだ見世開きしていないところも多かった。和泉屋に行く前に、江戸町二丁目の笹屋の跡に、ゆうは行ってみた。

材木をはこびこみ、普請《ふしん》をはじめている見世や、すでに建ちあがった見世も幾つかあり、そのあいだに残る空地は、材木置場、ごみ捨て場になっている。笹屋の跡は、隣りの見世を普請中の大工が鉋《かんな》をかけるのに使っていた。木屑《きくず》、鉋屑が大工の足もとに堆《うずたか》くたまり、風に舞い上がる。

「焼けても焼けても、立ち直るな」芳三がつぶやいた。

「河岸《かし》はもう、以前のとおりの繁盛《はんじょう》さね」

大工は鉋の手を休めず応じた。

河岸……。浄念河岸に落とされた薄雲花魁に会いにいった幼い記憶が、玉衣にかさなる。薄雲に馬糞《ばふん》を投げつけられた。遊女屋の主人の娘が、よくも顔を出せたものだと、薄雲は思ったことだろう。

同じ遊女屋でも、大籬《おおまがき》、半籬は、遊びにゆとりがある。遊女は着飾り、客を見下《みくだ》すのも遊びのうちである。芝居のせりふに、〝歌舞の菩薩《ぼさつ》の君たちが、妙なる御声音楽は、まことや天女天降り《あまくだ》〟と讃《たた》えられもする。一つの廓のうちに、外からは天女と見られる花魁衆と、ただ無惨《むざん》としか言いようのない切見世の女が、ともにいるのであった。

河岸の女郎の大半は、小見世で食いつめたすれっからしの大年増《おおどしま》や、廓外の岡《おか》場所で怪動《けいどう》（私娼《ししょう》狩り）にあい、送りこまれてきた者などで、病い持ちも多く、毒にあたりやすくて危険なので、河豚《ふぐ》見世、鉄砲見世とも呼ばれる。客種も悪い。

玉衣は、浄念河岸にいると、ゆうは今ではほとんど確信している。

父と母が、玉衣を河岸に落とした。八つの年から二十五まで笹屋で育った玉衣を……。怪我をした不運は、廓では、罪をおかしたのと同義なのだ。

果ては桜もむごき吉原、と、玉衣はまるで身の末を予知してうたったようだ。

大工は勢いよく、鉋を手前にひいた。長くのびた鉋屑が、ゆうの足もとに落ち、とぐろを巻いた。

＊

北風が吹き荒れる季節、江戸の町は、どこかの辻《つじ》で半鐘が鳴らぬ夜はない。魔性の火が木枯しにのって辻々を駆け抜ける。

師走二十三日の早暁《そうぎょう》、まだ闇《やみ》の色の濃い空に火の粉が紅《あか》い靄《もや》のようにのぼるのが、深川からも見えた。

また火事かいと、だれも気にとめなかったのだが、翌日のかわら版で、焼けたのが江戸城二の丸と知れた。二の丸といえば、十三代将軍家定の夫人であった天璋院《てんしょういん》の住むところである。薩摩藩邸の浪士たちが江戸市中数十箇所に放火して、天璋院を奪う計画があると、前々から噂《うわさ》が流れていた。天璋院は島津斉彬《しまづなりあきら》の養女である。出火したのが奥女中の部屋であったから、女中が諜者《ちょうじゃ》であったのだ、手引きして薩藩の者に放火させたのにちがいない、と噂に尾鰭《おひれ》がついた。その前夜、二十二日の夜には、庄内藩士の赤羽屯所《とんしょ》に浪士たちが発砲する事件があった。

二十五日、染井、巣鴨の植木職人たちが、今年も松飾りをはこびこんできたが、到着したのは未《ひつじ》の刻に近かった。

「どうしたんだえ、植徳さん、これじゃあ、じきに日が暮れちまうじゃあないか」

とよが苦情を言うと、

「それがおかみさん、大変《てえへん》なことがありやしてね、木戸木戸でとめられちゃあ、お取調べで、実のところ、今日は無理だから帰《けえ》っちまおうかと、皆で言いあったくらいで」

「何があったんだい」

「大捕物があったんでさ。三田の薩摩屋敷に、お上の軍勢がお召し捕りにむかって」

「お役人でなく、軍勢が？」

「何だかよくわからねえが、とにかく大変で。さあ、ぐずぐずするな。さっさと仕上げろ」

言いながら後の方は、職人たちをどなりつけている。

「きつ、見ちがえたなあ」

切り禿《かむろ》にととのえたきつの髪を、友吉が撫《な》でようとし、

「おっと、この手でさわったら」

「去年も、そう言いなんしたよ」きつは、くっくっと笑った。「この手でさわったら泥《どろ》坊《ぼう》主《ず》になると言いした」

「おめえ、廓言葉がすっかり身についたじゃねえか」

友吉の声音に、いたましそうなものがあるのを、かたわらにいたゆうは感じた。

「友さん、これは何なの、教えておくれな」

ゆうは、帯のあいだから小さい袋を出し、中の種子を手のひらにのせた。

「きっちゃんに、去年、やっただろ。そのなかから、あたいも一粒もらったの。ほんとは三粒もらった。二粒は、ほかの人にあげてしまった。何の種子なんだえ」

「わっちも持っていいすよ」

きつは、小さい袋を帯のあいだからのぞかせた。

「去年言いませんでしたかね。桜でさ」

「なんだ、桜か。わざわざきっちゃんにくれたりしたから、よほど珍しい種子かと思ったよ」

「いまのところ、染井にしかない桜でさね。よほど珍しい種子でやすよ。しかも、はじめてとれた種子で」

「染井にしかないの」

「春、見に来なされればよかったね。来年は、染井に花見に来なさるがいいですよ。上野にも向島にもない桜が見られまさ。もっとも、まだほんの苗木ばかりだから、五、六年先の方がいいか」

「上野や向島の桜と、どうちがうのさ」

「まあ、花が咲いたら見てやっておくんなさい。おれの自慢の桜でさ」

「この種子、埋めてみましょうか」

きつが言った。

「いえ、仮宅に植えたって、やがてここはひき払うようになるのだから」と、ゆうはとめた。

「それじゃあ、吉原にもどってから」

「おきつ、あたいはね、その種子、おきつがほんとに住むところに埋めるがいいと思うよ」

「それじゃ、やはり吉原ですね」

「いいえ、吉原も、おまえには仮の宿さ。友さん、この種子は、何年先でも土に埋めたら芽が出るの」

「いえ、こう干からびたのは、芽は出やせんよ」

「なんだ、死んだ種子なの」

ゆうは、少しがっかりした。種子は眠っているだけで、土にかえしてやればめざめると、単純に思いこんでいたのである。

花の御霊《ごりょう》

白刃が畳に突き刺された。暗い、と男は怒鳴った。灯《ひ》をいれろ。ありったけの灯を並べろ。女だ、女を呼べ、と仲間の男がわめく。

「いえ、いまはもう、お客さまはいっさい、御遠慮させていただいているのでございます」

とよは畳にひれ伏し、片手でしっかりと、きつを抱きしめる。

おまえは内所から出るんじゃない、声をたててもいけないと、ゆうは厳しく言いふくめられ、内所で身をすくませている。父の佐兵衛は、印袢纏《しるしばんてん》を着て下働きのふりをし、台所にかがみこんで様子をうかがい見ている。安太郎も使用人のあいだにまぎれている。

酔いどれて乱入してくる敗軍の武士たちの応対を、佐兵衛は、きつを楯《たて》にしたとよにまかせていた。

「お許しくださいませ。主《あるじ》は不在でございます。女どもはそれぞれの親元にひきとらせました。か弱い子供がこのように泣いておりますゆえ、何とぞお静かにお願い申し上げます」

日ごろ、だらしのないとよが、見ちがえるようにしゃっきりと口上をのべるのに、ゆうは驚いていた。遊女や禿《かむろ》は、二階で息を殺しているのである。

慶応四年、正月。鳥羽《とば》、伏見の戦いに敗れ、逃げ帰った幕兵の兇暴《きょうぼう》さは、市中警護の歩卒の狼籍《ろうぜき》より、いっそう凄《すさ》まじい。戦場の血のにおい、硝煙《しょうえん》のにおいを、そのまま江戸に持ちこんできた。

彼らは、将軍慶喜にあざむかれた憤激と、将来の道を絶たれた不安、絶望に、荒れすさみきっていた。処々の戦場で敗戦の報を受け、挽回《ばんかい》の策なしとみた慶喜は、陣頭指揮に立って総反撃に出ると触れ、将兵を狂喜させ、深更、小人数で大坂城を脱出し、海路江戸に逃げ戻《もど》ったのであった。

官軍が大挙して江戸に攻めのぼるという風評も、つたわってきていた。

酔った敗兵が、白刃をふりまわして暴れこみ、酒肴《しゅこう》と女を強要するのは、ほとんど毎夜のこととなっている。

はじめのうちは佐兵衛が相手をしたが、男が出るより、とよが応対する方が武士たちは早く鎮《しず》まるとわかり、佐兵衛はかくれていることにしたのである。子供を使って泣き落としにかけるのが効きめがあるということは、隣りの中米《なかごめ》という妓楼《ぎろう》の主人から教えられた。隣家の楼主には、おことという七つになる女の子がいる。小職《こじょく》ではなく、実の娘である。たまたま、おかみが、怯《おび》えて泣くおことを抱きしめて金包みをさし出し、許しを乞《こ》うたところ、幼い子供がかわいそうだと、おとなしくひきあげたというのであった。

とよは乱入があると、たとえそれが深夜であろうときつを叩《たた》き起こす。そして、佐兵衛に教えこまれたとおり、きつをかき抱き、「お静かに」と頭をさげながら、若い者に、銚子《ちょうし》を熱くおつけして、と命じる。

酒と肴《さかな》の膳《ぜん》を並べると、男たちは少しおさまって飲みはじめるのだが、酔うほどに荒れる者がいて、些細《ささい》なことから抜き身をふりまわし、仲間喧嘩《げんか》がはじまる。ころあいを見はからって佐兵衛がひそかに合図し、とよは二分金を四つ五つ紙に包み、頭《かしら》だった武士に、「失礼でございますが、あなたさまからよしなに」と渡す。そのあいだも、きつを抱きしめているのだった。

きつが殺されはしないかと、ゆうが心配して言うと、佐兵衛は笑って、刀はおどかしだ、お武家がたにしても、本気で斬《き》る気はない、金と酒が欲しいだけのことなのだ、きつを見ればお武家衆も気が和《なご》む、と、ゆうを安心させた。きつも、次第に馴《な》れて、怖がらなくなってきていた。

それより、おまえのことだよ、おゆう。おまえはきつとちがって年ごろの娘だ。酔った二本差しの目にとまったら、何をされるかわかったものじゃない。そろそろ嫁にやる算段をしなくてはと思っているのに、この有様ではな。

おゆうも明けて十五、うかうかしていると嫁ぎおくれてしまう、と、とよも言う。ある夜など、酔った武士が内所の障子までひき開け、ゆうはたまたま次の間にいたので難を逃がれたが、佐兵衛ととよは娘を避難させねばと真剣に考えはじめた。

辻々《つじつじ》に、三座の春狂言の辻看板が貼《は》り出されている。顔を汚し、丁稚《でっち》のような身なりで、ゆうは、芳三と、染井から迎えに来た植木職の友吉、ほかに三人ほどの若い者につきそわれて、歩いてゆく。町駕籠《まちかご》に娘の姿でのったのでは、かえって無頼の兵に目をつけられる恐れがあった。両国橋まで舟でのぼり、その先は歩きになった。

足が痛くなったら背負いやすから、と、芳三も友吉も言う。

二里でも三里でも、歩きとおしてみせると、ゆうは少しはしゃいで言った。環境が変るのがもの珍しい。いくさが迫っているという緊迫感は、湧《わ》いてこなかった。

辻看板、守田座の大名題は、『富貴自在魁曽我《ふうきじざいさきがけそが》』、中幕に『染分千鳥江戸褄《そめわけてちどりのえどづま》』、その染分千鳥の名題の下に、「娘形沢村田之助病気全快　仕《つかまつり》　候《そうろう》　間初日より罷出相勤《まかりいであいつとめ》　中《もうし》候《そうろう》」の口上書きを、ゆうは読みとった。

同じような口上は、中村座の看板にも、市村座の看板にも、見られた。

中村座の狂言は、『千歳鶴東入双六《ちとせのつるえどいりすごろく》』、市村座は『隅田川鶯寿曽我《すみだがわはるつげそが》』、いずれも田之助の出演をはでばでしくうたっている。

田之太夫は、三座かけもちなのだねえ。梅の香がにおいたつようだった。江戸でいくさがはじまるとは、とても思えない。奥山でも、春狂言は曽我物を出すのかしら。

片脚を切断した田之助が、アメリカ人医師ヘボンの継ぎ足で舞台に立つというのが評判になっていたが、その継ぎ足は、二月興行の蓋開《ふたあ》けにまにあわなかった。田之助は、不自由な軀《からだ》のまま三座に出演し、立派につとめているということで、いっそう評判が高い。

「染井に行ったとつたえておくれね」

芳三に、ゆうはささやいた。だれに、と名はあげずとも、芳三にはつたわるはずだ。

「でも、じきに戻ってくるって」

芳三は微笑してうなずいた。

季節季節の花樹をはこんでくる使者たちの住む異域、決して行くことはないと思っていた土地に行くのだなと思う。江戸の北のはずれ、巣鴨の更に北、染井はずいぶん遠いところだ。

＊

見わたすかぎり、桃の畑がひろがっている。蕾《つぼみ》はまだ固い。そうして、ふりむくと、そこは柘植《つげ》や松、冬も深い緑の葉を落とさぬ樹々《きぎ》の群落がつづいている。道を曲がると視界が変り、竹垣《たけがき》でかこわれた棚《たな》に、ずらりと鉢植《はちう》えが並ぶ。汐《しお》と魚のにおいのする空気にこの一年なじんできたので、草や樹のにおいが新鮮だった。

ゆうは、植徳の家にあずけられた。徳次郎夫婦と、女房の弟の友吉、その女房のおさわ、赤ん坊、弟子が七、八人住みこんでいる大世帯である。

「いまは花が少ねえが、これから溜《ため》に次々に咲きまさ」

友吉は、ゆうに溜を見せてまわりながら言う。椿《つばき》、桜、つつじ、桜草、牡丹《ぼたん》、卯《う》の花、菖蒲《しょうぶ》、山吹、菊、と、友吉は、絢爛《けんらん》とした花樹も楚々《そそ》とした草花も、ひとしなみに並べてかぞえあげる。

「友さん、珍しい桜というのを見せておくれな」

このひとは、桜というとお飯《まんま》も忘れてしまう、と、女房のおさわが愚痴とも自慢ともつかぬ口調で言っていたのを、ゆうは思いだしていた。

「まだ、花の時期じゃありやせんから、樹だけ見ても何の変てつもねえ」

そう言いながら、友吉はゆうを桜の溜に連れていった。陽《ひ》あたりのいい南面のゆるやかな傾斜地に、ゆうは、何百本とも知れぬ桜の成木、若木を見た。実際に数えれば、せいぜい、数十本だったのかもしれない。花も葉もない枝ばかりだが、樹肌《きはだ》はつややかに陽の光に濡《ぬ》れている。

「根もとを踏まねえように歩いてくだせえ」

「これが、皆、その珍しい桜なの」

「いや、これは彼岸桜《ひがんざくら》と八重桜でさ」

「仲之町の桜は、ここからはこぼれてゆくんだね」

吉原も春ばかりではないのだけれど、芝居の吉原は、いつも桜につつまれている、と、ゆうは思い、果ては桜もむごき吉原、と玉衣が詠《よ》んだことを思い出した。桜のむごい果ての、何と美しい嘘《うそ》で飾られることか。

「友さん、あたし、嘘が好きさ」

ふとこぼれた言葉に、

「嘘はいけやせんよ」

友吉はまっとうに受けとめて答え、無骨な手で、

「これでさ」

と、一本の成木の幹をなでた。

成木といっても、せいぜい五、六年の、まだほっそりした樹であった。花のない樹は、ほかの樹と変りなく、何が特別なのか、わからない。

溜のはずれにくると、あたりがひらけた。丈の低い苗木ばかりが、その一画には植えられてあった。

「あれは何？」

隅《すみ》の方に、地に突き立ててある木札を、ゆうはさした。

「こいつの種子《たね》をたくわえてある目印でさ」

「土の下に埋めてあるの」

「見せやしょうか。明日にでも、ちゃんと播《ま》いてやろうと思っていた。ちょうど、二月三月が、種子をまいてやる時期なんでね」

木札を抜き、そのあたりの上を掘ると、甘酸《あまず》っぱく腐ったにおいがただよった。友吉は素焼きの鉢を掘り出した。表面の泥《どろ》をとり去ると、果肉がくずれ溶けて、種子が露出しかけたものが、ぎっしりつまっていた。

「桜の実でさ。これを洗って広いところに埋めてやると、いい芽が出やす。台木に枝をさしてふやす方が多いんだが、実生《みしょう》でもよく育ちやす。実生の方が、どんな子ができるか、花が咲いてみるまでァわからねえというたのしみがありやしてね」

「あの珍しい桜というのも、実生で生まれたの」

友吉はうなずき、ゆうを一本の樹のもとに連れていった。かなり枝をひろげた成木であった。

「これが、親木です。もう十年も前になりやすか、わっちァまだ二十そこそこ。伊豆の方に親方の伴《とも》で遠出したときだった」

「伊豆？　伊豆といったら箱根のむこうだよ。あんな遠いところまで」

「へえ。ちょいと仕事でね。そのとき、江戸では見かけねえ桜が山腹一面に咲いているのを見ましてね、きれえだったから、そいつの実生の苗らしいのを山採りしてきて溜に植えておいたら、こんなに育って、よく花をつけてくれるようになりやした。五年ぐらい前《めえ》か、はじめて採れた種子を播いて育ててみた」

「さっきの、あの、まだ華奢《きゃしゃ》な木だね」

「へえ。去年、ようやく花をつけたんでさ。すると、これが、親木にまさるきれえな花でね。この、伊豆の親木の花は、大輪だが色が白で淋《さみ》しいんです。実生の子供は、彼岸桜のような淡い淡い紅色《べにいろ》なんで。うちの溜の彼岸と混りあってできた実だったんでしょうね。何がきれえといって、お嬢さん、これまでの江戸の桜ァ、上野にしろ向島にしろ、花と葉っぱがいっしょに出やすでしょ、さもなくば、葉の方が少し早《は》よござんしょ」

「そりゃあ、桜は、みんなそうだろ」

「それが、伊豆のこいつは、花が先なんです。伊豆ではじめて見たとき、息をのみやしたぜ。一面、まじりけなしの花の色。まっ白でしたがね。こいつの子供が」

言いさして、友吉は、感動がよみがえったように目をうるませた。

「親木とそっくり同じで、まず、花がついたんですよ、お嬢さん。それも、彼岸桜のような淡い淡い紅色の花がですぜ。そうして、花つきのいいことときたら、めっぽうかいもありゃあしねえ。こんな桜って、ありますかい。こいつが大きく育ったら、どんなにかみごとでしょうよ」

「あの、どろどろに肉の溶けた実が、その桜になるんだね」

「そうですよ」

「これまでにない、珍しい桜って、それなんだね」

「そうでさ」

「梅みたいに、まず花が咲くんだね」

「それも、枝一面に房咲きでさァ。そうして、葉が出る前に、散ってしまう。いっそ、いさぎよくてみごとでさ」

「それを、おまえが作ったの」

「いいえ、めっそうもない。おれに作れるもんですか。桜がひとりで……それとも……

何でしょうかね、おれにゃあわからねえ。天のお恵みとしか言いようがねえ。大事に育てて、増える手助けをしてやるくれえのこってすね、おれにできるのは。新しい花なので、染井の樹屋仲間は、『吉野』と呼んでいやす」

「その種子を、きっちゃんにくれてやったんだ」

「奇瑞《きずい》のような花なので、あの子にも、ちったァいいことが起きねえかと、縁起をかついだんでさ」

「あたしがわけてもらっちまったの、悪かったかしら」

「いいえ、桜も喜びましょうよ。おれが気がきかねえで。お嬢さんは恵まれていなさるから、肌守りなんざ、おれが心配《しんぺえ》しねえでもと……」

「そうだね。いくさで危いといえば、あたしだけは、こうやって……」

「そんなつもりで言ったんじゃねえんで。弱ったな」

「この種子のおかげで、あたし、いいことがあったんだよ」

「そうですかい。やはり奇瑞の花だ」

「友さんは、きっちゃんの身の上をよく知っていると言ったよね」

「へえ」

「きかせておくれな」

そうですね、と友吉はちょっと考えて、歩き出した。

「どこへ行くの」

「こうお出《い》でなせえ」

植木の溜がつづくあいだの道を抜けてゆくと、西福寺の境内《けいだい》に出る。同じ敷地内に染井稲荷《いなり》の祠《ほこら》もある。

「ここに宮地芝居の小屋がかかったことがありやした」

——きつは役者の子だと友吉が言っていたっけ……。

「流れ者の旅役者でした。村の若い娘が、惚《ほ》れやしてね。子を生《な》しました」

「それでは、大変なことになったね」

「それが、そうでもねえんで。この辺は、若え者の夜這《よば》いなんざ、ざらにありやして。できちまった子は、仕方ねえ、娘の両親《ふたおや》が自分の子にして、育てやす。娘もべつにふしだらだと責められもしません。ことに相手が役者なら、きれえな子ができやすし」

きれえな子は、高く売れやす、と、友吉は少し声を低めた。

「それで、きっちゃんのほんとのおっ母さんは？」

「とうに嫁にいきやした。巣鴨の植木職のところへ。……旅まわりの役者衆というのは、おかしなもんですね、舞台に出ていねえときは、乞食《こじき》みてえなひどいかっこうをして、それがいったん化粧をして舞台に立つと……。おれも子供のころ、宮地芝居がかかると、とんでいきやしたっけね」

「友さんのような堅い人でも？」

「村の者ァみんな、役者衆を大切にしましたっけよ。女たちァうめえものを作って食わせてやるわ、男どもは小屋掛けをしてやるわ、だからといって、仲間とは思わねえ。来て、また行っちまうから、大切にもしたんでさね」

「きっちゃんのおっ母さんの親が、きっちゃんを育てたといったね、その人たちは、どうしているの」

「男親は死にやした。女親の方は、娘の嫁ぎ先でひきとりやした」

「それじゃ、きっちゃんの身寄りは、染井にはだれ一人いないんだね」

友吉はうなずいた。

植徳の家は、朝が早い。おさわは暗いうちに起き出して、大釜《おおがま》で飯を炊《た》き大鍋《おおなべ》一杯の味噌汁《みそしる》を作る。前の晩のうちに里芋の皮を剝《む》き、鍋にいれておく。ゆうも皮剝きを手伝う。冬を越し霜にあたった里芋は、赤くいたんだところが多い。皆が食べているあいだに、握り飯を、ゆうはおさわといっしょに作る。おさわの作る握り飯は、赤ん坊の頭ほどもあるが、ゆうの手は、一口で食べられるようなものしか作れない。朝餉《あさげ》をすますと、職人たちは弁当を持って外の仕事に出て行く。食事のかたづけのあとは拭《ふ》き掃除、泥《どろ》のしみついた男たちの衣類の洗濯《せんたく》、赤ん坊の世話と、おさわの仕事は一日じゅう絶えまがない。

肥にも、おさわは気を配る。さしかけ屋根の下に、合わせ肥や腐熟肥《くだしごえ》がたくわえてある。魚洗汁《うおあらいじる》をみたした陶製の器が棚に並び、魚のわたやほしかが水にさらしてある。強烈な異臭に、ゆうは少しずつ馴《な》れた。野土、赤土、真土《まつち》を切り混ぜ下肥と練りあわせた合わせ肥に、下働きの職人たちが更に藁灰《わらばい》や熬《い》り糠《ぬか》を混ぜこむとき、異臭はいっそう強くなる。外出《そとで》の仕事のない日、友吉は桜の種子を播いた。すき起こし、合わせ肥を混ぜた土のうねに、一粒一粒、友吉は種子をおき、土でおおう。その後から赤ん坊を背負ったおさわが、藁を薄くかぶせてゆく。ゆうはそのあとについて歩く。軽く踏んでやってくだせえと友吉に言われている。

踏んでいいのかい。その方が根つきがしっかりしやす。友吉はそう言った。

花が咲くほどに育つのは、四、五年先のこってすよ。

そのときは見にこよう。

どんな花が咲きやすかね。実生の桜は、ときどき、とんだ鬼っ子が生まれやすからね。

伊豆の桜と染井の彼岸桜が混って生まれた鬼っ子『吉野』は、小さい蕾をつけはじめていた。

友さんは、ほかのどんな樹よりも、桜が好きなんだね。

そうなんですよ。おさわがあいづちを打つ。かわいがってましてね。桜は、こんなに手をかけて増やしたって、そうそう売れやしないのに、この人、継いだり挿《さ》したり種子を播いたりして増やしては、川の土手に植え、野っ原に植え、お屋敷から注文があって植えた樹は、しじゅう様子を見に行くというふうで。

どうしてそれほど桜ばかりがかわいいんだろう。

なに、ほかの樹も、かわいがっておりやすよ。友吉は笑って言った。

三月――、薄い貝がらのような葩《はな》が、ひとひら、ふたひら、梢《こずえ》にこぼれた。と、みるまに、一夜明けると、梢は花ざかりになっていた。

満開の樹の下に、ひとりで立っている。仰向くと、幾重にもかさなりあった花叢《はなむら》と、梢のあいだにちりばめられた青い空の破片しか目に入らない。

こんな贅沢《ぜいたく》な花見は生まれてはじめてだと、ゆうは思う。

毎年、妓楼《ぎろう》ごとに、遊女、禿《かむろ》も総出の内所花見はあった。馴染《なじみ》の客も加わって、上野や向島まで遠出し、花の下で騒がしい酒宴がひろげられた。花見とは、そういうものだと思っていた。

いま、染井の桜の溜に、ゆうはひとりで、花につつまれている。新しい桜は、友吉が目をうるませて言ったとおり、淡い紅色の花が、枝一面にたわわであった。

ゆうは、軀《からだ》が消える。時が消える。やがて、夕風にのってわらべ唄《うた》が流れてくる。

見せてやりたや薩長土《さっちょうど》の奴《やつ》に、東刀《あずまがたな》の切れあじを。

江戸市中で流行《はや》りだしたぶっそうなわらべ唄が、染井の子守りっ娘《こ》たちのあいだでもうたわれるようになっていた。

夕焼けを背に、「行きは官軍、帰りは首よ、東武士《あずまたけお》に勝てやせぬ」子守りっ娘たちはうたいながら、赤ん坊をゆすりあげ、それぞれの主家への道をゆく。

徳川慶喜追討の大軍が、江戸城総攻撃のため、東進しつつあると、噂《うわさ》がきこえてきた。ゆうは、さすがに、深川が気になった。福之助たちは……とも思う。しかし、花のかおり、若葉のにおいは、現実の危機感を、ともすれば忘れさせる。よく、うちが恋しくなりやせんね。植徳が言う。あたしは冷たいのかしら。ゆうは思った。

＊

雨が降りつづく。

桜の散るころから降り出した雨が小止《こや》みになったかと思うと、また空が濡れる。これで五十日あまりになる。植木溜は浅い深い緑の色が重なりあって繁茂し、猛々《たけだけ》しく枝をのばす。

五月十八日、裾《すそ》をはしょり番傘《ばんがさ》をさした芳三が、佐兵衛に命じられてゆうの様子を見に来た。植木職人たちは仕事に出られず家のなかにごろごろしている。芳三が佐兵衛に託されて持参した手土産は職人たちを喜ばした。ゆうの食費も届いたので、おさわがほっとした顔をみせた。

「まあ、あがっておくんない」と徳次郎も愛想よい。おさわが濯《すす》ぎを用意する。足を洗って芳三は座敷にとおった。

「こっちは、どうでした。上野で大いくさがあったんだが」

「上野で。いや、こっちには何の噂もまだ」

徳次郎をはじめ、友吉も他の職人たちも、芳三から江戸の様子をきこうと車座になる。

四月十一日、慶喜が江戸城を新政府にあけわたし、水戸に去って謹慎したので、江戸が戦場になることは、ひとまず避けられた。赤地錦《にしき》の錦《きん》ぎれを肩につけた官兵が大挙して江戸になだれこみ、無銭飲食やら強姦《ごうかん》やら狼藉《ろうぜき》やら、勝ちにのって暴れまわった。

新政府に徹底抗戦する目的で、彰義隊が結成された。慶喜が一橋家の当主であったころからの家臣、渋沢成一郎、天野八郎などを中心に、上野寛永寺に屯所《とんしょ》をおき、慶喜の恭順にあきたらぬ旧旗本や脱藩武士が参集し、錦ぎれとみれば喧嘩《けんか》をふっかけた。そのあたりの話は、染井の者も知っていたが、

「とうとう、三日前《めえ》ですか、十五日に薩長の奴らが上野のお山に大砲をぶちこみやしてね、彰義隊のお武家衆は、一日で全滅」

畜生、だの、口惜《くや》しいなあ、だの職人たちのあいだから歯ぎしりが洩《も》れた。

「お江戸も、わずかなあいだにずいぶん様変《さまがわ》りしやした」

すでに三月ごろから、大名は国もとに立ち退《の》き、上屋敷も下屋敷も無人になってい
る。広い庭に雑草が生《お》い茂り、蔓草《つるくさ》がのびはじめた。長い激しい雨が、雑草が力強く茂るのに力を貸している。武家屋敷が立ち並んでいた番町小川町のあたりは、空地が目立つ。持ち主が売却し、買手は古家をとりこわし更地にしている。下谷御徒町《したやおかちまち》、本所などでは、家禄《かろく》を受けられなくなった小身の武士が、食い扶持《ぶち》を得るために商売をはじめ、にわかごしらえの骨董屋《こっとうや》や茶店が急に増えた。

そんなことを、芳三は語り、「お嬢さん、お淋しいでしょうが、もうちっとの間、こちらにおいでんなってくだせえ」とつけ加えた。

「深川の方は、みんな、無事なんだね」

「へえ」と返事がかえるのに、ちょっと間があいた。

「あたしだけ、安気《あんき》なところにいて、何だかすまない気がする」

「そんなことは」と芳三は手をふったが、明るい顔ではなかった。

「あの人たちは、奥山で興行しているのかしら。上野と浅草は目と鼻だ。大事なかった

のかしら」

「どうですかね。しぶとく興行しているんじゃありやせんかね。新門の小屋なら、雨でもたたまなくてすみやすから。猿若町も、中村座は休んでいるが、守田座と市村座は新狂言を出しておりやすよ。そのどちらにも紀伊国屋がかけもちで出ているので評判です。田之助の脚を切ったヘボンとかいうアメリカの医者がゴムの継ぎ足をつけてやった、それでつとめているので大人気です」おかみさんも見に行きなさいましたよ、と芳三は、ぼそりとつけ加えたが、最後の一言は、吐き捨てるような口調だとゆうは感じた。

六月、七月と雨は降りつづく。

葉桜の色は日ましに深く濃くなりまさってゆく。友吉は雨に濡《ぬ》れながら、桜の葉につく青虫を丹念にとりのぞく。

七月十七日、天子が、「自今、江戸ヲ称シテ東京トセン」と詔《みことのり》したとかで、東京の地名が、少しずつ人の口にものぼりはじめた。トウケイとも、トウキョウとも呼ぶが、トウケイの方が多く使われている。

八月に入っても雨は多く、低地は水浸しになった。雨に濡れた樹々の葉は、うっそうと茂った。

雨の晴れ間、深川の仮宅からようやく迎えが来た。

駕籠《かご》ではなく、奇妙な乗り物であった。白木作りの荷車の上に輦台《れんだい》をとりつけたようなものである。輦台の四隅《よすみ》に四本柱をたて、前後左右に簾《すだれ》を垂らし、屋根板をつけてある。長柄《ながえ》を曳《ひ》く男は裸に褌《ふんどし》一つ、肩に手拭《てぬぐ》いをひっかけ、駕籠かきのような風態であった。

その乗り物のかたわらに芳三をみつけ、ゆうは走り寄ったが、

「さあ、参りやしょう」

芳三の声は、そっけなかった。

「何とも奇妙な乗り物じゃあねえですかい」

植徳や友吉はじめ、職人もおかみさんたちも、もの珍しく車の周囲に集まってくる。

「うちの御亭《ごて》さんは新しもの好きでやしょう」

芳三は苦笑まじりに、

「毛唐の馬車のまねをして、こんな車を考え出したお人がいて、近ごろ少しずつ流行り

はじめておりやす。毛唐は馬に曳かせるが、馬にまかせたんじゃあ、人間さまの顎《あご》が干上がる。お嬢さん、お乗んなせえ」

輦台に登りながら、染井での暮らしは、あたしにはいっときの夢のようだった、と、ゆうは思った。

「芳三、みんな、かわりはなかったかい」

揺れる車の簾をあげて、ゆうは訊《き》いた。

はずみをつけて走る車夫におくれまいとする芳三の臑《すね》は泥まみれだった。息を切らし、芳三は言葉が声にならないふうであった。

駒込から、水戸様中屋敷、加州様上屋敷と大名屋敷が並ぶ道すじを抜けて湯島に出、神田川沿いに東にむかう。やがて大川が目の前にひらけ、車は両国橋を渡る。

橋を渡りきり、垢離場《こりば》を通り抜けるとき、ゆうは、声をあげて腰を浮かせた。立ち並ぶ掛け小屋のあいだに、三人兄弟の名を染めぬいた幟《のぼり》が、雨水を含んで垂れているのを見たのである。奥山から、また垢離場にかえって来ているのだ……。車は大川の土手を南に梶棒《かじぼう》をむけ、垢離場は後ろに遠ざかった。

汐《しお》のにおいのする仮宅に帰りつくと、佐兵衛が待ちかねていて、車を下りるゆうに手を貸した。とよと安太郎も、笑顔でゆうを迎え入れた。使用人たちにもにぎやかにあいさつされ、いささか気恥ずかしい思いをしながら、ゆうは、きつの顔がみえないのに気づいた。まっさきに迎えにとび出してくれないのが、ちょっと淋《さみ》しい。あたしだけ、安気なところに逃げていたから、おきつは拗《す》ねているのかしら。

「おきつは？」

ゆうが訊くと、

「親もとにかえしたのだよ」

佐兵衛が、ゆうの言葉の半ばから、押しかぶせるように言った。

「あまり、ぶっそうだったからね」

とよが言いつぎ、

「さあ、ゆっくりお休みよ。染井では、どんなあんばいだったんだえ。きかせておくれ」

と、内所に連れこんだ。

仮宅の営業は、以前とかわっていなかった。内芸者は華やかに三味線をかき鳴らし、その清掻《すががき》を背に、遊女たちは見世に居並ぶ。しかし、どこか投げやりで荒《すさ》んだ気配を、ゆうは感じる。

市中の治安は、まだゆきとどいてはいない。尾張、紀州、薩摩、長州等十二の藩の藩兵が市中を警備しているが、藩兵といっても領国から派遣された武士ではなく、江戸及びその近在で狩り集めた博徒《ばくと》、浪人、無頼漢で編成されているのだから、強盗もやる、食い逃げもする、市中の空地にかってに御用地の札をたて、撤去させるために地主は大金を出す、というふうだ。服装もまちまちで、銃を持つもの、帯刀するもの、足駄《あしだ》や草鞋《わらじ》をつっかけ、裸で上着だけひっかけたもの、と、乱雑をきわめている。

盗っ人は、空になった武家屋敷をねぐらに利用し、荷車をひいて押し入りに廻《まわ》る。

「これでも、ひところよりはよくなったんですよ」

と、ゆうは下女のおせきからきかされた。

「上野のいくさのころは、そりゃあ、怕《こわ》いったらなかったんですから。柱に刀の痕《あと》が残っているでしょう」

更に話しつづけようとするおせきを、通りかかったとよが、きびしい目顔でとめた。

いきつはどうしたの？　見世の者のだれにたずねても、親がひきとっていったとしか言わない。ゆうは芳三にも訊いてみた。親が連れ帰ったそうですと、芳三も言った。

「おきつには、親はいないんだよ」

そう言いかけたが、まるでいないわけじゃない、巣鴨の植木屋に嫁いだ生みの母親がいる、きつを育てた親代りの祖母もそこにいる、ああ、そうだ、きつはまるで身寄りたよりがないわけではなかったのだ、と思いあたった。でも、幼いきつを売りとばした身寄りが、いくさがひどくなったからといって、ひきとりに来るものかしら……。

*

十日ほどが過ぎた。

昼見世のはじまる前、ゆうは、外に出た。仮宅の裏手にある貸本屋をのぞこうと思ったのである。妓楼の見世の前に手相見が立ち、暇な遊女たちが格子《こうし》のあいだから手をさしのべて、「占《うら》やさん、占やさん、見てくんなんし」と騒いでいる。

小間物屋と並んだ貸本屋の見世先で、男の子がしゃがみこんでこまをまわしていた。ひところ、りん弥《や》の名で、賑花魁《おいらん》の男禿にやとわれていた子供である。本名は松助だが、ちょぼ松でとおっている。ちょぼ松はしゃがんだまま、上目づかいにゆうを見た。

「しばらくだったね」

ゆうは声をかけた。男禿をしていたころは、お嬢さん、お嬢さん、と、ゆうになついていた子だ。小憎らしいほどこましゃくれた口をきくが、愛想のいい子でもあった。

ちょび松は、ゆうをにらんだ。陰気な目つきであった。見世に入ろうとするゆうの背に、ちょび松は、こまを投げつけた。

「痛いじゃないか。何をするのさ」

ゆうの声をききつけてちょび松の父親が見世の奥から出てきた。

「伜《せがれ》が何か？」

「いきなり、こまをぶつけたんだよ」

父親がひっつかまえようと手をのばす前に、ちょび松は、すばやく逃げだしていた。

「どうも、申しわけございません。おけがは」

「けがはないけれど、いつから、あんな悪《わる》になったんだろう。以前はかわいげがあったのに」

申しわけもございません、と貸本屋は平あやまりに頭をさげる。

「笹屋さんをお恨みするんじゃないと、言いきかせてはあるんですが、ききわけのない子供のことでございます、大目にみてやってくださいよ」

「うちを恨むだって？　うちが何か……」

「いえ、まあ、どうぞ御内聞に。お見世に出入りをさしとめられると困りますんで」

貸本屋は、それ以上何を訊いても頭をさげるばかりである。相手の顔が次第に樫《かし》か欅《けやき》の板のようになってゆく。ゆうの拳《こぶし》では、厚い板に、細いひびも入らない。

本を借りる気にもならず、家にかえった。手相見は、二、三軒先の格子の前に場所をうつしていた。

板の間で、芳三が遅い昼めしをとっている。ゆうは無言で手招いた。いっしょに裏口から外に出ると、ゆうは芳三にたずねた。

「あたしが知らないあいだに、貸本屋のちょび松に、うちは何か恨まれるようなことをしたのかい」

「お嬢さんは、知らない方がよござんすよ」

芳三の同じ言葉を、前にもきいたことがある……。去年の暮、浅草の歳《とし》の市にでかけたときだった。だれにも訊かないで、心の底に持っていた言葉を、そのとき口にした。

玉衣花魁はどうしていなさるか、芳三は知っているかい。お嬢さんは、知らない方がよござんすよ。芳三は、そう答えた。ゆうはそれ以上問いたださないですませたのだった。

「いいえ、教えておくれ」

芳三は、ちょっと黙りこみ、言った。

「貸本屋のちょびは、ここに男禿でいたとき、きっちゃんを好きになったんです。気がつきませんでしたか。子供《びり》の色恋だって、馬鹿にしたもんじゃありやせんや」

ゆうが黙っているので、芳三はつづけた。

「よほど口惜しかったんでしょうよ、きっちゃんの殺されたのが」

芳三の底冷えのするような声音に、ゆうは耳をふさぎたくなったが、耐えた。

「洗いざらい、言いましょう。正月からこっち、敗《ま》けいくさで上方から逃げかえった二本差しの奴らのひどかったこたァ、お嬢さんも知っていなさいましょう」

「……ああ……」

「御亭さんの指図で、おかみさんは、きっちゃんを楯《たて》にしなさった」

「知ってるよ……」

「お嬢さんは、染井に行きなすった」

「そう……」

「たちの悪いのが、暴れこんできたんです。いつもなら、金包みを握らせて、飲ませてやればひきあげるんですが、その夜きた奴らは、手がつけられなかった。刀をふりまわして、畳は切りきざむ、柱に切りつける。襖障子《ふすましょうじ》は破る、おかみさんはいつものように、きっちゃんを抱いて、子供がおびえて泣いております、お静かに願います、とたのんだ。きっちゃんは、毎度のことなので刀にもなれて、あまり泣かなくなっていたんだが、その夜ばかりは怯《おび》えきって、泣き叫んだ。その泣き声がうるさいと言って……」

芳三は、呼吸をととのえるように言葉をきった。

「刺し殺した……」

ゆうは、我れ知らず言った。

「いいえ。五布蒲団《いつのぶとん》でぐるぐる巻きこみ、下足札の縄《なわ》で縛りあげ、外にはこび出しました。そのあいだ、おれたちは、だんびら突きつけられて、身動きもならなかった。次の朝、大川の下《しも》の方で、杭《くい》にひっかかっているのがみつかった。蒲団はぐっしょり水を吸っていました」

「あの……溺《おぼ》れ死んだんだね」ゆうは、はっきりたしかめた。

「当りめえでさ」芳三は、唐突に背をむけ、家に入っていった。ゆうは、歩きだした。次第に、足が早くなる。

きつは親もとにかえしたのだよ。

あまりぶっそうだったからね。

佐兵衛とよの、その言葉をきく前から、ゆうは、知っていた。

玉衣の身のなりゆきを、だれに教えられずとも察したように、きつがどうなったか、心の奥底でわかっていた。

それどころか、きつをおいて、ひとり染井に難を逃れたとき、すでに予感はあったのだ。気づくまいとしていた。そのことをまともに瞠《みつ》めたら、眼《め》が灼《や》け爛《ただ》れる。何も起こりゃあしないさ、と自分をだました。だましたのも、あたし。だまされたのも、あたしさ。あたしは楼主の娘、きつは売られてきた小職の娘。きつが見世に残るのは当りまえのことと、あたしは思っていたさ。

ゆうは走った。大川に沿った土手の道を、川の流れにさからう方に、走っていた。

後になって、福之助はゆうに言った。おめえはあのとき、背中に火がついた小せえ鬼か何ぞが、死にもの狂いでとびこんできたようだったぜ。

垢離場まで二十町のぬかるんだ道を走り、掛け小屋の楽屋にかけこんだとき、ゆうは、頭のなかがからっぽになっていた。着物の裾《すそ》は泥《どろ》に浸したようで、髪や顔にまではねがあがっていた。

「おう、おう、そんな姿《なり》で、衣裳《いしょう》を汚さねえでくれよ」

だれか役者がどなったのも、ゆうの耳には入らなかった。

睡《ねむ》っていたのか、失神していたのか、意識のとぎれた時間があったことは、たしかであった。

ふと、話し声が耳に入ってきた。

「ご方便なもんじゃありやせんか」

角蔵の声であった。

「それじゃ、何ですかい。三座は入りが悪くて興行がたちゆかない。だから、いままで御法度《ごはっと》だった小芝居への出勤、勝手次第となった、と、こうですかい」

「なにしろ、上野のいくさ以来、六月、七月、八月と、芝居町は木戸を閉めたきりだ。これじゃあ食っていけねえと、稲荷町が奥役や頭取に泣きついたものさ。それで三座の座元が話しあった末、小芝居に出たら復座はならねえという掟《おきて》はこの際とっぱらい、宮芝居に出るも、寄席に出るも、旅を稼《かせ》ぐもおかまいなし、復座の場合に身分を傷つけることはしないと、決めたのだ」

聞きおぼえのない声である。ゆうは薄く目を開けた。三十五、六の町人風の男が、角蔵とむかいあっていた。角蔵は赤っ面《つら》の化粧顔で鬘《かつら》ははずしている。出場ではないのだろう。道具幕一枚で仕切られたむこうの舞台では、芝居の最中らしく、せりふや下座の三味線がきこえる。楽屋の隅では下廻りが脱ぎ散らされた衣裳を始末していた。

ゆうは、軀《からだ》が妙に楽なのにきづき、手でさぐった。肌襦袢《はだじゅばん》と湯文字だけの姿で横たわり、舞台衣裳らしい派手な女物がかけてあるのだった。ゆうは、軀をすくめ、腿《もも》を閉じあわせた。眼も閉じた。眼をつぶると、自分の姿が人の目に見えていないような錯覚が起きる。

「身勝手な言い草だねえ。それで三座の役者が両国や奥山で興行勝手となったら、こっちはどうなります」

「おれにあたっても困る」

「しかし、旦那《だんな》、昇若《しょうじゃく》をうちに入れようと言いなさるんでしょう。昇若が立女形《たておやま》で入ってきたら、うちの福はどうなるんです」

　角蔵は声をひそめた。舞台のせりふが楽屋に筒抜けなように、楽屋の声も、道具幕一枚では舞台や見物席に通ってしまう。

「まだ決まった話じゃあねえよ。でえいち、あっちが何というかわからない。しかし、本すじの芝居をきっちりとやりたいというのは、おまえの口癖じゃないか。そりゃあ、昇若は、三座では、〝いらせられませ〟の口だが、垢離場でなら立派な立女形でとおる。おまえにしろ、福や金太にしろ、昇若について修業するのも、先々のために悪かァあるめえが」

「おことわりしまさ」角蔵は、低い声ながら、きっぱり言う。「旦那は座元だ。こうと決めなさったことにおれたちは口出しはできねえ。だが、旦那がどうでも昇若を立女形に据《す》えると言いなさるのなら、おれたち三人兄弟は、小屋を退《の》かせてもらいます。よその座元から声がかかっていねえわけじゃあねえ」

「奥山の新門の小屋にしばらく出たぐれえのことで、大きな面ァするなよ。あれだって、このおれが代貸に口をきいてやったのだ」

「垢離場の小屋ァ、三人兄弟の芝居ということで、御贔屓《ごひいき》さんにかわいがられておりゃす。もとは飴《あめ》売《う》りだ火縄《ひなわ》売りだと、ずいぶん低くみられもしたが、芸と人気で勝負となったら、福をみなせえ、左団次あたりにゃあひけはとりやせんぜ。大辰の芝居の佳根三郎が垢離場の権十郎なら、うちの福ァ、垢離場の田之太夫と、御贔屓さまに呼ばれておりやす」

「おめえの弟思いは知ってらァな」

座元は小心なのか、いささかたじろいだ。

角蔵は強気に言いたてる。

「昇若を立女形に据えなさるなら、おれたちァ抜きにして、三座稲荷町のあぶれ役者で一座を組みなさるがよござんしょうよ」

「そう、おめえのようにぽんぽんと剣突をくわせるばかりじゃあ、相談にも何もなりゃあしねえやな。長い年月、気心の知れあったおれとおめえじゃあねえか。昇若を入れようというのも、おめえたちのためを思ってのことでもあるんだぜ」

「どう、ためになるんで」

「だからよ、本すじの芝居を昇若からみっちりと……」

「わっちらの芝居が未熟だと言いなさるんですか」

「そうじゃあねえよ。だが……」

「うちにゃあ、坂東三八のように、相中《あいちゅう》までいったものの、師匠の羽左衛門の勘気にふれて追ん出され、うちに加わった達者なやつがおりやす。三八は、ご承知でしょうが、父親は市村座のもと頭取、坂東橘十郎《きつじゅうろう》。親父が生きていりゃあ、追ん出される憂《う》き目を見ずともすんだ。ほかにも、岩十郎だの亀吉《かめきち》だの、大名題の身内じゃあねえばっかりに、稲荷町や中通りでうだつのあがらなかった芸の達者は、何人もおりやす。上方でみっちり修業した嵐鬼丸もおりやす。三八にしろ、岩や亀にしろ、鬼丸にしろ、みんな、わっちの一座に骨を埋める気でおりやす。こんだ、御法度がとけたから小芝居に出ようって奴らは、一時しのぎの食い扶持《ぶち》かせぎでしょうが。芝居の景気がよくなったら、また猿若町にもどる腹だ。そんな奴らに、いいようにひっかきまわされるのは、ごめんこうむりやす」

「その三八の口ききなんだがな、昇若を入れるというのは」

「三八が、そんな出すぎたことを、座頭のわっちをさしおいて、旦那に申し出たんですかい。野郎、出のいいのを鼻にかけて……」

「いや、そうじゃねえ。昇若が困っているのを見かねて、三八が、昔なじみのよしみで、何かのついでに、ちょいと言ったまでよ。三八にあたるんじゃあねえぞ」

「へえ。しかし……」

「ところで、角蔵、あれはだれだえ」

ゆうは、二人の視線を感じた。

「福に首ったけの娘ですよ。親は吉原《なか》の遊女屋とかいうことで」

「亡八《ぼうはち》か」

男は言い捨てた。

「親の商売は争えねえな。とんだ淫奔娘《いたずらもの》だ。男ばかりの楽屋で、あつかましく眠りこけている」

「いえ、存外うぶなようで。福を思いつめたあげくに、とりのぼせておかしくなったんじゃねえかと、いささか気をもんでいるんですが。なにしろ、血相変えてとびこんできて、兄さん兄さんと、うわごとみてえに呼びながら倒れちまったんで。福も舞台がありやすから、しかたねえ、正気づくまで休ませてあります」

「亡八の娘がこの年で、何がうぶなものか。男の気をひこうって手よ」

遊女屋の主人を、世間の人は亡八と呼ぶ。孝・悌《てい》・忠・信・礼・義・仁・智《ち》の八徳を忘れねばできぬ生業《なりわい》だからだという。そういう言葉を知ってはいたが、亡八の娘、と、あからさまに言われたのは、ゆうははじめてであった。

見世の者にも抱え妓《こ》たちにも、お嬢さんと立てられ、小さい禿《かむろ》たちになつかれていた。外に出ても、ゆうが行くところは限られていたから、お嬢さんと大切にされた。客も、古くからのなじみは、ゆうをかわいがってくれた。父や母や兄たちが、抱え妓や使用人にみせる冷酷さに目をそむけながら、一方で、岡《おか》場所とはちがう、由緒《ゆいしょ》ある半籬《はんまがき》の笹屋と、いささか誇る気持さえあったのだ。

やがて男は、

「昇若の話は、おめえがそうまで言うなら、今日のところは、まあ、なかったことにしようよ」と言い残して出ていった。

見物席で拍手が起こり、役者たちがひきあげてきたので、ゆうは起き上がるきっかけを失なった。肌襦袢と湯文字の姿なのである。

「親方、いま来ていたのは鈴木の旦那だろう」

金太郎の声だ。

「きこえたか」

「筒抜けよ」

衣裳を脱ぎあぐらをかいて化粧を落としはじめる気配がする。

「昇若を入れるって？」

「入れてえと旦の字が言ったのだ」

「入れてやりなよ」

金太郎は言った。

「この小せえ一座に立女形は二人はいらねえ」

「おれがぬけるよ。福兄が立役ばかりにまわるがいいさ」

「ばか。おめえ、本気か」

「おれァ役者は性にあわねえ。いつも言っているだろう。化粧だのぞべぞべしたなりだのは、嫌《きれ》えなんだ。好きでもねえ女のおもちゃにされるのもよ」

「ばかやろう」

ゆうは、思わず身じろぎした。

「おう、どうしたえ」

福之助が声をかけた。

さっき、鈴木の旦那とかいう座元が口にした言葉は、福之助にもきこえたのだ。——淫奔娘……、男の気をひく手……。ゆうは、目をあけられなくなった。座元ばかりではない、角蔵も、ゆうが福之助にとりのぼせて正気をなくしたような言いかたをしていた。

「起きられめえよ、その姿《なり》じゃ」

金太郎は、小まめに気がまわった。

「おめえの着物は裾がぐっしょりでさ、まだ乾いちゃいめえ。八百屋お七でいくか、それとも野崎村のお光ちゃんか」

娘物の舞台衣裳を放ってよこした。

「おめえの裸を見たぐれえで妙な気を起こすような女ひでりは、ここにはいねえよ。かまわねえから、起きて着かえな」

白粉《おしろい》のにおいに、男の汗や体臭もかすかににおう娘衣裳に、ゆうは袖《そで》をとおした。帯は萌黄《もえぎ》繻子《じゅす》と緋《ひ》の縮緬《ちりめん》を打ち合わせた自分のものを締め、

「お世話かけました。うちに帰ります」

そう言って手をつくと、

「福、送ってってやりな」

角蔵は顎《あご》をしゃくった。

「おれが、深川まで？」

「おめえのご贔屓さんだろうが」

「送っていってくれますか、兄さん」

大胆なことが言える自分に、ゆうは驚いた。亡八の娘、と言われたことで、自分の姿が見え、いたたまれないほどの羞恥《しゅうち》と、妙に度胸のすわった気分のあいだでゆらいでいたが、口に出たのは、居直った方のゆうの言葉であった。

「どうしたというんだえ」

小屋を出て、肩を並べて歩きながら、福之助は訊《き》いた。

他人が見たら、ほんとうに淫奔娘と思うだろう。——あたしは淫奔娘なのかもしれない……。

「驚いたぜ」

「もういいんです」

ゆうは言った。きつの死を、こと細かに福之助に話してもしかたのないことだ。楽屋は、心地よいかくれ家ではなくなってしまった、と思いながら、土手にのびた草の穂を指にからめてぬいた。深川に、いつまでも帰りつかなければいい、と思い、並んで歩くのが息苦《が》しくもあった。

「それより、兄さんの話をききたい」

「何もねえぜ」

「兄さんたちは、どうして、飴売りから垢離場の役者になったの」

飴売りとか火縄売りとかいう言葉は、兄弟の前では禁句なのかもしれないと承知で、ゆうは訊いた。火縄売りとひとこと言っただけで、角蔵になぐり倒された稲荷町出の役者を思い出していた。

「深川まで、長い道中だな。身の上話でもしやしょうか」

福之助はあっさり言った。

「安政二年の大地震を……おまえさんは知らねえよな」

「二つだったもの。何もおぼえていない」

「おれは十二、角蔵兄《あに》ィは十五、金太が七つだった。あの地震で、おれたちは親をなくした」

父親は市村座の火縄売りで、長兄の角蔵もそこで中売りをして働いていた。

安政の大地震は、おめえも聞き知っていると思うが、凄《すさ》まじいものだった、と福之助はつづけた。

亥《い》の刻を過ぎた寝入りばな、突然、烈《はげ》しい震動に襲われた。安普請《やすぶしん》の長屋は、平手で叩《たた》きつぶされたように倒壊した。福之助は、一瞬、失神した。気がつくと、倒れかかった梁《はり》が支えあって作る狭い隙間《すきま》に、はまりこんでいた。もがいて抜け出すと、そここで火が出はじめていた。重なった材木の下から手がみえた。母だと思い、材木をとりのぞこうとしたが、彼の手には負えない。火勢は強まる一方で、ぐずぐずしていたら焼け死にしそうだ。傍《そば》で泣き声がするのでふりむくと、弟の金太郎が彼の着物の裾《すそ》をつかんでいた。彼は材木のかげをのぞきこみ、母が死んでいるのを認めた。烈しい揺りかえしがきた。木材はくずれ、母の姿はみえなくなった。彼は金太郎の手をひき、余震のつづくなかを走った。どこに逃げたらいいのかわからなかったが、ほかの者たちが走る方向に、とにかくいっしょに走った。

翌日、浅草に救い小屋ができたときき、二人で行ってみた。救い小屋では、粥《かゆ》をくばってくれた。腹ごしらえをしてから、くずれた長屋に帰ると、そこは炎に舐《な》めつくされ、黒焦《くろこ》げの柱がくすぶっていた。焼けあとに集まった人々のなかに、兄の角蔵もいた。お父《と》も逃げおくれたのだと、角蔵は言い、焦げた柱の山を指した。焼き場にはこぶ手間もいらないのだなと福之助はつぶやき、角蔵になぐられた。

　窮民たちは徒党を組んで、富商の家や武家屋敷に押しかけ、救済を求めた。ことわられると大挙して暴れ、倉をぶち破った。角蔵と福之助もその仲間に加わったりした。

　やがて市村座は再建され興行をはじめたので、角蔵は父のかわりに火縄売りの仕事についた。この仕事は、表方の大半がそうであるように、きまった給金はない。平土間の客に莨《たばこ》用の火縄を売り、売り上げ金からわずかな歩合をもらうのが収入である。莨を喫《の》まない者にも強制的に売りつけるのは、仕切場が売れた火縄の数で見物の入りだかをはかる都合からである。

　留場《とめば》の配下にあるので、客の整理もする。ぶんまわしや大道具の手伝いから、ときには舞台に立って役者のかわりをつとめもする。役者のかわりというとたいそうにきこえるが、駕籠《かご》かきとか人足とかいった、もっとも下の役どころである。太夫元《たゆうもと》も役者を使うより安上がりなので、しばしば利用する。化粧、拵《こしら》えは稲荷町でやるので、ちょっと役者らしい気分になれる。

福之助は、角蔵がやっていた中売りをひきつぎ、金太郎は一人おいておくわけにもいかず、いつも小屋に連れこんでいた。そのうち、金太郎も中売りを手伝うようになった。金太郎は愛くるしいのでよく売れ、よぶんに祝儀をもらったりした。

三人兄弟に大道飴売りの誘いをかけてきたのは、香具師《やし》の束ねをする伊勢虎であった。

小屋で育って、三人とも芝居の水は身にしみついていたけれど、役者を志したところで、名題など夢のような話、相中、中通りにさえなれまい、最下位の稲荷町で飼い殺しと、さきゆきは目にみえている。彼らと同じ火縄売りの子から身を起こし、大立者となった役者に、高島屋市川小団次がいるけれど、これは天賦《てんぷ》の才と並々ならぬ努力、そうして強運と、河竹新七というすばらしい狂言作者に恵まれた、後にも先にもない話である。

そのときどきに評判の狂言にのっとって、扮装《ふんそう》をこらし化粧をし、役者の心で、大道で声色をつかい飴を売るのだという伊勢虎の話に、角蔵は心が動き、承知した。三味線にあわせ手踊りもいれた。声色は三人とも堂に入っていた。角蔵は色が黒く蟹《かに》のような軀つきであまり見栄《みば》えがしないが、福之助は、幼いときに患《わずら》った疱瘡《ほうそう》の痕《あと》が薄いあばたになって残っているにもかかわらず、化粧をすると見ちがえるような顔になる。目ばりのいれかたに、福之助は工夫をした。目尻《めじり》のさがった丸っこい目が、切れ長で凄艶《せいえん》な色気をみせるように変る。

「おめえもそう思うだろう」福之助はぬけぬけと自分褒《ぼ》めを口にし、ゆうにはそれがいやみにはきこえなくて、

「ええ」大きくうなずいた。

金太郎はもともと愛くるしく、色子めいている。飴ではなく色を買おうという客も少なからずあらわれた。伊勢虎は、そちらで稼《かせ》がせる方が目的であったらしい。

――と、福之助はそんな話もあけすけに語る。あたしが遊女屋の娘だから、いろごとの話は何をきいても平気だと思っているのかしら……。

鈴木吉兵衛が三人兄弟に目をつけ、伊勢虎から買いとったのは、飴売りをはじめて三年めのことである。

「鈴木吉兵衛というのは、今日来ていた太夫元さん？」

「そうだよ」

角蔵が座頭で一座を組み、垢離場《こりば》の掛け小屋に出ることになった。三人兄弟にしてみ

れば、思わぬ出世といえる。もと稲荷町や相中、中通りの役者を七、八人加えたので、けっこう見ごたえのある芝居を出せた。

富田角蔵、福之助、金太郎という名は、小屋に出るにあたってつけた芸名で、親からもらった名は、長吉、栄次、三吉である。

掛け小屋の絵看板や幟《のぼり》は、吉兵衛が手当てした。絵看板は捨てられそうになっていたのを格安に買いとった古物だったが、幟は新しく名を染めぬいた。富田角蔵丈江。富田福之助丈江。富田金太郎丈江。色あざやかな幟が、小屋の前で風にはためいた。

木戸銭の上がりは、吉兵衛の配下が毎日来て持ち去る。客のくれる祝儀が角蔵たちの収入で、色のつきあいから入る金もある。祝儀や色の金は、伊勢虎とちがい、吉兵衛は手はつけない。まっとうな太夫元であった。祝儀といっても、鐚銭《びたせん》のおひねりは、かき集めてもたいしたことはないが、客によっては、一朱、二朱と包んでくれるものもあり、つきあいようでは二分、三分にもなる。

「みかけほどみじめな暮らしではないんだぜ。今年は、上野のいくさからこっち、世のなか不景気な上に雨つづきで、どうにも困っちゃあいるんだが」

「兄さんとのつきあいは、やはり、おあしで買わなくちゃあ、悪いんですね」

「子供《びり》の手をひねるほど、女ひでりはしていねえと、前に言っただろ」

ちっと見ねえ間《ま》に、子供《びり》でもなくなったな、と福之助は言い、ゆうは、え、と足をとめかけた。が、祝儀がまるでつかない役者もいる、と、福之助はつづけた。そういう者には、最低の給金が保証される。給金や飯代、仕込みに必要な金などは、太夫元の吉兵衛が木戸銭のあがりのなかから支払う。

「おれや金太郎は、金が入れば気前よく使っちまうが、親方は——親方ってのは、角蔵兄ィのことだ——江戸っ子のようでもない、吝《しわ》いんだ。もっとも、親方には大望があってね」

「大望ですって。まるで仇討《あだう》ちだ。どんな大望なんです」

「掛け小屋じゃあねえ、常打ちの小屋をとりしきって、大名題なみの芝居を、おれたちにやらせたいとさ。あの人ァ、役者より奥役か帳元になりてえんだ。もちろん、座元なら言うこたあねえだろうが、夢だわな」

「他人《ひと》ごとみたいに言うんですね。兄さんは、三座の舞台《いた》に立ちたくはないの」

「三座で、いらせられませのはしっこにいるよりァ、筵掛《むしろが》けでも立女形をはる方がいいわな。親方は、おれたちを三座の稲荷町におしこめようってんじゃあねえ。小屋を持ちてえわけさ」

「常打ち小屋をですか。できない相談でしょう」

「それが、お上の風向き次第で、これからどう変るか……。大樹《たいじゅ》がぶっ倒れたんだ。七面倒な御法度《ごはっと》も、ゆるみそうな気《け》もある。おめえ、上野のいくさのころは、どうしていたえ。ずいぶん長えあいだ、顔をみせなかったじゃあないか。福之助の芝居なんざ忘れて嫁にでも行ったかと思っていたよ」

「染井にいっていたんです。危いから逃げていなってお父っつぁんに言われて」

「染井か。樹屋の多いところだろう」

「桜がきれえでした」

「上野のお山の桜は丸焼けだ。金太とおれァ、上野でいくさがおっぱじまったとき、それっと見物に行ったんだが、どこの木戸も閉められちまっていて、お山には行けなくてさ、どこかでいくさが見られそうなものだと、あっちへ走り、こっちへ走り、おめえ、これで野次馬ってのも、なかなか骨の折れるものだぜ」

ゆうは吹きだした。

「次の日は、上野のお山に死体見物《おろく》よ。かたづけちまったとみえて、二つか三つしかなかったな。金太の奴《やつ》、その足で吉原《なか》へ行って、さすがに大門が閉まっていたと、がっかりして帰ってきた」

目に見えるような仕形咄《しかたばなし》をきくあいだ、ゆうは、胸を噛《か》むきつの死から、いっとき心をそらせていられた。

永代橋の袂《たもと》まできていた。空も川も、薄墨色にたそがれた。浅瀬にうずたかく捨てられた貝殻《かいがら》だらけの海苔粗朶《のりそだ》が、骨のように仄白《ほのじろ》い。

「もう大丈夫です。ありがとうございました」

「ずいぶん行儀のいいことだ」

福之助は苦笑し、無造作に抱き寄せると、ゆうの口を吸った。

「あばえ。福之助のおさしみは、二分がとこにはつくんだぜ」

紀伊国屋なら十両だろうが、と福之助は笑って、去った。あのひとは、何もわかってくれてはいない。泣いている子供をあやすように、相手をしてくれただけなんだ。そして、あたしだって、あのひとのことを何もわからない。遠ざかる福之助の背は、ゆうの目に、飄々《ひょうひょう》とうつった。ゆうは、ゆっくり唾《つば》をのみこんだ。

いきなり、肩をつかまれた。兄の安太郎であった。

「どこへ行っていたんだ。黙っていなくなるから、うちじゃあ大変な騒ぎだったぞ」

あの男はだれだ、とは詰《なじ》られなかった。気がつかなかったのだと、ほっとした。

「神かくしにあっていたんです」

「ばか」

ゆうは黙った。言いかえすと、口のなかの感触が消える。

「その着物はどうしたんだ」

「川にはまって濡《ぬ》れたので、近くのうちで貸してもらったんです」

「呆《あき》れたやつだな」

「あまり騒ぎにしないでくださいね」

ゆうの軀の変化を、めざとく察した兄のことだ、福之助に口を吸われたことも、見抜いてしまうのではないだろうかと、ゆうは兄の視野から逃れようと身を細める。月のものがはじまったとき、どうして兄さんにはわかったのだろう。そんなに、軀つきがちがってくるものなのだろうか。そういえば、乳房がふっくらしてきたのもあのとき以来だし、このごろは乳房の芯《しん》がこりこりと固くて、揉《も》むと痛い。湯殿で湯を浴びるとき、肌《はだ》の下にうっすらと脂《あぶら》がのってきたような気がする。安太郎に、そんな変化を見抜かれたくない。福之助が、子供《びり》ではなくなったとわかってくれたのは、嬉《うれ》しかったけれど……。

＊

九月八日、年号が慶応から明治とあらためられた。このころから、笹屋には、新しく買い入れた女の数が急に増えた。

判人がいそがしく出入りし、若い娘を連れてくる。佐兵衛も安太郎も、判人まかせにばかりはしておらず、出歩いて、めぼしい娘を買いととのえた。

これまでは貧農の娘が多かったが、扶持《ふち》をはなれた下級武士の娘も混るようになった。小職や禿《かむろ》からゆっくり仕立てる暇はなくて、いきなり新造《しんぞ》にし、廓《くるわ》のしきたりや廓言葉を大わらわで教えこむ。深川の狭い仮宅に、少女が溢《あふ》れた。

これほど急に抱え妓を増やした理由は、ゆうもきかされていた。

築地鉄砲洲《てっぽうず》に外国人居留地が設置されるときき、吉原妓楼の楼主が、その近辺に新遊廓《しんゆうかく》を作ることを願い出たのが、半年ほど前、三月のことである。

冥加金《みょうがきん》五万両を上納することを条件に、いずれ許可されると内示があった。新しいことに積極的な佐兵衛は、築地の新遊廓に見世を出す仲間に、率先して加わった。しかし、新しもの好きであっても決して無鉄砲ではない佐兵衛は、深川の仮宅はたたまず、支店を出す形にしたのである。築地の新見世は、安太郎を主《あるじ》におき、老練な番頭幸吉をつけてやることにした。見世が二つになるのだから、抱え妓も大量に必要となる。

武士の血をひく新入りの娘たちは、気位が高く、農家出の女たちとしばしば悶着《もんちゃく》を起こす。廓言葉にもなじみたがらなかった。遣手《やりて》のおげんがひっぱたいて叱《しか》りつけると、笄《こうがい》を逆手に持って身がまえる者もあり、たいそうな騒ぎとなった。娘たちの憎しみと蔑《さげす》みの眼《め》に、ゆうは、しじゅう刺されるのを感じた。

安太郎は新見世をまかせられるというので、意気ごんでいた。異人の客が大勢くるだろうから、あちら風の調度がいるんじゃないか、台屋も、異人さんの口にあうものを作ってくれなくちゃあ困る、などと、思いついたことを始終帳面に書きこみ、大工の棟《とう》梁《りょう》相手に図面を検討したりしている。安太郎は最近、急に面《おも》がわりしてきた、とゆうは思う。毎日見ているからその変化に気づかないでいたのが、あるとき、ふいに、兄さんて、こんなに脂ぎっていたっけ……、と驚いた。二十四で、まだ贅肉《ぜいにく》のつく年ではないのだが、肉づきがよくなり、精力的な脂が陽灼《ひや》け色の皮膚の奥深いところから滲《にじ》み出てくるようで、安太郎の手がふれたものは、何かじとっと脂の痕《あと》が残る気がする。兄さんは、この商売をいとわしいと思ったことはないのだろうか。禿たちの泣く声は、ただ喧《かしま》しいだけなのだろうか。もっと幼いころの兄を思い返してみる。九歳年上の兄は、ゆうにはいつも、手のとどかない大人だった。蒲団《ふとん》部屋の重い木の戸を開けたら、兄と禿がいて、兄は禿をうしろから抱きこんでいた。いつのころからか、兄さんは、己れは笹屋の跡とりと思いさだめ、なまなかな同情心などでゆらぐことはなくなったのだろう……。

桂木花魁《おいらん》も賑花魁も、武士の出のにわか新造をあずかられたが、じきに音をあげた。貧農の家から廓に来た少女たちは、辛《つら》いことはあっても、着たこともないきれいなべべを着、食事も与えられることに、出世したようなよろこびを――少なくともはじめのうちは――持ち、姉花魁にもまめまめしく仕えるのだが、最下級であっても武士の娘たちは、べべや食物ではごまかされず、けがらわしいものを見るように、姉花魁を見くだした。しかし、気品はあり、磨《みが》きようではこれまでとは毛色のかわった上玉になると、佐兵衛と安太郎は満足そうだ。佐兵衛の指示で、遣手や番新たちは、廓では何が価値の基準になるかを、娘たちに思い知らせようと工夫した。

遊女がはじめて客をとって一本になる披露目《ひろめ》を、突き出しという。道中による突き出しと、見世出しの二種類がある。

将来みこみのある遊女は、豪華な衣裳《いしょう》装飾をととのえ、姉花魁がつきそって仲之町を練り歩く道中をやる。その後は最高の位の呼び出し遊女となり、部屋や座敷ももらえる。姉花魁が三百両、五百両とかかる突き出しの費用をいっさい負担する。姉花魁はなじみの客に無心してととのえるのである。

あまり上玉でない遊女は、道中はせず、いきなり見世に出す見世張りをする。いわば、格が落ちると烙印《らくいん》を押されるようなものである。

新造となった娘たちに、佐兵衛は、姉花魁の気にいられれば、どのようにも豪華な突き出しをやってもらえること、それが遊女として最高の誇りであることを吹きこむと同時に、姉花魁はいわば主人、忠義をつくすのが道であることは武家も遊女もかわりはない、と、娘たちの身についた道義観にも訴えた。その結果、娘たちは、きそって張りあうことになった。

桂木にあずけられた新造に、ひどく強情な娘がいた。細面《ほそおもて》で眉《まゆ》のきりりと濃い、みるからに勝気そうな娘だった。ゆうと同じ年ごろである。その娘は、ゆうと行きあっても、冷やかに無視する。桂木が遊女のしきたりや廓言葉を教えこもうとするのも受けつけなかった。桂木も気性は荒い。遣手に折檻《せっかん》させた。棒で打ち叩《たた》く音と娘の悲鳴が、昼見世もまだはじまらぬ家のなかにひびき、ゆうは内所で歯をくいしばった。娘は父が買いとった商い物であった。折檻するのも、立派な遊女に仕上げるためにやむを得ないのだと、幼いころから、ゆうは教えこまれてきた。折檻の音、泣き叫ぶ声は、いまはじめて耳にするものではなかった。佐兵衛はその娘を桂木のもとからひきとり、いきなり見世出しにした。顔立ちがよいので、見世を張ったその夜、すぐ客がついた。深夜、けたたましい騒ぎに、ゆうは内所でめざめた。娘が床入りから逃げ、剃刀《かみそり》でのどをついたのである。血まみれの姿で、娘は内所にはこびこまれた。医者が呼ばれた。血の量はおびただしかったが、傷は薄くのどの皮を裂いただけであった。娘は今戸に療養にやられた。ゆうはその娘と顔をあわせるのが辛く、見舞いにも行けないでいた。たとえどんなにやさしい言葉をかけようと、ゆうは、笹屋の者なのである。

十日ほどで、娘は戻《もど》ってきて、また見世張りに出された。ほかの、武士の出の娘たちから畏敬《いけい》の目をむけられ、遊客のあいだでも烈女というような評判がたった。またのどを突かれたら困ると怖わごわながら名指しで買う客が増えている。娘は、それからはもう、拒まなかった。一度激情を爆発させたことで、何か気がすんだのだろうか。ゆうは垢離場に無我夢中で走った自分を思いかさねた。あのあと、何かが一枚心から剝《はが》れ落ちたようで、焙《あぶ》りたてられるような辛さをおぼえないでいる。まわりの状況は何も変っていないのに、鈍くなったのだろうかとさえ思う。福之助の生い立ちや過去を洗いざらいきいて、謎《なぞ》の部分が薄れたせいもあるのだろうか。もっとも、福之助を何も、わかってはいない、とは思う。口を吸ったのは、軽い挨拶《あいさつ》なんだ、あのひとの。

……いつか、また、きっと逢《あ》う。でも、いまは……いいんだ。福之助に口を吸われたあと、ゆうは、しげしげと鏡を見たのだった。どこも変ってはいなかったが、眼が変に生き生きしてくちびるが紅《あか》くて、自分の眼やくちびるではないみたいだったっけ。

十一月になって、築地の居留地が開かれた。

鉄砲洲一帯の、大名屋敷の跡地である。以前からある横浜の居留地よりはるかに広く、汐留川、京橋川、三十間堀で周囲をかこわれ出島のようになっている。小田原町河岸《がし》から佃《つくだ》の渡船場まで、たちまちに、西洋館が建ち並びはじめた。ひときわ宏壮《こうそう》なのは英国領事館で、渡船場の近くには税関事務をとり扱う東京運上所が建てられた。

居留地に隣接した、大富町と八丁堀の一部分が、新遊廓の敷地として与えられた。大富町は、本多隠岐守《おきのかみ》、井伊掃部頭《かもんのかみ》、堀長門守《ながとのかみ》、三大名の屋敷の跡である。幕府瓦解《がかい》の後は、門は傾き塀《へい》は壊れ、廃墟《はいきょ》となっていた。

新しい遊廓は、京の島原遊廓の名をとって新島原と名づけられ、普請《ふしん》がはじまった。東は井伊屋敷跡に大溝《おおみぞ》をうがち、南は築地川を境界とし、西北は屋敷土塀をそのまま外囲いに利用し、城廓のような堅固豪壮な廓がつくられていった。

年が明けて二月末、完成した新遊廓にうつるまでに、幾度か、ゆうは、垢離場に行きたいと思った。強引にかき集められた少女たちが、手水場《ちょうずば》で泣いているのを見るとき、遣手に叩かれているのを見るとき、声をかけても、恨めしげな目をむけられただけのとき。あるいは、媚《こ》びるように甘えられてきたとき。

しかし、垢離場の楽屋も、以前のように、無邪気に逃げこめる場所ではなくなっていた。あのとき以来、何もかも変ってしまった。変ったのは、周囲ではなく、ゆうの心のありようであったのだけれど。

逃げこめるのは、遠い記憶のなかにある、迷い子《まいご》になったときの、煮こんだ大根のにおいのする楽屋、すでに現実には失なわれた場所、であった。

ゆうは、当分、二つの見世を行き来することになった。新見世の主人となる安太郎の身のまわりの世話を、母と交替でするためである。早く嫁にやらなくてはと言いながら、とよは、さしあたってゆうの手助けを必要としていた。ゆうが半日姿を消していた日のことは、あまり問いつめられないですんだ。ゆうの不在に皆が気づいたのは日暮れ近くなってからであり、まもなく安太郎がゆうを見つけたので、それほど長時間――小半日も、家をあけていたとは、だれも知らなかったのである。――芳三をのぞいては。

そうして、芳三は、きつの死のありさまをゆうに告げたことを、だれにも語っていなかった。口どめされていたことを喋《しやべ》ってしまったのを、佐兵衛やとよに叱責《しつせき》されると思って口をつぐんでいたのではないと、ゆうには思える。

芳三の悪意を、ゆうは感じるのである。

きつの惨死《ざんし》を知れば、ゆうがどれほど衝撃を受けるか、芳三にはわかっていたはずだ。それを敢《あえ》て知らせ――いささかのいたわりもない口調で――、その直後ゆうが姿を消したとなったら、入水《じゆすい》さえ考えられるのに、だれにも言わず黙っていた。

死のうとどうしようと、好きにするがいい。芳三は、そう思ったのではなかろうか。

きつが殺されたのは、直接にはあたしのせいじゃあないけれど、芳三があたしを憎んでいるとしても、あたしは、それをもっともだと思ってしまう。芳三には、二人のあたしが視《み》えているのだ。一方のあたしには、芳三はやさしい。もう一人、笹屋の、佐兵衛ととよの娘としてのあたしを、芳三は許せないのだ、たぶん。

新島原にうつる前に、ゆうは、それまでどうしても足をむけられなかったところに、ひとりで行った。吉原の遊女が死んだとき、親もとが近ければ判人と親もとを呼んでひきわたすが、遠国のときは、浄閑寺に亡骸《なきがら》の処分をたのむ。百文ほどを添えて裏に放り出しておけば、寺男が穴を掘って埋める。葬《とむら》いも何もない。そのため、浄閑寺は投げ込み寺の俗称を持つ。深川から浄閑寺までは遠いので、きつのむくろは近くの浄心寺の寺男に処分をまかせたと、ゆうは芳三に教えられていた。これまでのしきたりどおり、百文で、柩《ひつぎ》にも入れず、穴に放りこまれたのである。子供だから手間はかからない、五十文でいいだろうにと、とよは言ったそうだ。

埋められた場所に、ゆうは、これまで行かなかった。あまりになまなましすぎ、考えると息苦しくなるので、きつのことは考えまいとしていた。
浅蜊《あさり》や蜆《しじみ》の殻が下駄《げた》の歯の下でしゃりしゃり鳴る道を、浄心寺にむかった。富岡八幡の、川二筋へだてた北にある。縦横に走る川の土手には葉の落ちた柳や楓《かえで》が小さい芽ぶきを見せ、水に枝の影をうつしている。靄《もや》った苫舟《とまぶね》が上げ汐《しお》にゆれる。霊巌寺《れいがんじ》と境を接した浄心寺の境内《けいだい》は、参詣人《さんけいにん》の影もなく、本堂の重々しい屋根の傾斜を、北風がさあっと舞い下りた。庫裡《くり》をのぞくと、寺男が退屈そうにつくねんとしていた。ゆうは手招いて、天保銭を握らせ、きつを埋めた場所をたずねた。

猫背《ねこぜ》で首の長い寺男は、上体を前につき出すかっこうで外に出て来た。庫裡の裏にゆうを導いた。手入れのゆきとどいた表の境内とちがい、裏は殺風景で荒れている。湿った藪《やぶ》だたみに、無縁仏のものだろうか、土饅頭《どまんじゆう》や塔婆《とうば》が三つ四つ、朽ちかけている。どれも、古いものだ。供えものもない。塔婆には藪枯しのつるが巻きついていた。

空地の隅《すみ》を、寺男は指さした。そこは、藪だたみからははずれた、時刻によっては陽《ひ》のあたりそうな場所で、ひょろりとした蘖《ひこばえ》のような木が、一尺ほどの高さにのびていた。

「墓石のかわりに、苗木を植えてくれたの」

「うんにゃ」

いつのまにか生えていた、と寺男は言った。

桜……だね。

ゆうはつぶやき、さわさわと鳥肌がたった。友吉の溜《ため》で見なれた桜の苗木と同じであった。

肌守りにときつにくれたとき、死んだ種子だと友吉は言った。死んではいなかった。睡《ねむ》っていただけであったのだ。大川の水にたっぷり、きつといっしょに浸され、土に埋められ、睡りから醒《さ》めた。水にさらしてあった魚のわたやほしかが、ゆうの眼裏に視えた。

断弦

兄に連れられて、新島原の引手茶屋を、一軒一軒、ゆうは挨拶《あいさつ》してまわる。

「これは、笹屋さんのお嬢さんですか。ごていねいな御挨拶でいたみいります。こちらこそ、よろしゅうお頼み申しますよ」

と、茶屋の主人やお内儀《かみ》は、何《いず》れも同じように愛想のいい挨拶を返すが、これで妓楼《ぎろう》の女主人がつとまるのかと、値踏みするような目を年弱《としよわ》なゆうにむける。

内所にこもって安太郎の身のまわりの世話をしていればいいのだと、ゆうは思っていたのだが、新しい見世に移ってきてみると、そんな気楽なものではないのだった。贔屓《ひいき》の客、引手茶屋、それぞれに心をくばり、妓《おんな》たち一人ひとりの心身の状態に目をゆきとどかせ、兄や番頭といっしょに帳面にも目をとおさねばならない。

新見世は借金を抱えている。利益をあげるためには、余分な支出はできるかぎり押さえねばならず、妓たちの食事の費用は、限界まで切りつめられる。裏での食事を減らせば、女たちは客に台の物をたっぷりとり寄せるようねだらざるを得ない。

内所にいて見世の経営に目をむけていると、ゆうは、ここをもっと切りつめられる、こうすれば利があがる、などと見えてくるのだけれど、それは見世の主人の立場に立っての目であることを思うと、見えてしまう自分がうとましくなる。兄や番頭に、助言がましいことは口にしないでいるけれど、——やはり、あたしは遊女屋の娘なのか……と、思う。

番頭の幸吉は吉原では通いだったが、こちらでは泊まりこみになった。梯子段《はしごだん》をあがった突きあたりの部屋には、遣手《やりて》のおげんが大火鉢《おおひばち》を前にどっかりと腰を据《す》え、客に出す酒の燗《かん》をしながら、遊女たちににらみをきかせている。

仮宅《かりたく》とちがい広いので、桂木は、三間つづきの部屋をあてがわれた。賑は深川に残り、新島原と深川は営業成績を競わされている。桂木は、はじめ、毛唐の客をとらされるのはいやだと怖気《おぞけ》をふるったが、新島原の方が上客で賑《にぎわ》いそうだと天秤《てんびん》ずくで承知した。

居留地に近いから異人の客が足繁《あししげ》くかよってくるだろうという妓楼のもくろみは、桂木にとっては幸いなことに、はずれた。攘夷《じょうい》思想を捨てぬ者の闇討《やみう》ちから異人を守るため、新政府は新島原遊廓《ゆうかく》の警備を度が過ぎるほど厳重にした。南の川筋には屯所《とんしょ》を置いて宇和島藩士が警固にあたり、大門《おおもん》の会所の入口には、突棒《つくぼう》、刺股《さすまた》、袖《そで》がらみなどを並べたて、関所のようなものものしさなのである。厳しすぎる警戒のおかげで、異人客は新島原を敬遠するようになってしまった。

「お嬢さん、妓《おんな》たちに甘い顔をみせないでくださいよ」

ゆうは、遣手や番頭から、前もって釘《くぎ》をさされている。深川を発《た》つ前に、母からも同じことを言われたし、父にも、安太郎を助けるのがおまえの役目だよと言われている。あたしにはできません。ゆうは、その短い言葉が口に出せなかった。

五月になって、何の前ぶれもなく、芳三が深川からゆうを迎えに来た。

「何の用かえ」

芳三は知らないと言った。

このごろ急に流行《はや》りだした俥《くるま》で深川に帰り着くと、小さい禿《かむろ》たちが嬉《うれ》しがって寄ってくる。

明日、芝居に行くのだから、今日は髪を洗って結い直すのだよ、いまのうちに湯に入っておおき、と、とよに命じられた。

吉原の見世には、遊女たちや、ときには居つづけの客も入る大風呂と、楼主の家族用の小さい湯殿があったが、仮宅は大風呂《おおぶろ》だけである。掃除をすませた後の新湯《さらゆ》であった。広々として快い。晒木綿《さらしもめん》の糠袋《ぬかぶくろ》も新しいものが用意されていた。

「力まかせにこするんじゃないよ。顔に皺《しわ》ができる」

上がり端《はな》に立って、とよは口うるさい。

「糠袋に美人香も混ぜておいたから、気長に静かに袋をまわして使うんだよ」

「わかってるよ。小さい子供じゃないんだから」

髪を洗いはじめると、どれ、おっ母さんが揉《も》んでやろう、と袖をたすきでからげ、裾《すそ》をはしょり上げてどっしりした腿《もも》をみせ、洗い場に入ってきた。熱湯で溶いたふのりとうどん粉を、とよは、かがみこんで前に垂らしたゆうの髪に、念入りに揉みこむ。

「おまえは髪が多すぎるよ。腰が強くて強情な髪だ。これじゃ髪結い泣かせだ。少なすぎるよりはましだろうけどよ。よく、すすいでおくんだよ」

引窓からさしこむ昼の光が、濡《ぬ》れた肌《はだ》の上で斑《まだら》に踊る。洗い髪がかわいたころ、髪結いが内所に来た。

「この娘《こ》は顔が小作りだから、少し大きく結っておくれ」

「衿足《えりあし》は三本がよござんしょうね。きれえな衿足だ」

「芝居って、何を見るの」

ゆうはたずねた。

「守田座だよ。紀伊国屋《きのくにや》が病いがなおって、途中から出勤することになった。紀伊国屋のために、三勝半七《さんかつはんしち》を一狂言ふやしたのが、たいそうな評判だ。左団次はからきし役負けしているようだが、田之助の三勝の縁切りは、どうでも見ざァなるまいよ」

三月、敷島物語で傾城《けいせい》敷島と毒婦お玉を仕別け好評だった田之助は、興行の最中に、健やかだった方の足が激しく痛みだし、舞台を下りた。そのまま休演をつづけ、脱疽《だっそ》の毒が左足にもまわったのだと取沙汰《とりざた》されたが、幸いなおり、五月五日から出勤するようになったのだと、とよは消息を告げた。

「片脚なら継ぎ足で何とかなるだろうが、両脚切るとなったら、役者は廃業だ。おせきが泣き死にするわさ」

悶着《もんちゃく》は、茶屋についたときに起こった。

あらかじめたのんであった栈敷《さじき》が、とれていないというのである。

「女ばかりというので、こけにする気かい」

佐兵衛ははずせない用があって同行せず、とよ、ゆう、おせきの三人だけだったのである。

「いえ、そんなわけじゃあございません。守田座の帳元が、尻腰《しっこし》がないんでございますよ」

茶屋の主人夫婦は、揃《そろ》って畳にはいつくばる。

「金主方から、昨夜、突然栈敷の申し入れがきましたそうで。こともあろうに、うちの割り当て分を削ってまわしちまったんでございます。何しろ、田之太夫が出ることになったというので、どなたさまも栈敷、栈敷と、もうそりゃあ、大変なんでございます」

栈敷は上下六十間あるが、見よい場所は二十五、六間しかない。これを茶屋にえこひいきなく割りふるのは、帳元の役目の一つである。茶屋は、おとくいさまのために、少しでも見やすい栈敷を確保しようと躍起になる。

「今朝になって、割り当てを減らすといってきましたから、どなりこみに行くと、帳元はいち早く雲隠れでございますからね」

「金主というと、山の宿《しゅく》の千葉勝の旦那《だんな》かい」

「はい。山の宿さまからの申し入れでは、帳元も無い袖を振らねばならなかったんでございましょうが、うちの割り当てを削るとは、と、腹が煮えてならないんでございますよ。以後、守田座の桟敷は扱わぬと、木戸を閉《た》ててしまおうかと思ったくらいでございます」

「木戸を閉てるはそちらのかってだが、さしあたり、今日のところはどうしてくれるのだえ」

ねっちりと、とよは言う。

江戸の最後の擾乱《じょうらん》このかた、おっ母さんはきつくなったと、ゆうは思う。修羅場《しゅらば》をくぐりぬけ、きつを殺して生きのびた強さだ。

きつは、死んだんだってね、おっ母さん。

ゆうは一度だけ、とよに言ったのだ。新島原に行く前夜だった。

おっ母さんが死んだ方がよかったのかい。

ほとんど冷酷にきこえる声で、言いかえされ、ゆうは、口を閉ざしたのだった。昨日、髪を揉み洗いしてくれた母の指の感触がよみがえる。

「日ごろ目をかけてやっております口番に、土間のいいところをあけさせますから、それでかんべんしてやってくださいませ」

「平土間で見ろというのかい」

「正面の前の方でございましたら、桟敷よりいっそ見ようございますよ」

「今日は、そういうわけにはいきませんのさ。大口屋さんはどうおしだえ。大口屋さんも、今日は桟敷をおとりだろう」

「おや、ご存じでしたか。大口屋さまは、四半刻ほど前におみえになりましたが、やはり桟敷はございませんで、それじゃあ仕方がない、よしにしておこうと、お帰りになりました」

「何だって。お帰りになった？」

何か御用、と言いかけて、茶屋の主人は、のみこみ顔に膝《ひざ》を打った。

「さようでございましたか。本日は大口屋の若旦那さまとこちらのお嬢さまの、お見合でございましたか。前もってそうお申しつけくだされば、何としてでも桟敷をおとりしておきましたものを。早くにおいでくださいましたお客さまから順に御案内いたしましたもので。とんだ気のきかぬことをいたしました」

「しょうがないねえ。いそがしいなかを無理算段して来たというのに」

「市村座なら、まだあいた桟敷がございましょうから、懇意な茶屋にたのみますが」

おせきが、べそをかいた。

「平土間でもいいよ、おっ母さん。せっかく来たのだから、紀伊国屋の三勝を見ていこうよ」ゆうは言った。

「おまえの見合だったんだよ。手間ひまかけてきれえにしたのに」

「お嬢さまは、手間ひまおかけにならずとも、おきれいでいらっしゃいますよ」

茶屋のおかみは、追従《ついしょう》を言う好機を逃がさなかった。

大口屋は、吉原の同業者である。笹屋と同じ半籬《はんまがき》であるということしか、ゆうは知らない。慶応二年の火事で焼け出され、鳥越町に仮宅をかまえたが、とうに吉原に戻《もど》っているのだと、とよは今ごろになって説明し、

「あまり表立ったのでは、ことわられたとき、こっちの面目もあるからと、それとなくひきあわせる算段だったんだが」

「申しわけございません。このあと、どのようにも埋めあわせいたしますから、今日の

ところは」

「猿若町に出むくとなったら、それだけでたいそうな物入りなのだよ。娘のこの着物にしたところで、今日のために、わざわざ越後屋で誂《あつら》えておいたのだから」

茶屋で着替えるために持参した母の七子の着物も、今朝しつけを抜いた仕立て下ろしであった。

昨日、ふいに呼び戻されて、湯に入れの髪を洗えのとせきたてられ、湯上がりの肌には西施《せいし》白養散をぬりこまれ、今朝、化粧をするときも、白粉《おしろい》はていねいによく溶いて使え、さもないと塗りむらができるだの、眉《まゆ》はあまり太く作るな、だの、いつになく口うるさいのだから、ゆうにも察しはついていた。少しもさからわなかったのは、いよいよというときの身の処しようが、漠然《ばくぜん》とではあるが心に固まってきていたからであった。

ふいに決心したわけではない。いつとはなしに、徐々に、行く道が見えてきていた。

同業者との見合、ときいたこのとき、ゆうは、自分の気持がゆるぎなく決まっているのを識《し》った。

「それじゃあ、せっかくだ、平土間をあけてもらおうよ」

とよは言った。

「こうお出《い》でなさいませ」

茶屋を出るとき、

「足もとが悪うござんすから、お気をつけんなって」

若い衆が傘《かさ》をさしかけた。

小雨が水たまりに波紋をひろげている。

「よう降りつづきます」

「裾を濡らすんじゃないよ」

田之助を背負ってみえをきり、悠々《ゆうゆう》と道を横切った垢離場《こりば》の福之助と、胸をときめかして見いった二年前の自分を思い浮かべ、ゆうは微笑した。

口番が七人詰めの枡《ます》をすでに占めている客を、ほかの枡に少しずつ散らして開け、そこをゆうたち三人に使わせた。三人で一枡分の代金を払ったのである。茶菓も、若い衆がはこんできた。ゆうは少し居心地悪かったが、じきに舞台にひきつけられた。

田之助は、継ぎ足の片脚をたくみにかばい、不自由を見物に感じさせなかった。虐《しいた》げられ苛《さいな》まれる哀れな役ほど、妖《あや》しい魅力をあらわす田之助を、不思議な役者だと、ゆうも思う。実像の田之助がみかけとは裏腹に、驕慢《きようまん》で我儘《わがまま》なことはよく知られているのだけれど、ほっそりと淋《さみ》しい田之助が愁《うれ》い顔でくどきを語り出すと、見物は胸がせまり、舞台の田之助が哀れでならず、涙をこぼす。淋しく弱々しく白萩《しらはぎ》のような田之助だが、同時に、この上なく豪奢《ごうしや》、淫蕩《いんとう》でもある。楚々《そそ》とした風情《ふぜい》に見物が気をゆるしていると、いつのまにか、被虐《ひぎやく》と嗜虐《しぎやく》の禁断の世界にひきずりこまれ、淫蕩な毒にくたくたに蕩《と》かされてしまう。

あの妖しさは、あたしには怕《こわ》い。田之助が足を切るという話をきいたとき、福之助が血相かえたことを思い出した。福之助は、垢離場の田之助と贔屓に呼ばれているそうだし、田之助の持ち役を、よく演じている。舞台を見ては、せりふ、仕草を盗んでいるらしくもある。今日も雨だから来ているかもしれない、とゆうはそっと土間を見わたすが、ぎっしりつまった人ごみの顔をみわけるのはむずかしかった。福之助は、田之助とはまったく持ち味がちがう。福之助は田之助のように妖しい蜜《みつ》地獄に人をひきずりこむ力はない。もっと暖かくて明るいのだ。おおらかに包みこんでくれるのだ。福兄さんは、田之助をうつしながら、別の魅力のある役を作りだしている。そのことに、福兄さんは気がついていないのかもしれないけれど。

思いきった行動をとるためには、弓の弦《つる》をきりきり引きしぼるように、極限まで自分を追いつめねばならぬ。

*

どうせゆうも知ってしまったのだからと、数日後、見合の席があらためてもうけられた。

深川八幡のそばの料亭『平清《ひらせい》』まで、大口屋の息子と両親が出向いてきた。舟が行き来する川を見下ろす二階の座敷で、さしさわりのない雑談をしながら、はこばれる料理を食べるあいだ、ゆうは、軀《からだ》だけ座敷にあった。相手の顔を見ながら、何も心に残らなかった。守田座の平土間の、重なりあった見物のなかに、福之助を、ちらりと見たように思ったのは、願望が生んだ錯覚だったのだろうか。

むこうさんは承知だよ、と、とよに言われたのは、見合の二日後である。仲人《なこうど》が返事を伝えにきた。

「あたしは、いいんです」

「承知なんだね」

「いいえ。ことわってください」

何が不服なのだと、とよは鼻の頭をはじかれたような顔をした。

「こちらからことわれる話ではないよ」

「お父っつぁんは、どうなんですか」

ゆうがいやというものを、むりにいかせることもあるまい、と佐兵衛は言った。

嫁《い》け、と言ってくれた方が、踏みきれるのに、とゆうは思った。

この話をことわっても、同じような話が、二度、三度、と持ちこまれるのは、目に見えている。内所に腰をすえ、客の出入りに目をくばり、心の皮膚は厚くなって、少しぐらいの棘《とげ》の痛みは感じなくなる。遊女屋のお内儀でなければ、料亭か、あるいは三座の役者の女房。遊女屋の娘の嫁ぎ先は、そのあたりが多い。

「おまえが嫁にいかないと、安太郎に嫁をとれないじゃないか」とよは言った。

「そういったものでもなかろう」と、佐兵衛はゆうをかばうように話す。「安太郎に嫁をとらせたら、ゆうは深川にいればいいのだから」

踏んぎりがついた、とゆうは思った。新島原で女主人の代わりをつとめるのもうとましいけれど、深川に戻ってきて、父と母に庇護《ひご》され、内所の奥にひっそりとひきこもる暮らしも、もう、できない。

その後しばらく、とよは、大口屋に嫁《ゆ》く話を承知しろと責めたて、ほかに好いた男でもできたのかと問いつめた。

もし、好きな相手がいるのなら、言ってごらん。悪いようにはしない。ゆうは、答えなかった。

とりあえず、明日は新見世にお行き。後のことはまた考えよう、と、ようやくとよは説得をあきらめたかにみえた。

翌日、倖がきて、芳三につき添われ仮宅を出た。永代橋をわたり、小間物屋の前を通りかかったとき、ゆうは倖をとめさせ、必要なものを少し買いととのえた。

「芳三、あたし、垢離場に行くよ」

「そうですかい」

「おまえは、とめないだろう。あたしが淫奔《いたずら》なことをして、お父っつぁんやおっ母さんが悲しむのは、おまえ嬉しいだろう」

そう言いながら、ゆうは、あたしは芳三に甘えているな、と思った。

「お嬢さんが、やりたいことをやりなさるのなら」芳三は言った。

「倖はかえしておくれ。歩いて行くよ」

「そうですかい」

新島原までの倖代をとよから先に受けとっている車夫は、もうけものをしたという顔で、倖を曳《ひ》き去った。

ゆうが歩き出すと、芳三もついて来た。

「途中までお伴しやすよ。ぶっそうなのが出るといけやせんから」

「大川は、何て鳥が多いんだろうね。いま、はじめて気がついた。いつも、見えているのに見ていなかった」

都鳥のほかにも、水鳥、小鳥が群れているが、ゆうは、名は知らない。

「芳三は、あたしも憎いかい」

「こう言っちゃあ何ですが、憎いと思ったときもありますよ」

「あたし、たぶん、明日深川に戻ってくるよ」

「そうですかい」

「おまえは、あたしが大川に身を投げても、黙って見ているんだろうね」

「お嬢さんが、本心、死にたいと思いなさるならね。しかし、今は、死にたいどころではござんせんでしょう」

「この夜桜に死にたくもなる、さ」

芳三は、声をあげて笑った。明るい声ではなかった。

「死にたくなる味をおぼえに行きなさるか。その買物、持ちゃしょうか」

「いいえ、いいよ。芳三、あたし、いま、めっぽうかいもなく倖《しあわ》せだよ」

「そうですかい」

「やりたいようにやろうと、思いきったら、ふわりと軽くなったよ」

「痛いめをみなさいますよ」

芳三は、ゆうがこれからしようとしていることを見抜いているふうだった。

「痛いめにあおうと、思いきったのさ」

「お倖せなこってす。だれだって、やりてえようにやりてえと思わねえ者はおりやせんのさ」

「い、きっちゃんにやった簪《かんざし》は、どうなったのかしら」

ゆうは思い出して口にした。

「いっしょに埋めたのかしら」

「おかみさんが小さい禿《かむろ》にやりなさいましたよ」

「そうだろうね……。芳三のやりたいことは、何？」

「何もありやせんね」

芳三は、ちょっと考えるようにして、言った。

「おまんまがいただけて、ときどき切見世の女でも買えりゃあ、極楽でさあ」

「好いたひとはいなかったのかえ」

「おりやしたさ。芳三は木でも石でもありやせん」

「玉衣花魁《おいらん》だね」

「目はしのきくお嬢さんだ」

「まだ切見世にいるの」

芳三はうなずいた。

「身請けしてやればいいのに」

「牛《ぎゆう》の給金がどれっくれえのものか、新島原の見世をあずかったお嬢さんだ、知っていなさるでしょう」

「いままでは、玉衣花魁を好いてはいないの？」

「なぜです」

「おりやした、と、おまえは言ったよ。過ぎてしまったことのように。醜くなったの?」

「あまり酷《むご》い話はよしにしやしょう」

少しのあいだ二人は黙って歩いた。歩きながらゆうは芳三に訊《き》く。

「芳三は、うちの見世にくる前は、何をしていたの。身内は、おえんさんひとりなの」

「何をしていましたかね。昔のこたァ忘れやした」芳三は言った。「親にちっとばかり早く別れて、ぐれていやしたっけかね。まあ、おえんの奴《やつ》ァいい亭主をめっけて、まんざらでもねえようですから、おれァ身一つ何とかなりゃあいい」

「親に早く別れたの。親がいたら、ぐれなかった?」

「さあ」と芳三はゆうをみつめた。「どうですかね。いねえものには、いたらどんなにかよかったかと思えるんだが」

西両国の橋の袂《たもと》で、「もう、いいよ」とゆうは言った。「おまえが、叱《しか》られるね。うっかりしていた」

「お嬢さんは、わかっていなさるようでも、やはりお嬢さんだ」いまごろ気づいたのかというふうに、芳三は苦笑した。

「どうしようね」

「新島原まではお送りせず、途中でわっちは用たしにまわったことにしましょうよ。わっちも、お払い箱は困りやす。この仕事、性にあわねえわけじゃあねえんでね」

ゆうは、長い橋を渡った。大川の水は増え、橋桁《はしげた》の下で渦《うず》を巻いていた。

芳三もついてきたが、小屋の前まで来ると、足をとめた。何か言いたそうにゆうをみつめたが、目をそらせ、背をむけて去った。

楽屋で、ゆうは芝居が閉《は》ねるのを待った。

役者たちは慌《あわただ》しく出入りし、隅《すみ》に坐《すわ》っているゆうに、ちょっと笑顔をむけたり、まるで目に入らぬように着付けをかえ舞台にとび出していったりした。福之助と金太郎は、おう、と声をかけただけだった。

打ち出しになっても、外はまだ明るい。役者たちが楽屋に戻って化粧を落としはじめると、町娘や年増《としま》など女が数人、楽屋口から入ってきて、役者たちにまつわりついた。

遊びに行こうと誘っているのである。

「いいよ」

福之助は、そっけなく答えている。

女たちの馴《な》れ馴れしい騒がしさに、ゆうは気圧《けお》されそうになる。しかし、今日、やらなかったら、やり直すことなど、あたしにはできない……。

「おゆうさん、福兄に用があって来たんじゃあないのかい」

金太郎が助け舟を出してくれた。

「ええ」

ほっとして、少し膝《ひざ》をすすめる。

「今日はこれからちょいと出るから、またな」

福之助は、ゆうの内心の気負いには気づかないのか、あっさり言った。

「そちらの用がすむまで、待っています」

「その用が朝までかかるんだよ。ねえ、福太夫《ふくだゆう》」

肌《はだ》ぬぎになった福之助の肩に、水商売らしい年増の女がうしろから両手をまわし、頬《ほお》をすり寄せた。

「また、来ておくれな」福之助は子供をなだめるような笑顔をゆうにむけた。

「兄さん」ゆうは、思いきって膝をそろえた。

「兄さんの……二分がとこはあると言いましたっけね」

廓で、ほかの言葉と同じように軽く使われるおさしみを、ゆうは、福之助や他《ほか》の者たちの前で口にできなかった。懐《ふところ》から財布を出し、髪から簪、笄《こうがい》を抜いて添え、福之助の方に、筵《むしろ》の上をすべらせた。

「お祝儀《はな》かえ」

「あい」

「はりあう気だよ、この子供《びり》が」女は笑った。「何と野暮にしゃっちょこばって。おまえ、この実《じつ》のないどぶ板太夫に惚《ほ》れているのかい」

「あい」

「簪笄抜いて、身ぐるみ裸になろうというのが、かわいいじゃないか。ゆずってやろうか」

そう言った女の言葉尻《じり》を、金太郎がすかさず捉《とら》え、

「姐《ねえ》さん、今夜の相方は、金太郎がつとめまする」

と、芝居がかりで女にもたれかかった。

「よし。金ちゃん、覚悟はいいかえ」

「おお、怕《こわ》。あたし一人じゃ間にあわなそうだ。五、六人、まとめて面倒をみてやってくださいな」

女は、ゆうを相手に達引《たてひ》きしようというほど福之助一人にのぼせているわけではなく、賑《にぎ》やかに遊べばいいということなのか、手早く身仕度《みじたく》を終えた数人を、「さあ、飲ませてやるよ」と、ひきつれて出ていく。金太郎の背に、ゆうは、目で礼を言った。

内木戸の弥五が入ってきて、木戸札を入れた箱を、「三杯でさ」と三重ね、角蔵の前に置くころ、福之助も身仕度を終えていた。無造作に、ゆうが置いた財布と簪笄を懐にいれ、「行こうか」と顎《あご》で誘った。

「親方、うちを使うぜ。どうせ金太ァ今夜は帰りゃすまい。親方もほかで寝てくれ」

「あまり厄介《やっかい》なことにするなよ」

かねにならない相手だ、深くかかわるな、という意味をこめたのだと、ゆうは察した。

福之助は先に立って、ゆうを回向院の裏手に導きながら、

「女と深間になるな、色三月《みつき》てェことを忘れるなというのが、親方の口癖なんだが」くすっと笑った。「色の話をする柄《がら》じゃあねえよ、あの人ァ」

蝶《ちょう》が花をわたるように、すうっと別れて移ってゆくのが、色。それには三月が限度。それを過ぎて女に褌《ふんどし》の世話までさせるようになっちゃあいけねえ、因縁《いんねん》を背負いこむことになる、と角蔵は言うのだが、自身の体験にもとづいた教訓ではない、女郎屋のおかみからきいた話にいたく感じいって、その口うつしなのだと、福之助は、ばらした。

「おれも因縁を背負いこむ気はねえけどよ」

前もって釘《くぎ》をさされたような気がした。

回向院裏の細い路地に入ると、両側に間口九尺の棟割《むねわり》長屋が並ぶ。つきあたりの共用の厠のにおいが濃くただよい、どぶは汚水が溢《あふ》れていた。このあたりは、大川の水が少し増えれば水浸しになるのだろう。長屋の羽目板の腰は、腐り、青苔《あおごけ》がびっしり生えている。共同井戸のまわりで女たちが洗い物をしていた。

「早いね、太夫。おたのしみかい」

ゆうは目を伏せ、福之助のかげに身をかくした。

「入《へえ》んな」

福之助はゆうの肩を押した。

入ったとっつきが土間で、部屋は二間あるが境の襖《ふすま》をとり払って一つにしてある。壁の破れは引札でふさいであった。

「おめえ、洗いざらいおれによこしちまっただろうじゃねえか。だから、うちにしたのさ。てえげえは出会茶屋だ」

福之助は戸を閉め、しんばり棒をかった。部屋の中はたそがれた。

茶屋の払いも贔屓《ひいき》がもつものなのだと、ゆうは悟った。本いろでもない女とのつきあいに、いったん懐にいれた祝儀をつかうことは――たとえその女からもらったかねでも――福之助は思いつきもしないふうであった。客のくれる祝儀、色のつきあいで入るかねだけが、福之助たちの収入《みいり》なのだときいたのを思い出す。遊びなれた小金持の女なら、たっぷりつまった財布をわたし、これで賄《まかな》っておいておくれと言いそえ、福之助も心得て、そのなかから出会いの費えを支払うのだが、ゆうはまだ、そのような言わず語らずの約束ごとは知らなかった。

「おれも、はじめてだよ、こんな、てめえのどやで遊《あす》ぶのは」

福之助は笑い、隅に丸めてある夜具を一手《ひとて》でひろげた。思いのほか清潔な夜具であった。ためらいのない手つきで福之助は帯を解き、素裸になって床に入り、上掛けを少しもちあげ、こう、と招いた。ゆうはふるえた。

何か確実なものを手にしたようでもあり、あっけなく過ぎた短い儀式のようにも感じられた。はじめて男の素肌が胸に腹にふれた感触の方が、直接の性の行為より鮮烈であった。破瓜《はか》の痛みを耐えるとき、幼いころに小さい歯を抜かれた痛さと怯《おび》えを、ゆうは思い出した。

福之助はじきに睡《ねむ》ったが、ゆうの首の下に、左腕を枕《まくら》に貸しておいてくれた。

ゆうは、まどろみもしないうちに、油障子が明るんでくるのを見た。

起き上がると、福之助は寝がえりをうったが、目はさまさない。ゆうは素肌に長襦袢《ながじゅばん》を羽織り、七輪の種火をかきたてて火をおこした。それから、持参の包みをといた。半挿《はんぞう》のなかに、剃刀《かみそり》やら湯呑《ゆのみ》やら小さい壺《つぼ》やら、小間物屋で求めた五倍子粉《ふしのこ》、筆など、必要なものをまとめておさめてある。

土間の隅の桶《おけ》に汲《く》みおいてある水を湯呑にうつした。何の飾りもない住まいだが、手鏡だけは鏡掛けにかけてある。綱をひいて引き窓を開け、蓋《ふた》をはずした手鏡を朝の光の射しこむ場所に移した。眉《まゆ》を水で湿《しめ》し、剃刀の刃をあてた。剃《そ》り落とすのは、あっけなかった。

小壺に入れてあるのは、鉄漿水《かねみず》である。母の使っているものをとりわけてきた。大壺に米のとぎ汁や茶汁、酢《す》などを入れ、古釘だの折れ針、屑鉄《てつくず》などを投じて常備してある。酢に鉄分の溶けた、いやなにおいがする。

鉄漿水を小鍋《こなべ》にうつし火にかけて熱くしてから、羽根楊子《はねようじ》をひたしその先に五倍子粉をつけて、皓歯《しらは》に塗る。口のなかに、血の味に似た、酢と錆《さ》びた鉄の味がひろがり、くちびるにしみた。水で含嗽《うがい》して半挿に吐き出し、ふたたび染めることをくりかえす。

「何をしてるんでえ」

あきれた声を、福之助が出した。床に腹這《はらば》いになって手の甲に顎をのせ、眺《なが》めている。

「女房きどりは願い下げだぜ。気の早《はえ》え」

「ちがいます。押しかけ女房になる気はありません」

「眉を落として歯を染めて、福之助の女房になりましたと、世間にひろめるつもりじゃあねえというのかい」

「兄さんに迷惑はこんりんざいかけません。あたしだけの、あたしひとりの、心意気だと思ってください」

見ないでくださいな、と、ゆうは軀《からだ》をよじった。

「女が鉄漿をつけるところは、見よいものじゃあありません」

「この狭さだ。見るなといっても、目に入るわな」

「目を閉じていてください」

女の鉄漿つけなど、珍しくもないのだろう、福之助はあっさり反対側の壁の方に寝がえった。

見ていなくても、含嗽の音は福之助の耳に入る。ゆうは、それも気恥ずかしく、ふくんだ水を吐き出す気配を悟らせまいとした。

「すんだのかえ。見せてみな」

「……恥ずかしい」

「何が恥ずかしいことがあるものか。これから世間にその顔をさらそうというのだろう」

「でも……兄さんには……恥ずかしい」

福之助は半身起き上がり、腕をのばして、ゆうの肩をかるくつかんでひき寄せた。

「いっそ艶《なま》めいたじゃねえか。おめえ、それほど惚れたかえ」

福之助に言われたとき、ふいに軀の奥底から猛々《たけだけ》しいほどの悦《よろこ》びがほとばしり、ゆうは福之助の膝に顔を伏せた。男のにおいが強い。

「底惚れですのさ」

口に出た声は小さくて、福之助の耳にとどいたとは思えなかったが、福之助は、ゆうをもう一度床のなかにひきいれた。

そのあとに続いたひととき、ゆうは、荒れ狂う悦びに身も心もまかせきっていた。とめどなく軀が顫《ふる》え、のどから出る声は自分のものとも思えないのだった。男と女が一つになるというのは、こういうことなのか。薄く目を開けたとき、真上に、福之助の顔があった。そのとき、ゆうは、何かこの上なく美しい浄《きよ》いものを見たと思った。福之助という生身の一人の男を越えたものであった。

後になって、それは錯覚だとは思った。薄闇《うすやみ》の作る翳《かげ》と、はじめての経験に血迷った自分の心が、福之助の顔を純化させただけのことなのだ。福之助は、凡庸な地上の男の一人にすぎない。しかし……と、ゆうは、思うのだ。あたしが、何かを見てしまったということは、事実なのだ。それは、もしかしたら、永劫《えいごう》という言葉であらわせるようなものが、あの瞬間、福之助の顔を借りて姿を垣間見《かいまみ》せたのかもしれなかった。

　ゆうが笹屋に帰りついたのは、遊女たちが昼見世のための身仕度をはじめるころで、裏口に立つと、湯殿で喋《しゃべ》る声がよくひびいてきこえた。かくしどころの毛を剃りあっているらしい。

　裏の戸を開けたゆうに、おせきがけげんそうな目をむけた。信じられないものを見る目になり、叫び声をあげた。

　おせきに呼びたてられやってきたとよは、顔色をかえ、ゆうの腕をつかんで内所にひきずりこんだ。外の廊下に、好奇心を持った抱え妓《こ》たちがひしめいて聞き耳をたてる。

　とよに責めたてられるのを覚悟して、ゆうは戻《もど》ってきた。とよの難詰《なんきつ》、悲嘆、怒りを、一々、当然だと思った。佐兵衛は寄り合いがあって会所にでかけ、留守であった。

　相手はだれなのだ、もう肌をゆるしたのかと、とよが何よりも知りたいのは、そのことであった。母親として、どうでも知らねばならぬことだった。ゆうが口をつぐんでいるので、とよは若い者を呼び入れ、ゆうの動きの自由を奪うように命じた。男たちのなかには、芳三もいた。

畳に仰向けに縫いつけられたように手足を押さえこまれたゆうの頭を、「ごめんなすって」芳三は割った両膝のあいだに、がっきとはさみこんだ。

くちびるをこじあけ、とよは、ゆうの黒く底光りする歯を、消炭の先で力まかせにこすり、鉄漿《かね》を削り落としにかかった。炭の粉がのどに入って、ゆうはむせた。とよは、おせきに半挿と湯呑を持ってこさせ、のどを漱《すす》ぐことはゆるしたが、すぐにまた仰のかせ、ゆうの歯を染めたふしだらのしるしを残るくまなく削りとろうとする。

通らねばならない関所なのだと、ゆうは拷問《ごうもん》じみた苦痛に耐えた。たとえ、力ずくで消し去られようと、いったん染めたという行為は消えることはない。歯を染め眉を落とした後、自分の日々がどのようになるのか、みとおしはつかなかった。しかし、いつかは自分の望む生き様《よう》となる、その道すじにあるということは、少なくとも、いえるのだった。

髷《まげ》の根は乱れた。島田に結いなおすことはすまい、とゆうは思った。洗い髪の櫛巻《くしま》きでとおそう。髪の根をぎりぎりと結いあげられるあの不自由さから離れよう。

＊

会所から帰ってきた佐兵衛が、眉を落としさんばら髪のゆうを見たとき、そうして、とよから事情を聴いたとき、ゆうは、自分が父を暴力で傷つけたような思いがした。佐兵衛は、怒るかわりに、何ともいいようのない、情けなそうな、哀《かな》しそうな顔になったのである。怒りつけ、なぐりつけてくれた方が楽だと、ゆうは思った。

とよは、ゆうを伴ない、今戸の寮にうつった。寮は広い庭を持った、大きな農家ふうの造りである。百姓家を買いとって手を加えたもので、たびたびの廓《くるわ》の火事に、女たちの一時の避難所としても重宝していた。

ふだんは夫婦者の寮番が留守をあずかっている。その二人のほかには、とよとゆうだけの暮らしになった。打ち叩《たた》かれるより、この方が辛《つら》い拷問だと、ゆうは感じる。

広々とした家のなかは、昼でも仄暗《ほのぐら》い。夕風がたつころは、庭の樹々《きぎ》にまだ明るみが残っていても、家のなかは夜の気配になる。

寮番の女房を指図し、ゆうにも手伝わせながら、とよは夕餉《ゆうげ》の仕度をととのえる。袍《ほう》烙《ろく》焼きだの、華蔵院《けぞういん》豆腐の奴《やっこ》だの、淡泊なものが好きなゆうの好みにあわせた膳《ぜん》であった。

食事のすむころ、寮番が、湯が沸いたと知らせにくる。さあ、一風呂《ひとふろ》浴びておいでな。おっ母さんより先に入るのは……。なに、かまわないよ。おっ母さんは、ちょいとかたづけものがある。

母屋《おもや》から少しはなれた裏庭の小屋に、鉄砲風呂が据《す》えてある。湯舟に浸っていると、とよが入ってきた。浴衣《ゆかた》を肩からすべり落とし、いっしょに入ろうよ、と笑顔をむける。

「火傷《やけど》をしないように、気をおつけよ。おぼえちゃあいないだろうが、おまえ、三つか四つのとき、鉄砲にさわって……腿《もも》のこのあたりだった。跡が残ったら大変だと、気を揉《も》んだっけよ。どれ、みせてごらん。きれえになおったな」

風呂桶のなかに突き出た焚《た》き口の鉄の筒がいまでも怖いのは、幼いときの火傷を、ゆうは忘れていても、躯がおぼえているためかもしれない。

「背中を流してやろう」

「いいよ、おっ母さん」

「たまには、いいじゃないか」

一人で放っておいてくれと、声を荒げるのは、ゆうには苦手だったし、そんなことをしても何の役にもたたないと、わかってもいる。

　夜は、一つ部屋に床を並べて寝る。おまえの小さいころは、ああだった、こうだった、と、ゆうのおぼえていない話がつづく。ときには思いあたることもあり、懐《なつか》しさに浸りかけるが、情の鎖で縛りあげようとするやり口への反撥《はんぱつ》の方が先に立った。

　話のあいまに、とよは、さりげなく質問を混ぜこんだ。相手はだれなのだ。その男と添いとげたいのなら、打ち割って話しておしまいよ。決して悪いようにはしない。仲人《なこうど》をたてて話をまとめてやる。それとも、添えないような相手なのか。

　こんなやり口は、お父っつぁんの差し金だろうと、ゆうは思う。おっ母さんの才覚ではあるまい。それとも、あの動乱をくぐって以来、おっ母さんは、知恵もさかしく働くようになったのだろうか、娘を大事と思う心からおのずと生じた知恵なのだろうか、などと思いながら、ゆうはかえってかたくなに心を閉ざすようになる。

　三日もたつと、とよは焦《あせ》りはじめた。いつまでも二人で寮にひきこもっていては、見世の営業にさしさわりがある。昔話より、相手はだれだと声が甲走《かんばし》る方が多くなった。

　剃った眉がどうにか生え揃《そろ》い、ゆうは、とよに促されて深川に戻った。

歯も皓《しろ》く、眉も黒く、外見は、髪がはすっぱな櫛巻きであることをのぞけば、以前と変らない。周囲のだれもが、何事もなかったかのようにふるまった。そうするよう、佐兵衛に言いふくめられていた。

とよや佐兵衛の詰問、叱責《しっせき》より、ゆうが苦しいのは、福之助に二度めに抱かれて知った激しい悦びを、軀が求めてやまないことであった。一人でいられることは少ない。たえず、だれかの目が注がれている。

客と花魁《おいらん》の睦言《むつごと》やぞめきに軀がさわぐことはなかったが、抱え妓と見世の若い者が禁《きん》忌《き》をおかして廊下のすみで一瞬の間に口を吸いあうさまが目に入ったときは、自分の腕で軀を抱きしめ、さわぎたとうとするけものを押さえこんだ。

それからひと月ほども経《た》つと、安太郎に縁談が起きたので、とよはそちらの方がいそがしくなり、やがて監視の目が少しゆるんだ。

しかし、垢離場に行くことはできなかった。福之助に、迷惑はかけぬ、と言い切っている。むこうにその気がないのに、執念深くつきまとうことはしないと、そのときは、本心そう思っていた。儀式のような最初のときだけであれば、苦もなく、誓言を守れたであろう。福之助をただ一人のひとと心のなかで思い、気にそまぬ暮らしはせず、思いのままに生きよう、そのとき、福之助と共にいなくても、行為の記憶は何より強い心のささえになる、と、信じていた。からだのなかのけものが、思いもかけぬ反逆をした。男たちが、なぜ、あれほど遊女のもとに通いつめるのか、ようやく身にしみてわかってくる。

女たちは、手練手管《てれんてくだ》を仕込みぬかれている。手練手管の限りをつくして男から絞りとらねば、始末紙にさえ困ることになる仕組である。客が一人つくごとに、始末紙は一帖《じょう》ずつ帳場から与えられるので、客がつかなければ、自分の用に使う紙にも不自由し、自前で買わねばならなくなる。自分のかねといっても、決まった揚げ代とは別に、客からねだりとる以外に、収入《みいり》の道はない。始末紙ぐらいならたいした物入りではないが、自前で揃えねばならないものは、遊女が首をくくりたくなるほど、ある。悦びのきわまったふりをして客を嬉しがらせ、かげであくびをしているのだけれど、とりのぼせた客は、身代つぶしても通いつめる。

実《じつ》のないどぶ板太夫、と、楽屋で会った女は福之助のことを言っていた。その悪態に、だれ一人、福之助自身でさえ、目くじらたてもしなかった。あの女は、相手に実のないことを承知の上で、かるく遊んでいるのだ。

福之助は、あたしをだましてはいない。あたしがかってに落ちこんだ修羅《しゅら》なのだ。

そう思いながら、ゆうは、福之助が時おり見せるやさしいあしらいを信じたくなる。もう一度行ったら、どのように迎えてくれるだろうか、深いろはいやだ、因縁《いんねん》は背負いこまないと言ったはずだ、と、険のある声を出すだろうか。まして、あたしは、かねのつるにはならない贔屓《ひいき》なのだ。

でも……祝儀はいらねえよ、いつでも遊びに来な、と、以前言ってくれた。狂ったように楽屋にかけこんだあたしを、送ってくれて、口を吸ってくれた。あまり口数の多い方ではないようなのに、あのときは、あたしの気持を浮きたたせるように、いろいろなことを話してくれた。身の上だの、上野のいくさのときの陽気な野次馬騒ぎだの。財布に簪《かんざし》笄《こうがい》そえてわたしたけれど、たいした額にはならないのに、添い伏ししてくれた。ただの気まぐれだったのかしら。

逢《あ》いたい、と思い、逢って冷たくあしらわれたら、生きる瀬がなくなる、とも思う。

このままでいると、一番嫌悪《けんお》している暮らしに、なしくずしにひきいれられそうな恐れを感じる。遊女屋のお内儀《かみ》。小料理屋のお内儀。三座の役者の女房。

福之助の女房になりたいのか、と、自分に問う。いいえ、女房にならずとも……。ただ、のびやかに息がしたい。うしろめたい思いをせずに生きたい。他人を縛る暮らしはいやだ。他人の苦痛の上に乗って生きたくはない。掛け小屋の、あると思えば消え、またあらわれ、不思議に軽い華やかさを花びらのように撒《ま》く暮らしが、ゆうには、何よりも自分の身丈にあったものに思える。

安太郎の縁談が決まるのは早かった。ゆうの醜聞が相手につたわらぬうちにと、佐兵衛もとよもいそいだのである。

祝言の日、この日だけは、ゆうも髪を島田に結いあげた。

若夫婦が新島原の見世におさまると、とよは、そちらに泊まりこむ日が多くなった。安太郎の嫁のおわかは、いかにも人の好《よ》さそうな娘であった。妓楼《ぎろう》の出ではなく、親は桂庵《けいあん》――口入れ業である。遊女の判人もするから縁は深いのだが、娘は遊女屋の奥のことまでは知らない。教えこむために、とよは出向くのである。

いきおい、深川の見世の奥は、ゆうがあずかることになる。佐兵衛は、ゆうがまた突《とっ》拍子《ぴょうし》もない行動に出るのを警戒して、当分のあいだ縁談を無理強《むりじ》いせず様子をみるつもりでいるらしい。

佐兵衛はこのところ、もう一つ厄介《やっかい》な問題を抱えこんでいる。佐兵衛ばかりではない、深川仮宅の楼主たちすべてに関《かか》わる問題であった。そのために、連日、会所で寄り合いが持たれている。

仮宅営業を許される期間は無制限ではない。二年以内には吉原の廓内に戻らねばならないのに、政道をとり決めるお上が倒れ、新政府の政令は朝令暮改という混乱のなかで、移転はうやむやになっていた。それが、急に、早く仮宅をひき払えと、旧来の掟《おきて》にもとづいた督促がやかましくなったのである。

深川での永久営業を公認してほしいと、楼主一同で嘆願書を出す話が進んでいた。佐兵衛は、その計画に加わりながら、一方で請願がとりあげられなかったときのために、吉原に見世を出す普請《ふしん》の準備も、抜けめなく手を打っていた。大工の棟梁《とうりよう》と絵図面の検討をしたり材木の買いつけの話をしたりしているのを、ゆうは見聞きした。新島原は、近ごろ、あまり成績があがらない。当初あてこんだ異人客は来ず、地方出身の新政府の官員は、格式ばってかねばかりかかる遊女より、芸者をあげて気楽に遊ぶ方を好んだ。

異国の文字を刷りこんだ楕円《だえん》形の紙が、びーどろのびんに貼《は》ってある。栓《せん》をぬいて湯呑に注《つ》ぐと、泡《あわ》が盛りあがって溢《あふ》れた。口をつけてみる。苦くて奇妙な味だ。

――これで酒かえ。

新島原の安太郎が、使いの者に持たせてよこしたのである。

異人は、このビヤザケを好む。これまでは船で本国からはこんでいたのだが、横浜山手《ブラフ》で異人がこの酒造りをはじめ、売り出した。ときたま登楼する異人の客は前からビヤザケを求める者が多かったし、日本人の客にも佐兵衛を上廻《うわまわ》る新しもの好きはけっこういて、ビヤはおいてないのかと催促されていた。大富町の酒屋がこのビヤザケをおくようになったので、安太郎の見世でも入れることにした。深川でもためしてみないか、と、三本ほどよこしたのである。これを飲むと、コレラにかからないそうだ。

佐兵衛は寄り合いに出かけ、大引けに近いのにまだ帰ってこない。談合のあげくが酒宴になり今夜は泊まりになるのだろう。

あと口は悪くない。酒よりも口中がさわやかだ。水でも飲むように、一気に飲んだ。だれもいない台所である。二階の騒ぎもしずまった。ゆうは寝つけないでいた。軀の芯《しん》がほてって、眠れないのだった。寝酒でも飲もうかと思い、安太郎のところからとどいた異人の酒を思い出したのである。

さわやかなあと口にひかれて、たてつづけに飲み、びんが空になった。

袢纏《はんてん》をひっかけ、ゆうは裏口から外に出た。月が冴《さ》え冴えと道すじを照らし、貝殻《かいがら》の細かい破片がびーどろを砕いたようにきらめいていた。青楼の二階は、朝まで行灯《あんどん》のあかりを消さない。中空に淡い光の帯をつらねたようだ。川音が耳につく。酔いが夜道の怕《こわ》さを忘れさせた。足音を背後にきいた。酔いがさめる気持で、物かげに身をかくそうとすると、

「お嬢さん」

と声をかけられた。

「芳三だね」

「今じぶん、どこへ行きなさるんです」

「酔いざましさ。おまえはどこへ行くの。なじみのところへかい」

「手水《ちょうず》に行ったら、お嬢さんが裏口を出なさるところを見たので」

「お伴《とも》かい。ありがとうよ」

「お邪魔でしたか」

「いいえ。異人の酒は、よくまわるね」

「そうですかい」

「そうですかい、というのは、おまえの口癖だね」

そうですかい、と又言って芳三はちょっと笑った。

「芳三、抱いておくれ」

芳三は笑顔を消した。それから、吐息まじりに、そうですかい、と言った。

松平阿波守《あわのかみ》の下屋敷跡、丈高い草の茂みのかげで、ゆうは帯をといた。草の葉先が肌《はだ》を切った。

*

八月。

提灯《ちょうちん》をかざした長い行列が、深川を出て、永代橋をわたり、神田川に沿って夜道を行く。江戸橋、日本橋、常盤《ときわ》橋御門、神田橋御門と長い道のりの、行く先は九段坂上馬場の跡の招魂社である。

ゆうも、笹屋の紋の入った提灯を持ち行列のなかにいた。

行列は、毎夜、交替で行なわれる。仮宅引き払いの延期を祈願するためであった。遊女屋とかぎらず、茶屋、台屋、そのほか深川仮宅の遊女屋にかかわって商売をしている者はだれもかれも、参加しなくてはならない。そう、寄り合いでとり決めたのであった。

招魂社は、上野のいくさなどで死んだ者の慰霊のための社であり、しかも、まだ草原に棒杭《ぼうくい》を打ちこんだだけで、社殿の形もないのである。そこに遊女屋が仮宅引き払い延期を祈るのもずいぶんおかしな話だけれど、つまりは世間の話題になり、お上から咎《とが》められたら、そのときを利用して直訴嘆願しようという腹なのであった。

行列の騒ぎのなかにいると、ゆうは皮膚を剝《む》かれた肌を粗い布でこすられるような心の痛みと軀《からだ》の餓《う》えを、ほんのいっとき忘れることができた。軀の餓えは、時がたつと鎮《しず》まってきはしたが、その分、心の痛みがいやますようだった。

茂みのかげで芳三と裸の胸をあわせながら、ゆうの軀は、ことこまかに福之助の肌とのちがいを感じていた。軀のよろこびが、どれほど心のよろこびと一つのものか、ゆうは思い知らされた。そうして、芳三は、ゆうの意のままにさせながら、自分は性の極限に解き放たずに耐えた。翌日は、何事もなかったような顔をしていた。酷《むご》いお嬢さんだな、と苦笑して言っただけであった。十六歳のゆうには、禿《かむろ》や下女の辛さはわかっても、このとき芳三にしいた酷さは、わかっていなかった。芳三には、何を頼んでもゆるされるような甘えを持っていた。軀は大人の悦《よろこ》びを知り、地上を越えたものに目をむける気持はありながら、少女の持つ酷さ驕慢《きょうまん》さを、ゆうは気づかずにむき出しにしていた。

幼い禿たちも混えての招魂社詣《もう》でが三日四日とつづくと、野次馬までがおもしろがって行列に加わるようになり、棒杭の立った野っ原には抜け目のない香具師《やし》が見世をひろげ、飴《あめ》や餅《もち》を商いはじめた。

五日め、野次馬のなかに、ゆうは金太郎をみかけた。金太郎は笑いながら手を振った。声をかけようとしたが、人の群れにさえぎられ、近づけないうちに、みえなくなった。

行列は七日で打ち止めになった。役所から禁止を申しわたされたのである。吉原に早く帰れという命令の施行が、いっそう厳正に行なわれるという結果だけが残ったのであった。

前もって十分に手配してあったし、いつ焼けても惜しげのない安普請だから、吉原の新見世のできあがるのは早かった。十一月の半ばには深川をひき払い、吉原に戻《もど》ったのだが、佐兵衛の派手好きから、例によってにぎにぎしい帰館となった。

花魁衆は仮宅にいるあいだになじみの客に約束をとりつけておき、木の香のにおう新見世が開いた夜は、なじみ客の訪れがたえまなく、牛《ぎゆう》は威勢よく下足札を打ちつけ、三味線が陽気にひびいた。

しかし、その後の景気は上々とはいえず、牛は素見《ひやかし》の客までひきずりこむのに声をからす。もし、旦那《だんな》、ねえ、旦那、いいじゃござんせんか、ちょいとお寄りんなって。いかがさまで。たてつづけに喋《しゃべ》りまくる芳三の声が内所にきこえる。

歳《とし》の市の行事を例年どおりすませ、暮れの二十日が煤取《すすと》りとなる。出入りの鳶《とび》が、笹《ささ》竹《だけ》や平竹、箒《ほうき》などを束にして、二、三日前から持ちこんでくる。明け六つ、張り見世の畳をあげて打ち叩《たた》くことからはじめる。まだ新しい畳なのだから、叩き出すほど埃《ほこり》を吸いこんではいないのだけれど、一年のしめくくりの行事である。

その騒々しさに、泊まり客も起き出し、後朝《きぬぎぬ》もそこそこに帰ってゆく。それといれちがいに、変った身なりの客が、三々五々やってくる。刺子に猫頭巾《ねこずきん》という、煤払いの鳶とまぎらわしいかっこうで、見世の者といっしょに畳をあげたり雑巾《ぞうきん》をかけたり甲斐々々《かいがいい》しい。趣向好きな馴染《なじ》み客たちである。自分のところの出入りの鳶まで引き連れてくるのもいる。

本職の鳶も素人《しろうと》の旦那衆も、同じ刺子に頭巾姿で入り混り、見世の若い者や下働きはもちろんのこと、ふだんは見識高い花魁衆までが、座敷着とその上に塵《ちり》よけに羽織った浴衣《ゆかた》の裾《すそ》をひとまとめに端折《はしょ》り上げ、手ぬぐいを姉さんかぶりにし、新造《しんぞ》、禿もたすきがけ、裾はしょりで、掃いたり拭《ふ》いたり、働きまわる。

時分どきになると、蒸籠《せいろ》に盛った蕎麦《そば》が山と届けられ、大いそぎでかっこんだあと、再び掃除にかかる。畳屋、建具屋、経師屋《きょうじ》などが、それぞれの持ち分を引き受け、外廻りは鳶が竜吐水《りゅうどすい》で大屋根から羽目板まで洗い上げる。このころには、素人の旦那衆は、仕事には倦《あ》きて、もっぱら花魁や禿をからかっている。

ゆうが二階の窓からのり出して置物にはたきをかけていると、屋根の軒から、猫頭巾の顔がさかさにのぞいて、ばァと笑った。

「いやだ、金太さん」

いたずら好き、騒ぎ好きらしい兄弟だ、まぎれこんでくるのではないかと、ふと思いもしたが、まさかと打ち消していた。

「あがってきなよ」

「あがれませんよ。金太さんは、どうやって屋根の上に」

「鳶の継ぎ梯子《ばしご》があるじゃねえか。福兄も屋根の上だぜ。きなよ」

「足がすくんでしまう」

「船玉《ふなだま》さまが見えちまうか。すんなら、あばえ。また後でな」

顔はひっこんだ。ふざけた人たちだ、と、ゆうは真剣に辛《つら》がっていたのが茶化されたようで、少し腹をたてながら笑ってしまう。煤取りの掃除があらかた終るころ、恒例の胴上げがはじまった。男たちは手あたり次第に禿や新造をかつぎ上げ、宙に放り上げる。幼い禿のなかには、おびえて泣き出すものもいる。二階にかけ上がって、花魁衆を胴上げする。旦那たちは二階に酒をはこばせ、ほろ酔いきげんで、先に立って花魁を放り上げる。鮮やかに袂《たもと》が宙でよじれる。仕返しだとばかりに女たちが、よってたかって男を胴上げにしようとし、酒が入っているから腰が砕け、口惜《くや》しがる。底抜けの騒ぎのなかに、女たちは日頃《ひごろ》の辛さを忘れさせられる。

ゆうは、はしゃぎきれず、階下に下り、すっかり掃除のすんだ内所に入ろうとするところを、不意に数人の男たちにかつぎ上げられた。手足が宙に浮き、裾が乱れた。裏口から外にかつぎ出されたゆうが地面に下ろされて男たちの顔を見ると、案の定、福之助とその一党であった。ゆうは福之助の胸に、自分の軀をあずけた。

福之助はゆうの口を吸って抱きしめただけで、金太郎や一座の役者たちとすぐにひきあげていった。

いやんなっちまう。

ゆうは、はすっぱにつぶやき、内所に横坐《よこずわ》りになった。ゆうにとっては、生きるか死ぬかというほど思いつめたことが、むこうには、その場その場のおもしろおかしい茶番なのだ。

でも、そういう屈託のない人たちだから、あたしはほうっと楽になるのだ……。

やがて鈴が鳴り、女たちは髷《まげ》の根が抜け、上気した顔で張り見世に並ぶ。今日は煤取りの日と登楼の客も承知しているから、乱れた姿をみてもかえって風情《ふぜい》があると喜んでいる。

＊

福之助たちが、ふざけたやりかたで訪ねてきてくれたおかげで、ゆうはこだわりがなくなった。以前のように、気軽に楽屋に遊びに行けそうだ。しかし、ゆうの方が、おえんの粟餅《あわもち》を口実に見世をあけられる状態ではなくなっていた。母が新島原に行っているあいだは、ゆうの肩に奥むきの責任がかかってくる。今年の松の飾りつけに、染井の友吉は来なかった。元旦だけはどの遊女屋もみな大戸を閉ざす。松の内は見世は張らず、登楼するのは、暮れのうちから仕舞（予約）をつけてある富裕な馴染み客ばかりである。花魁の部屋の入口には、仕舞札が何枚も長暖簾《ながのれん》のようにさがり、出入りのたびに身をかがめねばならないのだが、今年はその札もあまり多くない。

二日、三日は花魁がお伴をひきつれて茶屋に年始に出向くので、仲之町はひとしきりにぎわいを見せる。二日は、花魁は白無垢《しろむく》の上にそれぞれの妓楼《ぎろう》の仕着せをかさねるだけだし、禿も仕着せの木綿ものなので、あまり華やかさはない。しかし三日になると、客からねだりとった衣裳《いしょう》を着飾るので、花魁たちのみえのはりあいになる。

とよは、新島原の安太郎夫婦のところが居心地がいいらしく、元日、二日は吉原で過したが、三日になると、新見世を手伝いにでかけていった。佐兵衛は一足先に茶屋に出向き、道中行列を送り出すのは、ゆうにまかされた。桂木も玉衣もいないから、今年の笹屋の道中は、例年にくらべ淋《さみ》しいものになりそうだと、厚い上草履《うわぞうり》を堂島に履《は》きかえる賑花魁の足もとに目をやりながら、ゆうは思う。真冬でも、花魁は素足でとおす。賑の足の小指はしもやけで赤くふくらんでいる。賑では華やかさに乏しいと思うゆうは、自分がいつのまにか遊女屋の経営者として賑花魁を値踏みしているのに気づいた。

鳥追いふうの山形の編笠《あみがさ》をかぶった女が門口に立ったのはそのときである。正月のあいだ、流しの鳥追いは廓《くるわ》のなかにも入ってくる。しかし、鳥追いなら必ず二人連れなのに、一人きりだし、三味線も持っていない。また、福之助の悪ふざけかと、胸が高鳴った。

「鳥追いの兄さん、お鳥目をあげましょう」

相手の趣向にのりながら、兄さん、と呼ぶことで、たねは割れていますよ、と言外に言い、帯のあいだから巾着《きんちゃく》を出そうとして、ゆうは福之助にしては小づくりすぎるという気がした。鳥追いは、片手をのばして芳三の腕をつかみ、あいた片手で笠の紅緒をといた。浅葱《あさぎ》の鹿子《かのこ》絞りの顎当《あごあ》てが落ちた。

「芳さん、正月の挨拶《あいさつ》に、まかり越したよ」

河岸女郎の玉衣は、廓言葉は捨てていた。

「何だよ、おまえたち」と、新造たちを睨《ね》めつける。「玉衣姉さんにおめでとうさんもなしかえ。切見世に舞い下《くだ》った鳳凰《ほうおう》の末が、もとの古巣にあらわれたというのに」

「いやがらせもてえげえにしねえな」

芳三のこれほど不愉快そうな顔を、ゆうははじめて見た。素顔をさらして訪れれば、見世に入りこむ前に追いかえされる。鳥追いめいた編笠は、玉衣にとって趣向のためどころではなかったのである。

玉衣は酔っていた。上半身が揺れる。傷痕《きずあと》は目尻《めじり》から口もとにかけて白く浮き出している。酔って地肌が赤いからよけい目に立つので、ふだんなら濃い化粧でかくせそうな程度の傷である。玉衣を醜くしているのは、高頬《たかほお》や唇《くちびる》のわき、額、顎と顔一面に吹き出た腫《は》れものであった。

「芳さん、どうして来てくれないのだよ。薄情者。情無し」

芳三は玉衣の手を払った。

「そうかい。そういう心根かい。それなら、言ってやろうか。わっちが笹屋でお職をはっていたとき、役者の間夫さえいるわっちに御法度《ごはっと》の不義をしかけてきたのは、おまえの方じゃあなかったのかい。よう、芳三」

酔った玉衣の手は、芳三の着物の前をさぐる。ゆうは二分銀を懐紙に包んだ。

「鳥追いさん、正月の祝儀だよ。これをもって、おとなしく帰っておくれな」

「おや、お嬢さん」

玉衣はゆうに目を据《す》えた。身をひこうとする間もなく、ゆうは玉衣に抱きすくめられた。玉衣は顔を寄せ、ゆうの口を吸った。全身を悪寒《おかん》が走った。力ずくで抱きこむのを、男たちが割って入り、引きはなした。二分銀の包みは土間に落ちた。

芳三は玉衣を外にひきずり出し、そのままひっぱって歩いて行く。ゆうは台所にかけこみ、口をゆすぎ、顔を洗った。どれほど洗い流しても、病毒は軀のなかに入りこみ、巣喰《すく》ってしまったのではないか。そう思うと肌が粟立った。遣手《やりて》が台所に来て塩をひとつかみ持ち出していった。ゆうが見世にもどると、遣手や番新たちが、塩を撒《ま》いていた。正月早々、縁起が悪いと口々に言いながら、賑の道中は見世を出ていった。

「おせき、風呂《ふろ》をたてておくれ」

家族用の小さい方の風呂に水を汲《く》みこませ、沸くまでのあいだ、ゆうは、幾度となく口をゆすいだ。

ようやく沸いた新湯《さらゆ》に、軀を浸した。しばらく意識にのぼってこなかった寂寥感《せきりょうかん》が、鮮烈にゆうを抱きすくめた。玉衣の腕のように、執拗《しつよう》な力であった。

玉衣は、二分銀には目もくれなかった。あたしを同じ地獄に連れこむ方を選んだ。口吸いは、いとしいからじゃない、病毒をうつし植えようとしたのだ。玉衣のかかえ持つ怖《おそ》ろしい寂しさが、ゆうの持つ寂しさと溶けあった。福之助でさえ、この寂しさはまぎらわしきれない。そう思ったとき、病毒をうつされていないとわかるまでは、福之助に、この軀をあずけられないのだ、と思いあたった。

芳三は、病毒をうつされてはいないのだろうか。今日、玉衣に口を吸われたその前に、芳三からすでに……。芳三が一度は惚《ほ》れた玉衣を嫌悪《けんお》するのは、病をうつされたためではないのか。病が表にあらわれるまでに日数がかかることを、ゆうは知っている。

玉衣も、その毒を、ほかの男から与えられたのだ、と理屈ではわかっても、同情する心のゆとりがなかった。なぜ、あたしまで、おまえのさだめに巻きこむのだと、叫びたくなる。湯からあがると、佐兵衛が帰ってきていた。茶屋に着いた女たちから、一部始終を告げられたのである。心配と怒りで佐兵衛の形相は凄《すさ》まじかった。すぐに医者に行

けと言い、正月三箇日は医者も休業だ、どうしたらよいものかと、うろたえきってい
る。うろたえながら、そうたやすくうつるもんじゃあない、なに、案じることはない
と、自分自身を安心させるように言う。

「芳三は、今日にも暇をだす。どこの見世でもやとい入れないよう、ふれを廻《まわ》す」

「やめてくださいよ。芳三は何も」

「見世の者と妓《おんな》の不義は法度だろうが」

「すんだことじゃありませんか」

「おゆう、おまえが大口屋さんの話をことわったのは、芳三への心中だてか。おまえの
相手は、あいつだったのか」

「何てことを言うんです」

「ちがうのか。それならいいが、やけに肩を持つから」

「玉衣花魁《おいらん》は、お父っつぁんやおっ母さんもこの病いになればいいと思っていることで
しょうね」

佐兵衛は、ゆうの頰を打った。

「そんな根性では、遊女屋の奥はとりしきれないぞ」

「お父っつぁん、あたしは、遊女屋のお内儀《かみ》になるのは、こんりんざい、いやだよ」

「親の仕事をさげすむのか。この仕事のおかげで、おまえはおまんまをいただけ、きれいなべべも」

言いつのりかけて、佐兵衛は言葉を切った。

「おっ母さんには、このことは言わないでおくれね。うるさくってかなわない」

「そうはいくまい」

父の膝《ひざ》にすがって、怕《こわ》い、助けてほしい、と泣きたい気持を、ゆうは強引に押さえこんだ。

芳三は、見世に戻ってきたが、玉衣とのあいだを佐兵衛に問いただされ、切見世にうつってから二、三度買いにいったことはあるが、玉衣が笹屋にいるときに密通したことはない、言い寄ったこともない、と言いとおした。

玉衣の言葉と、どちらが真実なのか、ゆうにはわからなかった。芳三が嘘《うそ》をついているとしても、しかたのないことなのだと思った。回状をまわされたら、牛は、どこの遊女屋でも二度と仕事ができなくなるのである。

翌日、俥《くるま》でゆうは医者のもとに行った。佐兵衛がつきそった。

蘭方の治療で名高いお茶の水の順天堂に佐兵衛はゆうを伴なった。武家屋敷のような、宏壮《こうそう》な式台のある玄関で案内を乞《こ》い、玄関脇《わき》の部屋でしばらく待たされた。薬のにおいのこもる座敷でゆうの診療にあたったのは、まだ若い書生のような男なので佐兵衛は不安がった。若い蘭方医見習は、黴瘡《ばいそう》は早期に適切な手当てをすれば、少しもおそれることはない、感染したと思ってすぐに処置を求めに来たのは賢明だった、と自信のある口調でゆうを安心させた。医者が処方してくれたのは、甘い水薬であった。硝石酸と砂糖を蒸溜水《じょうりゆうすい》、大麦水に溶いたもので、少しずつ分量を増して服用するように、軽微なものなら、これで完治すると言った。

「昔から黴瘡には汞丹を使うが、これは毒性がきわめて強い。病状が進んだ者には効力があるので用いるが、きみのようにまだ何の症状もあらわれていない人には、この甘い薬で十分だ」

「吹き出ものが出るくらいひどくなった人は、どうすればいいんですか」ゆうは訊《き》いた。

「本人を診なくては処方はできないが、悪化した者にはそれに適した薬がある。生汞《しょうこう》と亜刺比亜《アラビア》脂《あぶら》をよく混ぜたものを風呂の湯に入れて入浴するのも効きめがある」

切見世には風呂はない。

「その人は、ここには来れないんです。服《の》み薬とか塗り薬とか、作っていただけませんか、ついでに」

相手が気さくなので、ゆうは、つい気がるに頼みこんだ。これ、失礼なことを、と佐兵衛が袖《そで》をひいた。

「お父っつぁん、薬代払っておくれよね」

重症者のための塗り薬軟和汞膏と、服用薬も作ってもらい、帰り道のゆうは、少し心が軽かった。父への最後の我儘《わがまま》になるだろうと思った。汞と砂糖《みずがね》と白牛酪を混ぜたという軟膏は、かなり高価なものだったらしい。陶器の壺にいれてあった。使うときは、よく攪拌《かくはん》するように、さもないと汞が下に溜《た》まりがちになる、と注意された。黒っぽい脂っこそうな薬であった。

軟膏と強い服み薬は芳三にことづけた。芳三も、心配だったらあたしと同じ薬を服むがいいよ、と言うと、芳三は、ゆうには心のうちがわからない複雑な表情をした。そうして、そんな心配はないのだと言った。

若い書生風の蘭方医見習の言葉を信用はしたが、それでもしばらくのあいだ、ゆうは肌《はだ》に虫にくわれたような痕ができても、怯《おび》えた。

　怖ろしい環境で働かされている女たちを思うと、別の怯えを感じる。そうして、玉衣やそういう女たちに対して、いささかの優越感が自分のなかにあることを認め、悲しい気がした。親に助けられ、あたしは安全なところにいる。

　本来なら、縁談が数多く持ちこまれる年ごろなのに、その話がとだえたのは、病毒を持った女に口を吸われた話がひろまったからだろう。福之助の耳にとどかないことを、ゆうは願った。いつか、福之助のもとへゆくのだという予感が次第に現実感のあるものに変りつつある。だれにも相手にされない傷ものだから、世のなかで低くみられるおでこ役者のところにころがりこんだのだなどと、福之助に思われたら、舌を嚙《か》み切りたくなる。

　好きだから。暖いから。のびやかだから。ここだけが、あたしの息のできる場所だから。福之助に、何の翳《かげ》りもなくそう言いたかった。

　三月になっても、ゆうの肌はきれいなままなので、疑わしい目をむけられることはなくなった。それまでは、下女たちでさえ、ゆうが口をつけたものに手を触れるのをいやがっていたのだが。

仲之町は桜の宿となった。友吉が来なかったのは、よその仕事にまわったためらしい。見世の遊女たちが揃《そろ》って一日だけ外出する内所花見の日は、とよも吉原に戻《もど》って、加わった。

「おっ母さん、あたしは深川に行ってくる」

ゆうは、とよには高飛車なもの言いをするすべをおぼえた。押さえつけてくる力をはね返すには、その倍の力を出さなくてはならない。

そんな、かってなまねはと言いかけて、とよは鼻白み、きげんをとるような笑顔で譲歩する。ぎすぎすした雰囲気《ふんいき》が辛《つら》いけれど、自分を殺して母にあわせることはすまいと、ゆうは思うようになっていた。

「せっかく、向島へ総出をするのだよ。ほかの日でもいいだろうに」

「ほかの日は、おっ母さんは兄さんのところに行っているから、あたしは見世をあけにくい」

「悪かったね、こっちをおまえにまかせきりにして」

言葉ほど、声の調子はやさしくはない。

玉衣のことで、ゆうは、見世の女たちから、ここのところうとましさをかくした目で見られてきている、いっしょに遊びに出るのも気ぶっせいなのだろうと、とよは気をまわし、承知はしたが、「深川へ何しに行くのだい」と訊いた。去年の二月末、新島原に移る前に見に行った浄心寺の、きつの桜を思いかえしながら、ゆうは花見ですと答えた。


浄心寺の桜は、まだほっそりしていたけれど、ゆうの背丈を越えていた。成長の早い樹《き》だ。花はまだついていない。種子《たね》のいのちは、怕いものだなと、ゆうは思う。種子にとっては、きつの軀《からだ》もほしかや魚のわたも同じ、いのちの養ないの肥《こやし》なのだな。

田之助が、左脚をも切断したという話がつたわったのは、そのころだった。おせきは泣くどころか、両脚のない太夫《たゆう》なんざ、と興のさめた顔で田之助の名を口にしなくなった。そのかわり、菊五郎の舞台を見たがった。家橘が、一昨年、五世尾上菊五郎を襲名したのである。田之助の名が出ると、ゆうは、反射的に福之助を思い浮かべる。

＊

両脚を切断した沢村田之助が舞台をつとめるというので、五月の中村座は沸いた。その上、守田座にもかけもちで出る。どちらも、家橘あらため菊五郎が相手役である。

中村座を見に行こうと言いだしたのは、とよであった。安太郎の女房も仕事になれてきたので、とよは月の半分は吉原にいるようになった。

見合じゃあないよ、と、とよが先手を打つように言った。

「両脚とも継ぎ足で、芝居ができるものなのか、これァ見ないじゃあいられない」

「おっ母さん、あたしは、おっ母さんとは別に見る」

「別にとは、どういうことさ。おまえ、そんなにあたしが憎いのか。きつが死んだのは、あたしのせいだと思っているのか。情けないったらない。大口屋さんの話をことわったのも、おっ母さんへの面当《つらあ》てか」

「そうじゃあないんだよ、おっ母さん。あたしは、田之太夫の芝居を、いっしょに見たいひとがいるんだよ」

「男かい」

「うん」

「どこのだれなんだい」

「名前をいったって、おっ母さんの知らない人さ」

「これから、知ろうじゃないか。好いた男がいるのなら、仲人《なこうど》をたてて、きっちり話をつけてやる。だれなんだえ」

「仲人をたてるとか、そんな人じゃあないんだよ」

「いっしょになれない相手なのか。おまえが眉《まゆ》を剃《そ》ったり歯を染めたりした、その男だね。女房持ちかえ」

「おっ母さん、何もきかないで……」

と言っても、むりな話だと、わかっている。

「おまえ、その男に、肌をゆるしたのか」

ゆうは、母ののぞきこんでくる目をはねかえすように、うなずいた。

「なんて、ふしだらな……。やはり、そうか」

とよは、激昂《げっこう》はみせず、なだめすかす声になった。

「おっ母さんだって、こういう商売だ、男と女の色がぬきさしならないのは、よくわかっているさ。だから、おっ母さんに打ち明けてまかせておしまいよ。添えるものなら、添わせてやろう。女房持ちの男でも、おまえがどうでもと思いつめているのなら、何とかはからってもやろうじゃないか。まさか、相手の女房をお岩さまのような顔にもできないが、おっ母さんが、どのようにも悪者になってやる。親は我が娘《こ》が何よりかわいいんだ。おまえの身のたつようにしてやるよ。こんなにものわかりのいい母親は、世間にざらにいることじゃあない。親にかくれて男に肌をゆるすとはふしだらなと、目を吊《つ》りあげるのが世の常の母親だが、あたしは女が底惚れしたらどうなるか、よく知っているからさ」

「おっ母さん、あたしを生まなかったものと、あきらめてくれないだろうか」

「そんなことが、できるものか。おまえも子を産んだらわかる。子供というのは、いくつになっても、臍《へそ》の緒がつながっているんだよ。おまえが腕を怪我《けが》したら、おっ母さんの腕が痛む。おまえが病んで苦しむと、おっ母さんも同じ苦しみを味わう。そういうものなんだよ」

「だから、おっ母さんに辛い思いをさせるなというの？　それじゃあ、おっ母さん、あたしをかわいがっているようで、つまりは、自分がかわいいんじゃあないだろうか」

とよは、ゆうの頬《ほお》を平手で打った。

「おまえは、たいへんな傷ものなんだよ。まともには嫁にいかれない軀だ。お父っつぁんとおっ母さんが、上手につくろってやっている。それを忘れるんじゃあないよ。それとも、嫁《い》かず後家でもとおすつもりか」

ゆうは芳三に、福之助へのふみを託した。

水を断たれた草のように、芳三はみえる。正月に玉衣のことがあって以来、軀の芯《しん》をささえていた棒の一本が折れたふうだ。芳三は、いつも、ゆうにとっては波風をさえぎってくれる防壁のようだった。その芳三が、喧嘩《けんか》に負けて尾を肢《あし》のあいだにはさんでしまった犬のようにみえるのはゆうには辛い。

ふみには、雨の日に福之助も中村座へ行くだろうか、わたしは行くつもりでいる、と、大胆なことを書いた。

福之助は文字が読めないので、ふみを読んでやったと、帰ってきた芳三は言った。雨が降ったら、福太夫も行くそうですよ、と芳三は福之助からの返事をつたえた。

芳さん、元気を出しておくれ。ずっと浮かない顔だ。

そうですかい。

芳三は、口もとだけ笑顔をみせた。

仲之町の菖蒲《しょうぶ》が五月雨《さみだれ》に打たれている日、ゆうは、とよに外出すると告げた。

「どこへ行くんだえ」

「中村座です」

「娘が一人で芝居見物なんて、そんなはすっぱなことを、おっ母さんが許すと思っているのかい」

「福之助さんといっしょです」

「福之助?」

「垢離場《こりば》の、三人兄弟の芝居の役者です」

「それが、おまえの男かい」

「あい」

この……と怒りつけるより、平手が鳴る方が早かった。

「役者狂いもいいだろうよ。しかし、笹屋の娘がおででこの役者にいれあげるとは、情けないいじゃないいか。遊女屋がいやで、役者の女房になりたいのなら、紀伊国屋の弟子すじにいいのがいないわけじゃない。そのつもりで頼みようもある。あまり情けないまねをしておくれでないよ」

「それじゃ、おっ母さん、行かせてもらいます」

「お待ち」

その男は、笹屋の身代が目当てにちがいない、そんなのに入りこまれたら、皆が大迷惑だ、安太郎のところにまで迷惑が及ぶ。とよの声を背に、ゆうは縞木綿《しまもめん》の地味な着物の裾《すそ》をからげ、素足に下駄《げた》をつっかけた。

「芳三、連れ戻しておくれ」とよが叫ぶ。

大門を出るゆうに、芳三が追いついた。黙ってついてくる。

「お嬢さん……」

「何だえ」

「これで通しなさいやすか」

「黙っていたら、何もできないもの」

「ずいぶん強くなりなすった」

「おっ母さんを泣かせても……」

「一人が笑うためには、一人が泣くんでさ」芳三は言った。「垢離場の役者に逢《あ》うのは、信心みたいなものだと、前に言いなすったっけね。今でも、そうですかい」

「もっと、なまぐさくなっちまったねえ。あのときより大人になったもの。でも……」

芳三の軀のぬくもりを肌近く感じた。ゆうは、無意識に、少し退《の》いた。

「果報者ですね、垢離場の太夫は」

「実のないどぶ板太夫というのだそうだよ」

「そんな男が……」

「おまえ、あたしを連れ戻せといいつかったのだろう」

「中村座の鼠木戸《ねずみきど》までお送りしまさ。茶屋に桟敷《さじき》をとらせたわけではありやせんでしょう」

「平土間だよ。桟敷より、平土間の方がよほど見るのにぐあいがいい。芳三、おまえお払い箱になるかねえ。あたしの我儘《わがまま》をとおして、おっ母さんのいいつけに逆らって」

「お払い箱になったら、お嬢さんにやとってもらいやしょうか」

すっと一歩寄り添ったような芳三の言葉を、

「あたしには、まだ、そんな甲斐性《かいしょう》はないよ」

ゆうは、また、無心にかわした。

「あたしが笑うために、おまえも泣くことになるんだね」

「わっちァ玉衣を泣かし、まわりもちです」

「いつか、あたしも泣くんだろうね、だれかが笑うために」

おっ母さんが助かるために、きつが死んだ。おっ母さんが笑うために、きつが泣いた。

「死んだきつの仕返しだなんて、そんなつもりじゃあないんだよ」

——でも、あのことがなかったら、こうもすげなく母に対しはしなかったかも……。いずれ、こうしなくてはならないにしても、あたしはもっと苦しんだかも。母への反撥《はんぱつ》が、弾《はず》み金《がね》になってはいる。——もっと苦しい思いをしても、母を憎まずにいられる方が、どれほど好ましいことか……。きつを死に追いやったのが他人なら、憎みとおせる。他人なら……。

魚河岸からの積物を飾った中村座の木戸口には、手拭《てぬぐ》いを逆さに頬かぶりした木戸芸者が二人、人寄せのための声色の最中であった。芸者といっても、男である。

なかよ、なかよ、なっかなかなか読まれたりな、と合の手をいれて狂言名題を読みあげ、声色を交互に使う。

「……ホホうやまって、源さん、あとを頼むぞえ」

「受けとったりや、その次は……」

福之助たちも、垢離場に出るようになる前は、大道でこの声色をつかっていたのだなと思いながら、ゆうが木戸銭を払おうとすると、

「おゆうさん、待ってたぜ。桝《ます》はとってある。たてかえて払ってあるから、入りなせえ」

金太郎が中から手招いた。

田之助が不自由な軀でつとめるのは、『碁太平記白石噺《ごたいへいきしろいしばなし》』の七段目、傾城宮城野《けいせいみやぎの》の役であった。父親を悪代官に惨殺《ざんさつ》された百姓娘、おのぶが、江戸吉原で全盛の姉、宮城野をたずねてくる。妹から話をきいた宮城野は、姉妹揃って仇討《あだう》ちを決意し、情深い楼主は宮城野に年季証文をわたして自由の身とし、大門通行の手形も与える。姉妹は仇討ちに出立する、という場面である。

豪奢《ごうしゃ》な裲襠《しかけ》が、田之助の足をかくしている。ほとんど坐《すわ》ったままながら、田之助がい

るだけで、舞台は輝く。華奢な淋しい、愁いの深い顔立ちである。それが、どうしてこれほど強烈な輝きをみせるのかと、ゆうも思わず惹きこまれるのだけれど、ゆうと膝《ひざ》を接した福之助は、まるで田之助と二人きりでさしむかいになっているように、あたりのものが目に入らぬ様子であった。田之助の出場がない幕では、片手で酒の入った湯呑《ゆのみ》を口にはこび、片手はゆうの八ツ口から手をさしいれて、丸みをました胸乳をもてあそんでいたのだけれど。

田之助は、しかし、以前に見せたあの嫋々《じようじよう》と人をひきこむ妖《あや》しさが薄れているように、ゆうにはみえた。両脚を失ない継ぎ足をあてている田之助は、軀の平衡を保つだけでも、大変な努力をしているのではないか。そう、ゆうは気がついた。あの妖しさは、そうすると、やはり田之助の『芸』であったのだ。生得恵まれた愁い顔とほっそりした軀つきのせいばかりではない、そういうものを道具にして、田之助が芸で作り出した魔力であったのだ。いま田之助は、その芸を駆使する余力がない……。

桝には、福之助、金太郎のほかに、角蔵と、もう一人の男がいた。どこかで見たことがあるような……と思い、頬に血がのぼった。きつの死を知って、ほとんど錯乱したさまで垢離場の小屋にかけこんだとき、楽屋にいた、鈴木吉兵衛とかいう太夫元だ。亡八の娘がこの年で、何がうぶなものか、男の気をひこうって手よ。そう言い捨てた男だ。

鈴木吉兵衛は、あのとき、ゆうが話をきいてしまったとは知らないようで、

「吉原の笹屋さんの娘さんだそうだね。うちの福がかわいがってもらっているそうで。まあ、お一つ」

と、盃《さかずき》をよこしたりした。

打ち出しになって小屋を出ると、吉兵衛は、これから皆で、ちょいと腹に入れて帰るが、いっしょにどうですと、ゆうを誘った。

雷門前広小路の茶飯屋に入った。茶飯とあんかけ豆腐に煮染豆《にしめまめ》の小鉢《こばち》が並ぶ。吉兵衛は、ゆうを忘八の娘とかげで蔑《さげす》むように言ったことなど知らぬ顔で、しきりにきげんをとり、福之助を贔屓《ひいき》にしているのは、親御さんも承知なのかと訊《き》く。

「親御さんにも、こいつらの芝居をごらんになるように、すすめてくださいよ。なかなか、捨てたもんじゃあありやせんぜ」

ゆうではかねづるにならない。親ぐるみ、贔屓にさせたい腹なのだろう。

「こいつらも、いつまでもおでこの役者ではいませんぜ。お江戸も東京《とうけい》となったんだ。猿若町も変る、芝居小屋も変る。こいつらを近々かならず、檜《ひのき》舞台に立たせてみ

せやすよ」

吉兵衛は、佐兵衛にひきあわせてほしいような口吻《くちぶり》を、話のあいまにおわせた。帰りは、この前のように福之助が送るという。ついでに、廓《なか》で一遊びしてくる、とけろりとした顔で言った福之助を、

「ばか、ご贔屓さんの前で」吉兵衛が叱《しか》りつけた。

「お嬢さんと遊びもなるめえ。それとも、おゆうちゃん、朝帰りするかえ」

「あまり放埓《ほうらつ》はおよしなせえ」角蔵がしかつめらしく、「お嬢さんには、お嬢さんにむいた遊びようがある。親御さんを怒らせねえ遊びの方が、おとくですよ」

親ぐるみ贔屓にと、しめしあわせているのだろうか。

日の長い季節だけれど、茶飯屋を出たときは、暮れきっていた。提灯《ちようちん》に灯《ひ》をいれて、福之助に送られ、花川戸から山の宿の方にむかう。

「ずいぶんおまえも、大胆だね。こんなことをして、大事ないのかい」福之助が訊く。

「さあ、どうなることか。兄さんには迷惑はかけませんから」

「かけてくれたって、かまわねえよ」

遊女のてくだのような、その場かぎりのせりふかしら。ゆうは思う。むりにも、そう

思おうとする。

「今日は、ごちそうさまでした」

「なに、鈴木の旦那《だんな》のおごりさ。あの人は、日ごろ、おれたちの稼《かせ》ぎをむしりとっているのだから、たまには、たかってやるがいいのだ」

「阿漕《あこぎ》な人なんですか」

「太夫元《たゆうもと》としちゃあ、いい方だろうよ」

「兄さんたちを檜舞台に立たせてみせると言っていた」

「それが、まんざら大風呂敷でもねえのさ」

「この前、兄さんも、風向きがかわるかもしれないと言っていましたね」

「御一新このかた、お上は、かねの要ることつづきだろうが」

ゆうは、うなずいた。新島原遊廓《ゆうかく》開市の許可を受けるために、遊女屋一統は、冥加金《みょうがきん》五万両を新政府に上納させられたのである。その大金は、会津とのいくさの軍用金に使われたときいた。

「いまのところ、芝居は三座がひとり占めで、冥加金をおさめることもなくすんでいるが、新政府は、三座の枠《わく》をはずし、鑑札料をおさめれば、だれでも、どこにでも、常打ち小屋を建て櫓《やぐら》をあげての興行を許すということを考えていなさるそうだ。おふれがいつ出るのやら、そこまではわからねえが、それで鈴木の旦那は、金主をみつけようと、やっきになっているのよ。おめえをむやみにちやほやしたのも、そのせいだ」

「たしかな話なんですか、鑑札料とやらをおさめれば興行勝手というのは」

「たぶんな。おれがお役人からじかにきいた話じゃあねえから、何ともいえないが」

「兄さんは、あまり気乗りがしないようですね」

「そうでもねえが。……おれァ掛け小屋の見物衆とうまがあっているから」

「角蔵親方は、常打ちの小屋で、大名題のような芝居を兄さんたちにさせるのが、大望なのだと、ききましたっけ」

「それで、あの人ァ、鈴木の旦那とうまがあうのさ。鈴木の旦那の大望も、常打ち小屋の座元になることなんだ。そうしねえことには、どうでも、意地が立たねえんだよ、鈴木の旦那は」

あの旦那のおっ母さんは、浅草の矢場女なのだ、と福之助は語った。父親はわからないらしい。下級武士だったといったり、武家屋敷の仲間《ちゅうげん》だったといったり、そのときどきで、ちがうことを言う。いくつか奉公先をかえ、山の宿の千葉常五郎方に腰をすえた。

「千葉常の名は、きいているだろう」

「ええ、三座の金主の、千葉勝の旦那のお父っつぁんとか」

「千葉勝は、養子なのさ。うまくいけば、鈴木の吉旦那が、千葉常のあとつぎにおさまっていたかもしれねえのだ」

千葉常五郎は、金貸しで財を成し、猿若町に出資して、金主の一人として奉られるようになった男である。この千葉常に、吉兵衛は目をかけられた。毎日芝居小屋に行かされ、仕切場に出入りしているうちに、興行に興味を持った。

千葉常はあとを継ぐ息子はおらず、娘が一人いるだけである。この娘と、吉兵衛は想《おも》いあうようになった。千葉常も、はじめは夫婦にしてもいい意向のようだったが、後に、吉兵衛の同輩である勝五郎というのを婿《むこ》にすることにした。信州伊那出身の勝五郎は、なかなかの野心家であり、立身の手段として千葉常の婿の地位に目をつけ、大いに働きのあるところを千葉常にみせ、気にいられたのであった。千葉常は後継者に勝五郎を選んだのだが、いくぶん気の毒に思ったのか、吉兵衛を独り立ちさせ、両国に二、三の掛け小屋を持つのに肩入れしてやった。女をとられるくらいだから、興行師としては人の好《よ》すぎるところがあるのかもしれないが、——勝五郎が強引に割りこまなければ、いまごろ、おれが三座の金主の一人であったかもしれないのだ……と、勝五郎への恨み、憎しみ、対抗心から、吉兵衛の目は常に本芝居にむいている。

「あの小父さんに、そんなことがあったんですか」

「吉旦那とうちの親方は、小屋を建てる土地えらびと金主探しで、このところ、てえへんさ。常打ち小屋でやるとなったら、一座の役者の人数も、今のようではまにあわねえ」

「前に立女形《たておやま》のひとをいれるとかいれないとか、もめていなさった」

「昇若かえ。昇若じゃあ、客は呼べねえ。おれの方がずんとましさ」

福之助は、鼻っ柱の強いところをみせた。からりとした口調だけれど、自負の心は人一倍強いのだと、ゆうは思う。

「田之助にだって」と、福之助は言った。「今日の紀伊国屋なら、おれは負けねえな」

でも……と、ゆうは言いかけた。田之太夫は、両脚継ぎ足なんです。まだ十分に使いこなせない。ゆうが言おうとして止《や》めた言葉を、福之助がつづけて口にした。

「情けねえことを言っちまったな。おれは五体満足、あっちは……。それで勝ったの負けたのと」

「兄さんは、どうして田之太夫のことを、いつも気にしなさるのかしら」

「うむ、そりゃあな」

福之助は、いつもの冗談半分のような口調を消した。

「大地震のあと、おれが市村座の中売りにやとわれ、どうにかお飯《まんま》を食っていくようになったとき、あの人ァまだ由次郎と名乗っていたが……」

十一歳で、すでに天才的な芸質と美しい容姿をもてはやされていた。そのころは中村座に出ることが多かった。由次郎がまだ少年ながら達者で美しいという評判は福之助もきいていた。中売りがいそがしいのは幕間《まくあい》だけである。評判の舞台を、一度見てみようと抜け出して、中村座に入りこんだ。一々木戸銭を払わなくても、表方同士、大目にみてもらえる。裏から入った。

楽屋のあたりで、彼より二つ三つ年下にみえる華奢な少年が、大人たちを相手にくってかかっているのを目にした。その傍《そば》で、少し年かさの若い役者がおろおろしている。

「代わりに立ったら、三日はつとめるのが御定法だ。なんぼ兄でも気儘《きまま》な定法破りは許されることじゃない。今日までは、わたしが代わりの持場だ。兄貴を出すことはなりませぬ」

あえかな愁い顔の朱唇《しゆしん》から出るとも思われぬ、激しい啖呵《たんか》であった。

少年はつかつかと歩いてきて、福之助とすれちがうとき、腕がふれあった。

「触わるな！」少年は癇癖《かんぺき》の強い声で叱り、彼に目もくれず、歩き去った。

その後《あと》、留場《とめば》の隅《すみ》にもぐりこみ、舞台を見た。大切りの演《だ》しものは六歌仙であった。小町に扮《ふん》した役者が、衣裳《いしよう》に肩揚げをした少年で、これが実に美しく巧みだった。あれが評判の由次郎だ、と留場の男が我がことのように得意そうに彼に教えた。兄貴の訥《とつ》升《しよう》の代わりをつとめているのよ。

小町は本来、兄の訥升の役であった。一昨日、訥升が腹具合を悪くし休演することになった。僧正、黒主など四役早替りをつとめる中村仲蔵が、仕切場に提案して、由次郎に代役をつとめさせることにした。

若年すぎるとまわりは案じたが、見てのとおりよ、と留場はまた自慢した。しかも、めっぽう強気な若太夫でよ、今日、兄貴が病気全快して出てきたのに、いったん代役に立ったら三日つとめるのが定法だと、舞台を下りねえのよ。

さっきの啖呵はそれか、と彼はうなずいた。楽屋でみせた激しい気性と、舞台のたおやかな美しさに、彼は惘《ぼう》っとなった。

それ以来、彼は由次郎の舞台は欠かさず見た。田之助襲名の舞台、十六歳で立女形となった舞台。年ごとに田之助は、楚々《そそ》とした美貌《びぼう》に淫蕩《いんとう》の色を増した。ほっそりと淋しい愁い顔、哀《かな》しみの色をみせる薄いくちびる。田之助は、淋しくてしかも妖しく華やかなのであった。

「大道飴《あめ》売《う》りから掛け小屋に出るようになったいきさつは、前に話しただろう」

「ええ」

化粧を、いつか田之助に似せるように工夫していた。顔立ちはまるで違うのだから、似るわけはないし、掛け小屋に出るようになった最初のころは、田之助の芝居をまねようと考えてはいなかったのだが、彼が女形もやるようになると、見物の方が彼を田之助になぞらえはじめた。

彼には芸の師匠はいなかった。見よう見まねでつとめている役者である。田之助を、ひそかに我が師と思いさだめた。師である以上、弟子は、いつかは師を乗り越えたい。越えられるわけはなかった。田之助のあの妖しいたおやかさ。頽《くず》れた、それでいて可憐《かれん》にさえみえる色気。骨太の彼に、まねられるわけはないのだった。

「しかし、今日の田之太夫の舞台を見て、おれは思ったよ」

「人をひきつけていたのは、田之太夫の『芸』だって」

ゆうは思わず言葉をはさんだ。

「そうなんだ」福之助はゆうの肩をつかみ、「おめえの肩は細いなあ」と呟《つぶや》いた。

「あの儚《はかな》くって哀しくって妖しい女は、田之太夫が『芸』で作りあげたものだったんだなあ。今日の太夫は、足をかばうだけでせいいっぱいだった。無理もねえが。ならば、おれも、芸を……」いきごみかけて、福之助は苦笑した。「おめえに大言壮語したところで、はじまらねえやな」

「いくらでも、大きなことを言ってください」ゆうも笑顔になった。福之助を包みこむ気持になっていた。

「おめえは、ときどき、田之太夫と似た貌《かお》をするぜ」福之助は言った。「妙にこう淋《さむ》しそうな……」

「そんなこと、だれにも言われたことはなかった。田之太夫に似ているなんて」

「似ているわけじゃあねえんだが、ときたま、ふっと……」

「兄さんも……」

淋しそうな顔をするときがある、と言いかけて、ゆうはやめた。

足をいためた田之助を、福之助が背負い、花魁《おいらん》道中の意気で路をわたったときのことを、ゆうは思い出していた。あのとき、田之助は、福之助に礼の一つも言うどころか、袂《たもと》で顔を打ったのだ。どれほど、福之助は淋しかったことか、と、ゆうは思う。しかし、そのことは口にはすまい。からりと明るい福之助だけれど、いくつもの淋しさ、哀しさ、口惜《くや》しさが、心の底に層になっているのにちがいない。

「おめえ、めっきりきれえになったよ。はじめ見たときは、瘦《や》せっぽちの小娘だと思ったが」

「きれえになったから、つきあってくれるんですか。それじゃ、あたしが年とって汚なくなったら、見むいてもくれない」

「いやに絡《から》むじゃねえか」

「兄さん、あたしにお愛想言わないでください。ほかのご贔屓さんみたように、お愛想でつきあってくれるんだったら、うっちゃらかしといてくれた方がいいんです。あたしの方は変らないんだから。一人で、変らない気持でいますから。気持は変らなくたって、年とれば汚なくなるんだから……」

「ばか」

「嫌《きら》われますね、こんなことを言うと」

福之助は、ゆうの瞼《まぶた》の上にくちびるをあてて薄く浮いた泪《なみだ》を吸いとった。女を扱いなれた仕草が、ゆうをいっそう悲しくさせたが、泪は消えた。

「おゆう、おめえが、〝田之太夫の『芸』だ〟と言ったとき、おれァ嬉《うれ》しかったんだぜ。おれの言おうとしたことを、ぴたりと言いあてたじゃあねえか。田之太夫の芝居を見ながら、おれとおまえは、同じことを考えていたんだなあ」真顔で、福之助はゆうを見た。「おれァ、おめえも知ってのとおり、女とのつきあいは多いぜ。だが、身の上だの田之太夫との由縁《ゆかり》だのを洗いざらい話したのは、おめえだけだ。別にてえそうなかくし事ってわけじゃあねえが、話の通じねえ奴《やつ》に喋《しゃべ》りゃあしねえぜ」

ゆうは、軀からふうっと力が抜けてゆくような気がした。この人は男地獄《おじごく》なんだ、遊女と同じに口舌は言いなれているのだ、有頂天になっちゃあいけない、と思いながら、福之助に口を吸われていた。口舌じゃあない、兄さんはいま、心のままを素直に語ってくれたんだ、あたしにとって兄さんがかけがえのない人であるように、兄さんも、あたしを大切に思ってくれているのだ……。

福之助が田之助を師とひそかに呼びながら、はりあう意地を持ちつづけていることも、ゆうには嬉しい。田之助に叶《かな》うはずはないのだ。兄さんの芸には、大道芸の卑俗さがしみついてしまっている。卑俗……というのは、大名題の芝居とくらべてのことで、兄さんたちの芝居の泥《どろ》くささ、あくどさは、小芝居の見物衆の求めるたのしさに見合っているのだ。世間で低くみられる大道芸人あがりの小芝居役者。でも、兄さんは、投げやりなところがなくて、自分の芸に誇りを持っているし、少しでも、田之太夫の高みに近づこうと、工夫をかさねている。

兄さんの言葉を、一々、女郎の甘言と重ねることは、もう、すまい。

とよは、ゆうを少し薄気味悪がっている。おとなしい内気な娘だと思っていたのが、ふいに、手のつけられないあばずれに変貌した。男の手で軀《からだ》を鞣《なめ》されていることも、とよの目にはわかる。肌《はだ》のつやが増し、軀の輪郭がやわらかみを帯び、女親の目にはいささか目ざわりな清冽《せいれつ》な色気が内側からにじんでいる。

ゆうに反抗されると、とよは、きつを楯《たて》にして死なせたと、責められているような気がする。おまえだけは危い目にあわせまいと、染井に避難させてやったのに、そのことは少しもありがたいと思わないで、と情けなく腹立たしくてならない。新島原の方が居心地がいいのは、安太郎の嫁が、おっ母さん、おっ母さん、と、とよをたててくれるからである。

御一新のあの怖ろしい時期、見世を守りとおしたのは、わたしだった。刀を目の前につきつけられ、死ぬほどの思いをしながら、上手にとりはからってきた。よその見世では、もっと人死にも出ているのだ。そういうことを、ゆうに言ってきかせると、わかっていますと言うのだが、本心から打ちとけてはこない。あのとき、男たちは、からきし意気地がなかった。きつが蒲団巻《ふとんま》きにされたとき、男たちが気を揃《そろ》えて侍に目つぶしでもくらわせれば、きつは助かったかもしれないのだ。あたしがきつを楯にしたというが、男たちは、そのあたしを楯にしていたじゃないか。おまえが妙に肩を持つ芳三だって、と、とよは言いたいのだが、それを言えないのは、〝意気地ない男たち〟のなかには、芳三とともに、安太郎も含まれるからである。

かってにするがいいとゆうを突き放せれば楽なのだけれど、世間体というものがある。あまりふしだらなまねをされては、安太郎の嫁の実家へのきこえもある。遊女屋の娘だからといって、自堕落がゆるされるものではない。むしろ、かたく身を保っていなくては、奉公人への示しがつかないのだ。

そう思いながら、とよは、ゆうが垢離場《こりば》の役者とつきあうのを、見て見ぬふりするようになっていた。どうせ、あの娘は傷ものになってしまったのだ……。そう突っ放す方が、少し気が楽になる。これが、安太郎であれば、性の悪い女にひっかかったとなったら、どのようにもして手を切らせただろう。歯向ってくる娘というものは、他人以上に小憎らしく始末が悪い。

「おまえ、どうでもその役者といっしょになるというのなら、うちとは縁を切るからね」

「勘当すると言いなさるんですか」

「そうさ。お父っつぁんにまで迷惑がかかるからね」

「いっしょになるかどうか、まだわかりません」

ゆうは、ありのままを言ったのだが、とよは、勘当といわれてゆうが少し折れたのだと思った。

「いまは垢離場の掛け小屋の役者でも、そのうち檜舞台を踏みなさるんです。大舞台に立つ役者となったら、笹屋の娘の亭主として、不足はないんじゃありませんか」

ゆうは、そう口にして、ああ、福之助を汚《けが》すことを言ってしまった、と、自分に腹をたてた。これじゃあ、まるで、あたしもおっ母さんみたいに掛け小屋役者を卑《いや》しんでいることになるじゃないか。つい、おっ母さんの言いそうなことを先まわりして言ってしまった。

とよから、ゆうの言葉をきき知った佐兵衛は、檜舞台を踏むとはどういうことなのだとゆうに訊《たず》ねた。

ゆうは福之助からきいた話をつたえた。

「その話は、お父っつぁんも耳にしている」

と佐兵衛はうなずいた。

「お上は、何かと新しいことをはじめようとしていなさる。そのためには、かねがかかる。かねをとりたてる方策に、鑑札料を払えば興行勝手にするとかしないとか。いずれは、決まりそうなあんばいだ。守田座の座元も猿若町を出て、東京のどまん中に新しい小屋を建てたいと、ずいぶんお役人にたのみこんでいるという話だ。上と下がひっくりかえっている御時世だ。おでこ役者が明日は大名題ということも、夢とはいえまいな」

「鈴木という太夫元さんに会ってみる気はありませんか、お父っつぁん」

「いや、よしにしておこうよ。うちは、芝居の金主をするようなゆとりは、いまのところ、ないのだよ。おまえもこのごろは、帳面を見ているから、わかるだろう。ゆとりがあったとしても、わたしは芝居に金を出すつもりはないがね。あれは、賭《か》けだ。あたればば大きいが、まず、はずれる方が多い。木場や魚河岸《かし》の旦那衆《だんなしゅう》で、芝居の金方になったはいいが、出したかねがもどってこず、身上をつぶした人は、何人いるかしれない。吉原《かな》の花魁《おいらん》にいれあげるより、芝居の方が、もっと悪性だ。際限もなくかねを吸いあげる」

ゆうは、それ以上むりにたのむことはしなかった。福之助は、掛け小屋の客が好きだと言っていたのだから。

ゆうも、福之助は、汚ない小さい掛け小屋だからこそ、映える役者なのではないか、という気がする。大舞台に立ってみなければ、そこで映えるか映えないか、わからないことではあるけれど。

＊

この年、ゆうは、かなり気ままに、垢離場を訪れている。

楽屋でゆうが福之助や他《ほか》の役者たちの身のまわりの世話をするのを、一座の者はあたりまえと思うようになってきていた。贔屓さんというよりは、身内という感じであった。下座の女が手のすじをいためたときは、かわって三味線をひいた。

見世にいるときは、奥をとりしきり、奉公人にあなどられぬよう、気をはりつめている。淫奔《いたずら》、ふしだら、という声は、きっと伸ばした背で、はねかえす。すると、そういう声は、思いのほか大きくはならないのだった。佐兵衛が黙認していることも、ゆうの立場をいくらか楽にしていた。あたしはおっ母さんには勘当されたのだ。ゆうは、かたくなにそう思い決めている。勘当は、親だけが持つ武器だ。

きつのことは、おっ母さんのせいばかりじゃない。あれをやらせたのは、お父っつぁんだ。おっ母さんは、気の毒に、損な役まわりだったのだ。そう、わかってはいるけれど、とよと顔をあわせると、かたくなになってしまう。

玉菊燈籠《どうろう》、七夕、草市、八朔《はっさく》、月見、俄《にわか》と、年中行事や紋日に花魁たちは追いまくられて季節がすぎる。

年がかわった。松の内をすぎ、一月も半ば、ゆうは、「何と、雪だ」、後朝《きぬぎぬ》の客の声に目ざめた。このごろは、川の字に寝ることはなくなった。見世に近い縁起棚《だな》のある部屋に佐兵衛ととよがやすみ、ゆうは、その奥の小部屋に一人でやすむ。この夜は、とよは安太郎の見世に泊まっていた。

「これじゃあ、いっそ、居つづけるか」

「そうしてくんなまし。主《ぬし》をかえしとうはおざんせぬ」

あくびをかみ殺した賑の声である。

「お迎えに参じやした。俥《くるま》を用意してごぜえやす」

茶屋から出迎えの消炭に言われ、客は出て行く気配だ。

ゆうは、枕行灯《まくらあんどん》の火を手燭《てしょく》にうつし、小さい壺《つぼ》を持って、中庭に出た。

手燭の小さい光の輪のなかに、まだだれにも踏まれぬ雪がきらきらしている。壺にすくい入れた。封じておいて、夏になってからこの雪の溶けた水で白粉《おしろい》をとくと、光沢《つや》が出るし、あせもにもならないといわれている。福之助の化粧の料《しろ》にたくわえておくつもりであった。冷えた指に息をかけながら部屋に戻《もど》り、ぬくもりのある夜具に足先から入りこもうとしたとき、見世の戸がはげしく叩《たた》かれた。

若い者が大戸を上げる音がする。

「お宅の芳さんが」

あとは聞きとれない。

牛の千吉が境戸《さかいど》越しに、

「御亭《ごて》さん」と声をかける。

ゆうは起き直って身仕舞いをなおした。

「お父っつぁん、入りますよ」

父も、衣服を着かえていた。ゆうは、膝《ひざ》をついて帯を手わたした。境戸を開けた敷居ぎわに、千吉がかしこまり、

「芳さんが……」口ごもった。

「落ちついて話しな」

「心中を……」

「だれと」

「西河岸で……」

「玉衣花魁とだね」ゆうは、言った。河岸女郎の玉衣を昔の名で呼んでいた。

「へい。河岸見世の若いのが知らせに来ました」

「千吉、提灯《ちょうちん》だ」

「へい」

「あたしも行きます」

「若い娘の見るものじゃない」

佐兵衛にとめられたが、ゆうは、「千吉、あたしにも提灯を」と命じた。

暗い道すじに、提灯の明りが五つ六つ揺れ動いている。朝帰りの客と、出迎えの消炭たちである。それが、異変を伝えきいて、仲之町から大門にむかうべき足を、仲之町をつっきり江戸町一丁目から浄念河岸への道にむける。

提灯の数は次々と増え、雪一色の浄念河岸を明るませる。

玉衣がつとめる切見世の前には、人だかりがしていた。笹屋に知らせるより早く、屯《とん》所《しょ》に告げた者がいるのか、たまたま巡邏《じゅんら》の者がききつけたのか、饅頭笠《まんじゅうがさ》に詰衿《つめえり》の制服、雪駄《せった》履《ば》きの捕亡吏が、見世の前に立ちふさがり、野次馬を制止している。三尺の板戸は開けはなされ、わずかに、床に倒れた二人の足の先だけが、ゆうの目にうつった。

二人とも素足であった。

上役も混えた捕亡吏が更にかけつけ、佐兵衛と玉衣の抱え主は、屯所に連れ去られた。

　玉衣の方がしかけた無理心中なのだと、両隣りの見世の女たちが口々に、野次馬に昂《たかぶ》った声で模様を話している。切見世は、薄い壁で仕切った長屋の造りだから、物音や話し声は隣りに筒抜けである。一切りいくらの切見世に、泊まり客はほとんどいない。両隣りの女はどちらも早くからお茶をひき、雪もよいの夜に素見《ひやかし》の客もなく、眠ってしまっていた。隣りの物音で目をさましたのだが、女が男を刺し、それから自分を刺したらしいと、洩《も》れてくる叫びや物音で察した。女たちの話では、芳三は、時折、玉衣のもとに来ていたようだ。

　ゆうは、立ちつくしていた。ゆうの目に見えず、耳にきこえないところで、玉衣と芳三のあいだに、どのような次第があったのか、たしかなところは、何もわからない。唐突なようでもあり、——そうなのか……と、うなずきもするのだった。直接のかかわりはないはずなのに、ゆうは、自分が生きていることと二人の死が、裏表に貼《は》りついているような気がした。あたしが笑うために、だれかが泣く。

　向島あたりの桜がほころびるのを待ちかねて、ゆうは浄心寺を訪れた。今年は、まばらではあっても蕾《つぼみ》を持っているのではないかという期待があった。

陰気な藪《やぶ》だたみでさえ春の陽射《ひざ》しをやわらかく受ける裏庭に、きつの桜は、去年よりいっそうすがすがしく健やかに、枝をのばしていたが、まだ花を持つまでにはなっていなかった。それにしても、育ちの早いことだ。友吉に告げたくなった。今年の正月から開始された郵便というのを利用してみようかしらと思ったのは、佐兵衛の新しもの好きの血が、いくぶんはゆうにもつたわっているのだろうか。

書状集め箱が、浅草にも一つ置かれた。わずかな額の切手を貼ってこの中に入れておけば、飛脚に頼まなくても、どこへでも届くというので、評判になっている。

これまでは、上方の同業者などからの筐《はこ》におさめた書状を飛脚が届けにくると、返事をしたためるあいだ、入口の式台のところで待たせ、膳《ぜん》を出し、心づけを渡したりしたのだけれど、郵便取扱所の使いは、捕亡吏とまちがえられそうな饅頭笠に詰衿のみなりで、ふみをとどけに来ても、膳のものどころか、茶もろくに飲まないで走り去ってゆく。

まだ花は咲かない、と、ゆうは書いた。返書は来なかった。

新島原の遊廓《ゆうかく》が、突然廃止になったのは、この年の七月のことである。大金を投じて新遊廓を開いてから、丸二年と少ししかたっていない。いろいろなものが、新しくできたり、できたと思ったら取《と》り止《や》めになったり、古いものが廃止になったり、めまぐるしい。

『新島原 娼廓《しょうかく》廃止 娼家七月限り引払いを命ず』と太政官令《だじょうかんれい》が出たのは七月十七日だが、その三日前、七月十四日には、藩を廃し、県を置くという、大変革が発令されている。薩、長、土、肥の四大藩と、ほかにいくつかの藩は、とうに廃藩を自発的に願い出ているが、これが全国くまなく、行なわれることになった。

遊女屋にとっては、廃藩置県より新島原廃止の方が焦眉《しょうび》の問題である。風俗を紊乱《びんらん》するというのが、廃止の理由であった。太政官令にはさからえず、慌《あわただ》しく移転の準備をするとともに、せめて上納した五万両を返還していただきたいと具申したが、上納金に関しては、まったく沙汰《さた》がなかった。新政府に、かねだけ騙《だま》しとられたようなあんばいで、手練手管《てれんてくだ》が商売の遊女屋より新政府の方が一枚上という、ずいぶん皮肉なことになった。

遊廓をひきはらった跡地は、新島原の新と大富町の富をあわせて『新富町』と町名をあらためられ、一丁目から七丁目までに区劃《くかく》された。

安太郎とわかの夫婦は、吉原に戻ってきて、笹屋に同居するようになった。

おゆうを早く嫁に出さなくては、と、とよはまた騒ぎだした。笹屋の娘は変りものだと、噂《うわさ》がたちはじめているらしい。

そんなに、他人と変っているだろうか。ゆうは、けげんに思う。自分の身と心は、自分が大事にしてやるほかは、ないじゃないか。だれだって、そうだろうに。

ゆうは、今戸の寮にうつることにした。笹屋の見世に通って、仕事もする。だから、お給金をくださいと言うと、佐兵衛は、世にも情けない顔になった。どこに、おのれの娘を奉公人にやとう親がいるものか。おまえは扱いにくい娘《こ》になったとは思っていたが、そこまで根性がひねくれたとは思わなんだ。欲しいものは、何でも買ってやる。二度と、そんなみじめったらしいことは口にするな。

十八にもなって、まだ皓歯《しらは》と言いかけて、とよが口をつぐんだのは、ゆうがかってに歯を染めたときの衝撃がよみがえったからだろう。

安太郎の嫁のおわかは、青い眉《まゆ》の剃《そ》りあと、黒光りのする歯、大丸髷《おおまるまげ》と、ゆうと同じ年でみごとな若女房ぶりである。

いったんとぎれた縁談は、またときどき持ちこまれるようになったが、ゆうがことわりつづけるので、間遠になっていた。

今戸にうつると、ゆうは、急に身も心も大人びる気がした。子供から娘にかわる軀の不安定なゆらぎをおぼえなくなった。

まだ、あのおでこの役者と逢《あ》っているのか。佐兵衛に訊《き》かれ、ええ、逢っています、ゆうは、悪びれない。強いことを言えばゆうが役者のところに奔ると怖れてだろう、佐兵衛は、それ以上のことは言わなかった。

守田座の座元の守田勘弥《かんや》が、新島原の跡地に小屋を建てようと、ずいぶんお上に働きかけているようだ、と、そんなことを佐兵衛はゆうに告げもした。守田勘弥は、二十六歳、年は若いがなかなかの切れものということだ。その話は、ゆうは、角蔵からもきいていた。

三座は、かつては、木挽《こびき》町、堺《さかい》町といった、江戸の中心地にあった。それが、風紀を乱す悪所であるから、なるべく不便なところにという幕府の方針で、府内も東のはずれに押しこめられた。これは、遊廓も同様で、日本橋葺《ふき》屋《や》町にあったのが、明暦の大火で全焼したのをよい機《しお》に、浅草田圃《たんぼ》に移転させられたのである。新島原跡の新富町は、木挽町に近い。足場の便がよくなれば、見物は大幅に増えると、守田勘弥は読んでいるないかもしれないのだった。

垢離場の役者が檜舞台に立つのも、この分では、そう遠い話ではないかもしれない

安太郎夫婦といっしょに、新島原で働いていた妓《おんな》たちも吉原にうつってきたので、抱

抱え妓の数が増え、お茶をひく妓が多くなった。佐兵衛と安太郎は相談して、稼《かせ》ぎの悪い女を判人にひきとらせたり、格の低い見世に転売したりして、人数を整理した。お世話になりました、という挨拶《あいさつ》だけを残して、判人に連れられて女たちが出てゆくのを、ゆうは、見た。そういうとき、ゆうは、ただ自分の無力を見ていた。

おまえが贔屓《ひいき》の役者に、一度、会ってみようじゃないか、とまで佐兵衛が折れたのは、その年の秋ごろであった。

行儀の悪い人たちですから、と、ゆうは言った。お父っつぁんやおっ母さんの気にいる人たちじゃありません。

しかし、いつまでもこんな暮らしはできまいが。けじめをつけなくてはなるまい。

あたしは今のままが一番いいんです。

おまえはよくても、まわりが困る。

なぜでしょう。まわりが、あたしのことを気にしなければすむことなんじゃありませんか。

気にするなと言われても、気になる。おまえは笹屋の大切な一人娘なのだ。

ゆうは、帯のあいだに手をやった。きつからもらった桜の種子を、一粒、いまだに小袋に入れて持っている。この種子は睡《ねむ》っているのかしら、死んでいるのかしら、と考えをそらせた。

今戸の寮に帰るゆうを送るのは、若い者の仕事だが、外出先から帰ってきた佐兵衛が、今日はわしが送ってやる、と、見世の紋の入った提灯を持って、連れ立った。

「垢離場に行ってきた」と佐兵衛は言った。

「会ったんですか」

「いや、芝居を見ただけだ」と言って、佐兵衛は首をふった。

「どうも、たいした役者とは思えぬ。どうして、おまえがこうまでいれあげたのか。まあ、みてくれは悪くはない。ずいぶん芝居も達者ではある。悪達者なくらいだ。見物の女子供が騒いでいた。しかし、芸に気品がない。垢離場で安手な見物を相手にしているぶんにはよかろうが、大舞台に立って大名題と競おうものなら、恥をかこう。大道の飴《あめ》屋《や》あがりということだったな。だからと、卑《いや》しめる気持を最初《はな》から持って見たわけではない。わしも、芝居には多少は目があるつもりだ。あれは、大道芸だよ。たとえ、棒《ぼう》樏《だら》、大根でも、大名題にはそれだけの風格がそなわっている」

わかっています、と、ゆうは心のなかでうなずいた。田之助の芸をまなぼうと、口惜《くや》しさ、淋《さび》しさを心の底に押し鎮《しず》め、真摯《しんし》に舞台に見入る福之助を思い浮かべる。しかし、まねるだけでは盗めないものがある。

その田之助は、今年の三月に中村座の『鶴亀曙模様初筐《めでたもようはつのふみばこ》』に出たあとは、休演をつづけている。脱疽《だつそ》の毒が両手にまできたという噂であった。

「あたしは、あの人が、うまい役者だから惚《ほ》れたわけじゃあないんです」

「棒樏であろうと、三座の名のとおった役者なら、おまえを手ばなしてもやろうが。あれじゃあおまえが泣きをみることになるだろうと、そればかりがお父っつぁんは案じられてならない。添いとげられる相手ではありゃあしない。早く迷いからさめてほしいのだよ。廓《くるわ》にくるお客でも、うちわけを知っているこちらからみれば、どうしてこんな女

に と思うようなのにいれあげて、身をほろぼす人が多い」

「あの人が色を売るのも、承知しているんです。最初《はな》っから、あの人はあたしにそう言っています。ちっともかくしてはいない。でも、あの人は、芸は上品《じようぼん》ではないかもしれないけれど、卑しくないんです」

「男地獄《おじごく》ほど卑しい生業《なりわい》もほかになかろうが」

お父っつぁんが、そんなことを言うんですか、と言いかえしたい言葉を、ゆうは押さえた。男地獄、またの呼び名は男傾城《おとこけいせい》。傾城とは遊女の別名ではないか。傾城は卑しくて、卑しいものを売るお父っつぁんは卑しくはないのですか。ゆうは、父が傷つくような言葉を口にできない。ゆうにとっては、心の寛《ひろ》い暖い父だ。

福之助は卑屈《ひくつ》ではない、男地獄ではあっても媚《こ》びたところがない、と、ゆうは言ったつもりだったのだ。福之助が色を売ることが、ゆうにとって辛《つら》くないわけはない。軀《からだ》の芯《しん》がきりきり痛むのだけれど、男地獄、男傾城と承知で好きになった。耐えるよりほかはないのだった。

話の通じねえ奴に、身の上や田之助との由縁を語りゃあしねえよ。福之助は、おめえはほかの女とは別だよと言ってくれたのだ。——遊女たちも、みんな、客にそう言う……。いえ、福之助の言葉を遊女の口舌と重ねあわすことはすまいと、あたしは決めたのだった。福之助は、ほかの女たちと、どのような時を過すのだろうか。考えまい。このことを考えはじめたら、どうにもならない地獄の責め苦に落ちこむ。二人だけでいるとき、あれほどやさしくしてくれるのだ。それでよしとしなくては。よしとしなくては……。福之助を贔屓の女客は多いけれど、そういう人たちは福之助を軀のよろこびの相手にするだけだ。福之助の誇りと自負を大切に思い、そうして、あのひとの辛さ淋しさも、そっくり感じてしまうあたしを、あのひとは、それと口に出しはしないけれど、大切に思っていてくれるのだ。それだけは信じられる。このこと一つ信じられたら、ほかに何がいるものか。

さくら舟

花道に、つぶし島田に丈長をかけ、白衿《しろえり》黒紋付裾模様《すそもよう》、白博多《しろはかた》の帯というお座敷着の芸者が七人、居並んだ。役者ではない。櫓下《やぐらした》と山谷堀《さんやぼり》のきれいどころである。

「東西東西、狂言なかばお邪魔ながら、古きを慕い新しく、まねて三すじのわたしらが、調子もあわぬ片言で、田之助さんをほめやんしょう」

先頭に立った一人がうたいあげると、次々とうたいついでいく。

「四季折々のわざおぎも、あかぬ眺《なが》めの芸道に、東名所の第一たる」

「隅田《すみだ》川原によそえて言えば、京大坂にまた一人、あるやなしやの都鳥」

「浮寝の水のきわだって、このもかのもに幼《いとけ》なき、初舞台より人の目に」

「筑波《つくば》の山や二十山、はたちもこさで名も高く、富士になぞらう立女形《たておやま》……」

市村座が経営不振から座名をゆずって村山座と改称した、明治五年の正月興行である。

中幕の『国性爺姿写真鏡《こくせんやすがたのうつしえ》』は、沢村田之助の、一世一代のお名残り狂言であった。明けて十九のゆうは、福之助と平土間の桝《ます》にいる。

両肢《りょうあし》を切断し、かろうじて脱疽《だっそ》の毒が体内にまわるのをくいとめた田之助は、昨秋、更に、右手は手首から、左は小指一本を残して他の指はことごとく失なった。引退を決意した最後の舞台であった。華やかに盛り上げようと、芸者衆が花道に居並び、つらねで、田之助をほめたたえたのである。

田之助が扮《ふん》したのは、浪花《なにわ》の芸妓《げいこ》古今、黒木屋の彦惣《ひこそう》を夫にもってまもなく、鳴門《なると》を船で行くときに難破し、異国船に助けられ倫敦《ロンドン》にわたり、恩人カンキスの妻となって七年たつ。彦惣がたずねてきて、カンキス邸の楼門の上と下とで顔をあわせるが、古今は恩人の病気のため帰国できず、彦惣も父が病いとの知らせを受け、ひき裂かれるように別れる場面である。

楼門上の勾欄《こうらん》に身をもたせた田之助は、不自由な手を袖《そで》のかげにかくし、

「……春は来たれどお目見得は、おぼつかなしと思いしに、いずれもさまのお力と、神や仏の御利益《ごりやく》で、露のめぐみに漸々《ようよう》と、開く莟《つぼみ》のふっつかも……」

我が身になぞらえたせりふであった。そのあとに、いとしい男を待ちわびる切々とし

たせりふがつづく。田之助の声は哀切をきわめ、見物はみな泣きいった。ゆうは、戦慄《せんりつ》がとまらなかった。

中幕が終わると、福之助は座を立った。ゆうも黙ってつづいた。もう、ほかの芝居をたのしむ気持の余裕がなかった。小屋を出ると、泪《なみだ》が溢《あふ》れるにまかせた。

「叶《かな》わねえ」福之助が歯ぎしりするように言った。

「あれには、叶わねえ……」ゆうの腕をつかみ、ぐいぐいと歩き出した。

楽屋新道に面した裏茶屋に、福之助はゆうを連れて入った。茶屋の女は心得て、二階に案内する。座敷の次の間には夜具が敷いてある。桟敷《さじき》の案内や飲み食いを一応のたてまえとする表茶屋とちがい、裏茶屋は、色ごとのためにのみ、ある。

「叶わねえやな」ゆうを絞り上げるように抱き、はこばせた酒をまるでやけ酒のようにあおりながら、福之助は言いつづける。

「死ぬんですもの。田之助は、これで死ぬんですもの。叶わなくて、あたりまえじゃありませんか」

福之助の軀《からだ》のなかに我が身を溶け入らすようにすがりついて、ゆうも、くりかえす。

「いいや、太夫は、舞台で、『芝居』をしていたんだぜ。己れの哀れさに溺《おぼ》れちゃあいなかった。芸で、おめえたちを泣かせたんだ。怕《こわ》い人だ」
叶わねえ、と言って福之助はふいに号泣した。抱きすがったまま、ゆうも、とめどなく泣いた。泣きながら、福之助を、あやしていた。

奇瑞《きずい》の桜咲き初《そ》め候《そうろう》。

ゆうは、したためた。その一行のほかに、友吉に告げる言葉は不要であった。きつの持っていた種子が芽生えた次第は、去年のふみで知らせてある。返事はないが、友吉は読んだと思っている。郵便は、ずいぶん正確なのであった。友吉は字を書けないはずだ。ああ、芽生えたのか。咲いたのか。そう思ってくれれば、それだけでいい。

今年、深川の浄心寺に、雨の日に行った。福之助を伴いたかったので、掛け小屋がかけられない日を選んだ。

種子から芽立ちした苗木は、四年で花をつけるまでになった。田之助の最後の舞台を見たあと、これまでにない烈《はげ》しさで求めあって以来、福之助と、心が前よりいっそう近く寄り添いあったように感じる。これまでは、一人角力《ずもう》のような思いがしていた。福之助は、いつも余裕をもってゆうをからかっていた。ゆうを抱くときでさえ、そうだった。それが、ゆうの前で激情も弱みもさらけ出した。

若木はまだ華奢《きやしや》で、花も多くはないが、友吉が言ったとおり、淡々《あわあわ》とした薄桃色の花だけが、枝を飾っているのだった。

田之太夫が十六で立女形になったときは、こんな風情《ふぜい》だったのでしょうね。ゆうは言った。

近くの水茶屋で休み、ゆうは、きつの桜の由来などを、少しずつ語った。我が身のことを福之助に話すのは、思いかえすと、ほとんどはじめてであった。母親に対するこじれた気持だけは口にできなかった。安政の大地震のとき、母親が目の前で梁《はり》の下敷きになって圧死したのをそのままに逃げたことを、福之助は一度だけゆうに話している。あっさり話したが、それは、辛《つら》さをむき出しに語るより、重くゆうの胸にひびいた。他人のことでも、母親の讒訴《ざんそ》は福之助は聞きたくないだろうと、ゆうは思ったのである。もう一つ話さなかったのは、ゆうが九つのとき、垢離場で迷子になり、福之助たちにやさしくしてもらった記憶である。大切すぎて、口にできないのであった。

「お上が、芝居にまた小うるさい注文をつけだしたようだよ」

話がとぎれたとき、福之助が言った。

東京の府庁に、三座の座元が呼ばれ、荒唐無稽《むけい》なもの、淫猥《いんわい》愚劣なものは差し控えよと命じられたのである。異国の高官、貴人が見物するようになったのだから、国の恥とならぬよう心せよという主旨であった。

「御政道がどうかわっても、役人の石頭ァ同じことだな。小団次が憤死したときのことを知っているかえ」

ゆうも、その話は耳にしていた。

御一新になる前、慶応二年のことだった。寺社奉行から役人が猿若町に来て、白浪《しらなみ》物で名をあげている狂言作者河竹新七はじめ、座元や主だった役者を呼び集め、世話狂言があまりに風俗をうつし人情をうがちすぎている、盗賊や遊女の心情にくわしく立ちいり、濃厚すぎる、これでは勧善懲悪の主意にそむくゆえ、以後は、そのあたりのことははぶき、世情そのままのことは芝居にするなと、申しわたしたのである。

河竹新七の狂言は、幕府が崩壊する直前の世相人情を、みごとに写しており、それを舞台の上で、肉体で表現してみせたのが、高島屋四世市川小団次であった。小団次は、そのとき病床にあったが、河竹新七から役人のお達しをきき、「それじゃあ、この小団次に死ねというようなものだ、見物が身につまされねえようなものをみせて、何が芝居だ」と激昂《げっこう》したそうだ。小団次の寿命は、それによって縮められたと、皆、とり沙汰《ざた》した。

「今度ァ、毒気も色気も抜いて、洗いざらして旨《うま》みも何もなくなった鯛《てえ》に裃《かみしも》着せたような芝居をやれとよ」


新政府の芝居への干渉は、いっそう強まった。

四月早々、守田座の座元、守田勘弥が請願していた守田座の新富町進出は許可が下りたのだが、四月六日、守田勘弥と狂言作者河竹新七、桜田治助の三人が、第一大区の区役所に出頭を命じられた。区長江塚庸謹から、「演劇の主意は勧善懲悪にある。卑賤《ひせん》の趣味をとりいれ、いかがわしい嘘《うそ》でかため、趣向のみにかたよった狂言は、好ましくない。明治の今日では、正しい歴史を重んじたものを出すように」と申しわたされた。

以前は、世情をありのままにうつすなと言われ、今また、嘘を書くなと命じられたのだが、どちらにしても、芝居を世人を善導教化する具とせよという主意は、変らなかった。

六月三日、三座の座元と座頭役者が、今度は教部省に召喚された。教部省は、神祇《じんぎ》省が廃された後、かわって設けられた神官と役者諸芸人を監督支配する役所である。申し渡しの主意は、興行に先立ち上演台本を差し出すこと、及び、皇室を冒瀆《ぼうとく》し奉るもの、忠孝貞節の倫理を乱し、勧善懲悪の趣旨にもとるものは禁止する、ということであった。

その四日後、守田座の札を建ててあった新富町六丁目の空地に、材木のはこびこみがはじまった。町内の鳶頭《とびがしら》が先に立ち、守田座の表方も加わって、鉄砲洲の稲荷河岸から材木を陸上げし、牛車に積み、金春《こんぱる》と新富町の芸者が手古舞姿で景気をつけ、木遣音頭《きやりおんど》とともにくりこんだ。

外囲いがとり払われ、これまでにない大規模な劇場、守田座が姿をあらわしたのはその年の九月二十五日だが、その前に、八月二十七日、三座元は東京府庁に呼ばれ、

『以来、劇場は免許鑑札を所持すること。鑑札料は在来の劇場が百五十円、新規取立の分は、いずれも三百円納めること。興行中は、観客の多寡《たか》にかかわらず、桟敷《さじき》土間等桝《ます》総高の百分の一を納めること』

と申し渡された。

ひきつづいて、九月二十一日、府令が公布された。角蔵や鈴木吉兵衛ら、小芝居の関

係者が待ち望んでいたものである。

『府下劇場三芝居その他、これまで無税興行を差し許してきたが、今後は免許鑑札を下げ渡すから、従来の興行者は更に願い出るべし』

という大意である。

鑑札料さえ納めれば、従来の小芝居、おでこ芝居も、公《おおやけ》に認められるというのである。しかも、近々劇場の本建築も許されるであろうという内示もあった。

鈴木吉兵衛は、ただちに鑑札下付を府庁に請願した。両国の大辰の芝居、村右衛門の芝居も、ほとんど同時に申請し、許可された。それらのことを、ゆうは、折々に福之助からきいた。

「わっちの俥《くるま》、わっちの俥はまだ来いせんかえ」桂木が、ばたばたと走りまわって騒いでいる。

「わっちも頼んでおきいした。わっちの俥を横取りしないでおくれよ」賑がこれも眼《め》を血走らせている。

見世は、女たちの身のまわりのものを包んだ荷物が、畳の目もみえないほどに積み重ねられている。見世の前の通りを、幌《ほろ》をつけた俥が威勢よく走り抜け、仲之町から大門にむかう。俥の音がするたびに、桂木と賑は、競って表にとび出す。桂木は、足袋を履《は》いている。もう、遊女ではありいせん。素足で辛抱せずともいいのさ。ほかの女たち、花魁《おいらん》も新造《しんぞ》も、年季で買われてきたものたちが、いっせいに浮き足立っている。

十月二日の太政官通達で、吉原は、これまでにない騒ぎになった。人身売買禁止、芸《げい》娼妓《しょうぎ》解放令が布告されたのである。

『娼妓芸妓等年期奉公人一切解放可致《いたすべし》。右に付ての貸借訴訟すべて不取上《とりあげず》候《そうろう》事』の一条が含まれていた。

借金は棒引きになる、晴れて親元へ帰れるとあって、女たちは、身のまわりのものを大八車に乗せたり、俥に相乗りしたりして、一刻も早く、廓《くるわ》から外に出ようと焦《あせ》る。仲之町から大門は、火事場のような騒ぎであった。

小さい禿《かむろ》たちは、親がひきとりに来る者もいるが、迎えが来ないために出て行くこともできず、隅《すみ》で泣きじゃくっている者もある。

遊女屋にとっては、大打撃であった。

ひきつづいて九日、さらに諸心得を記した司法省令が通達されたが、その第二条は、

『同上の娼妓芸妓は、人身の権利を失うものにしては馬に異らず、人よりは馬に物の返済を求むる理《ことわり》なし、故《ゆえ》に従来同上の娼妓芸妓へ貸すところの金銭並に売掛金等は一切とるべからず』というものであった。

娼妓芸妓は馬と同様なものだ、馬から借金をとりたてることはできないから棒引きにしろとは、ずいぶんこじつけたものだ、と、佐兵衛は溜息《ためいきま》混《じ》りに苦笑いし、「こちらが買ったのは、馬じゃあない、女だってのに。お上の揚足とりをしている場合ですか」とよは苛々《いらいら》した。

この騒ぎのなかで、ゆうも憔悴《しょうすい》した両親をおいて垢離場《こりば》に行くわけにもいかないでいると、福之助の方から、今戸の寮にたずねてきた。

「珍しいじゃありませんか。どうしたんです」

「旅に出るよ」

福之助は言った。

「旅？　どこへ」

「名古屋だ」

府庁の通達で両国や九段坂上などの掛け小屋、見世物、茶屋などが、すべて取払われることになった、と福之助は言った。

「不潔で見苦しいんだとよ」

「それじゃあ、興行できなくなっちまったんですか」

「案じるこたァねえんだ。しばらく旅に出ていれば、帰ってきたときは、喜昇座の名題役者さ」

「喜昇座って何です」

「おれたちの新しい小屋さ」

角蔵たちの太夫元《たゆうもと》の鈴木吉兵衛は、金主をみつけ、土地もすでに目星をつけている。金主は高木秀吉という深川の材木商で、角蔵と福之助、金太郎も、ひきあわされた。高木は、垢離場の芝居も何度か見ている。おまえさんたちなら、新しい劇場《こや》でも客を呼べるだろうと、愛想がよかった。

土地も、皆で見に行った。久松町河岸の空地、小笠原左衛門尉《おがさわらさえもんのじよう》の上屋敷跡である。

「旅でせいぜい腕をみがいてこいと言われたよ」

わたしも行きます、と、口もとまで出かかっていた。廓がこのような状態になかったら、谺返《こだま》しに、行きます、と応じていたことだろう。

「おめえんところも大変だってな」

「ええ。おっ母さんなんか、寝こんじまってる」

「じきに、またもとどおりにならあな」福之助は言った。「解き放たれた女郎衆が、そのあと、どうやって食べてゆくのか、お上はそこまで考えちゃあいめえ。現に、もう、夜鷹《よたか》に身を落としたの、洋妾《らしやめん》になったの、一家心中したのどうのという話もきいているぜ」

「あたしも、薄々耳にしています」

「お上のするこたァ尻抜《しりぬ》けさ。身を売らなけりゃあ食えねえ、その大もとのところは頬《ほお》かぶりでよ。でえいち、あの色好きの役人どもが、女なしでいられるものか」

「いつ、旅に出るんですか」

「仕度もあるから、来月の末かな」

「発《た》つ前には、必ず知らせてくださいね」

「うむ、おめえ、新富町の新しい守田座は行ったかえ」

「いいえ。いつもなら、お父っつぁんもおっ母さんも、まっ先にとんで行くんだけれど、こんなふうだから」

「行ってみねえか」福之助に誘われ、ゆうは、うなずいた。

十月十三日蓋《ふた》をあけた新しい守田座は、座頭に権之助《ごんのすけ》、書き出しに左団次、立女形《たておやま》に半四郎、ほかに仲蔵、鶴蔵など、有力な役者を揃《そろ》えた。作者部屋の顔触れも、河竹新七、桜田治助と、当代最高の布陣である。

建物は間口十八間、奥行き十三間と、猿若町のときより四間ずつ広い。屋根は一面に鉽力《ブリキ》をはり、櫓《やぐら》の周囲は防火のため銅でおおってある。

中も広々としている。

「柱が細いから邪魔にならねえんだな。鉄の柱だ。細くても頑丈《がんじょう》だ。これァてえした才覚だな」角蔵は感じ入る。

異人がいる、異人がいる、と金太郎は向う正面の中船を見て騒いだ。そこは食卓と椅《い》子《す》を二十脚ほどおいてあって、異人が数人、平土間を見下ろしていた。異人の女もいたが、たえず扇で鼻をおおい、眉《まゆ》をしかめている。

「金太、どうだ。おめえ役者は嫌《きれ》えだなぞとぬかしたが、こうも豪勢な舞台《いた》に立つとなったら、考えも変るだろうが」

角蔵は誇らしげに言う。

「喜昇座が、守田座と肩を並べるほどの劇場《こや》になるのかね」

冷かすように金太郎は言ったが、言いながら、いくぶん酔ったような眸《め》になっていた。

守田勘弥は、この劇場を建てるために、ずいぶん不義理を重ね、無理な借金もしている。そう知っていてもなお、豪華な劇場は、人を酔わせる。掛け小屋の見物衆とうまがあうのだと言った福之助でさえ、大劇場の舞台《いた》に立つ自分を思い描いているようだった。

「天井《てんじよう》が板張りになったな。これなら、役者は声がよくとおって楽だろうな」と福之助は上を見上げた。

*

そそけた髪、まだらな白粉《おしろい》、裏口に立った女が賑と気づいて、ゆうは声をあげた。もっとも、みすぼらしい身なりで戻《もど》ってきた女はすでに何人もいる。驚くことではなかったが、賑花魁のやつれようは、ひどすぎた。

福之助が言ったとおり、女たちは、少しずつ戻ってきはじめていた。下女奉公でもかまわないからおいてくれと、泣きつく者もいた。

賑の実家は上州であった。行きと帰りの旅だけでも、ずいぶん苦労が多かったのだろう、髪は脂気《あぶらけ》がぬけ、肌《はだ》が荒れて白粉がのらなくなっている。実家は農家で、娘を売るくらいだから、暮らしにゆとりのあるわけはない。親も兄弟も、なつかしがってくれたのは最初の日だけで、翌日から、食べる口が増えて困るといやみを言われ、出ていけがしにされた、私娼《じごく》に身を売ることをすすめられたのでとび出してきた、と佐兵衛ととよの前で、賑は泣きくずれた。

一時は寝こむほどだったとよは気をとりなおし、佐兵衛ともども、戻ってきた女たちに尊大な横柄《おうへい》な態度で応じている。見るのがゆうは辛《つら》いけれど、何一つできるわけではなく、いつものように自分の無力をみつめているだけだ。

どこの妓楼《ぎろう》も、戻ってくる女たちがあいつぎ、楼主たちは、また羽振りがよくなった。政府も自由業の名目で公娼を再び認めた。諸外国に、日本に人身売買はないといいわけするために形をつけただけの、太政官令であった。桂木の消息は、ゆうにはつたわってこなかった。

「旅に、あたしも行きます」

垢離場の楽屋である。福之助は、意外そうではなかった。

「そんな気ままが、親御さんにとおるのかえ」

「親はもう、あきらめていますのさ。とんだ極道娘だと」

「極道息子というのはきくが、極道娘は、初耳だ。だが、物見遊山《ゆさん》の安気な旅じゃあねえんだぜ。おめえ、長丁場を歩いたこともねえだろうが。遠出といえば俥のお嬢さまだ」

「今戸と垢離場のあいだを始終歩いて、足も達者になりました。深川から九段の招魂社まで歩いたことだってあるんですよ」

「仮宅延期の祈願だっけな。金太と見物したっけよ」

福之助はあっさり承知したが、角蔵は、とんでもない話だと呆《あき》れた。

「いくら何でも、親御さんが承知なさるめえ。福と祝言《しゅうげん》あげた仲というわけじゃあなし」

「祝言するか」

と、福之助は言った。あ、とゆうは息をのんだ。

「喜昇座が櫓をあげ、福が喜昇座の大名題となったら、仲人《なこうど》をたてて、親がわりのこの角蔵が、ともども親御さんにご挨拶《あいさつ》にまかり出て、おゆうさんを福の嫁にとお願いしましょうよ」

角蔵は言った。

まだ、杭《くい》一本打ってないのだが、角蔵たちは、喜昇座がもう地上に在るもののように話題にのせている。

「そんなたいそうな」と福之助は苦笑した。

「野合《やごう》というわけにもいくめえじゃあねえか。かりにも笹屋のお嬢さんだ。うしろ指をさされるようなことは、福、おめえの先きゆきのためにもよくねえよ。これからは、おでこの役者じゃあねえ」

「うしろ指なら、とうにさされています」ゆうは言った。「殻《から》を踏み破って、手足を思いきりのばしちまったんです。もう、もとのようにちぢこまることはできないんです。兄さん、本当に祝言してもいいくらいに思ってくれているんですか」

「一々、疑ってかかってやがる」

「兄貴のふだんがふだんだからよ」金太郎がからかう。

祝言しようか、と福之助が言った……。

その言葉を、ゆうは心のなかでくりかえした。あっさりと、何でもないことのように、兄さんは言った。祝言しようか、と……。あたしを、ほかの女とはちがうと、思いさだめてくれていた。笹屋の財産めあてじゃない。あたしが兄さんといっしょになるためには家を出なくてはならないということを、承知の上で。

「名古屋だってよ、手はじめは」金太郎が言った。「おそろしいんだそうだぜ、名古屋の見物衆は。初日はことに」


とよと佐兵衛の反対は、ゆうが予想した以上に強硬だった。いまのところ、遊女屋の家内の者が寮住まいをするのは間々《まま》あることだから、ゆうが今戸に泊まり、通ってきていても、何とかうわべのかっこうはついていた。嫁にいったわけでもないのに、ふいにいなくなったら、世間さまから何と言われるか、と、とよは言い、佐兵衛も、世間へのはばかりもある上にゆうが苦労することが目に見えている、と、どれほど言葉をつくしてもこれだけは許さないという態度であった。安太郎は頭からふしだら、親不孝と罵《ののし》った。おわかは、あたしたちがいるんで、おゆうさんは居辛いんでしょうか、と涙ぐんだ。

何も騒ぐようなことではないのに。ゆうは思う。皆は、一枚の織物のように、たがいに組みあって笹屋の暮らしという織模様をつくりあげているけれど、あたしはその絵にはあわない色の糸なのだから、気にかけないでいてくれればいい、ただそれだけのことなのに。

芳三がいたら、何と言うだろうか、と、ゆうは久しぶりに、芳三を肌近くに感じた。芳三は、ゆうにとっては、鏡のようなものだった。芳三が、本心何を考えているのか、ゆうを慰めたり力づけたりすることのほかに、どんな内面の暮らしを持っていたのか、想像すらしなかった。芳三に、あたし自身の姿をうつして眺《なが》めていただけだったのだ。からだの火照《ほて》りをしずめかね、芳三に抱いてもらったことを思いかえす。酷《むご》かった、芳三に酷いことをした、と、ようやく今になってわかる。

思い出しながら、手は、身のまわりのものをととのえている。

絹物《おかいこ》は、使いようがあるまい。地味な縞木綿《しまもめん》の数枚もあればいいだろう。いらない着物は売って路銀にあてよう。今年の冬も、雪を壺《つぼ》にたくわえてある。これは持っていこう。もう一つの壺……。ゆうは、小さい壺を両手に抱き持った。この夏、浄心寺に行って、拾い集めてきたきつの桜の実が詰めてある。持って行かなくては。この家を出たら、勘当も同然なのだから。おっ母さんには、とうに勘当されたと思っている。お父っつぁんも、今度は許さないだろう。二度と、この家の敷居はまたげないことだろう。いったん解放された抱え妓《こ》たちが戻ってきたので、あたしは出て行ける。皮肉なこってすねと、芳三は言うだろう。一人が笑うために一人が泣く。真実すぎて辛い言葉だ。芳三をはじめ、あたしは、何人の人を泣かせたのだろう。笑うあたしの背に、泣く人がはりついている。

この年は、慌《あわただ》しく暮れた。暦が太陽暦に切りかえられたのである。十一月九日に、すでに、十二月三日をもって、明治六年元旦とすると、予告はされていたが、師走《しわす》でもないのに正月の準備をする気にもならずにいた。暦の変更は、予告どおり実施された。十二月が、ほとんど丸々ひと月消えてしまったのである。気のぬけた正月だった。

二日に、角蔵の一行は東京を離れた。ゆうも加わっている。一座の、坂東三八だけが、軀《からだ》のぐあいが思わしくないから養生するといって、残った。三八は、元市村座頭取坂東橘十郎の遺児で、三十九歳、べつに病弱ではない。市村羽左衛門の弟子で、女とごたごたを起こし、師匠に勘当され、三人兄弟の芝居に加わった役者である。数多い本舞台を踏んでいるので、狂言の型などよく心得ている。人気もあった。三八にぬけられるのは、角蔵としては痛かった。

＊

小屋の前には、三重に、丸太の矢来が組んである。詰めかけた群集に、さすがの矢来もたわむ。

「一の矢来が破られた。ぽちぽち仕度《したく》しておくれ」

頭取が楽屋に声をかけた。深夜である。

名古屋の見物衆はおそろしいと金太郎に言われたとき、なぜ？　とゆうがたずねると、金太郎も角蔵も、名古屋は見巧者が多いのだそうだと答えた。ことに、初日に見巧者が集まり、手きびしい批評を下す。役者の方でも、初日は特に、新興行の手見せとして、眼目になる数幕を選んで舞台《いた》にかけ、高評を乞《こ》う手段にするほどということだ。

ところが、ゆうも加わった角蔵の一座が、はるばる名古屋に着いてみると、『名古屋の初日はおそろしい』の意味が、まったく違っていたのである。御一新以来のことだぞうだ。幕末から御一新にかけて、名古屋でも芝居は一時さびれ、客足がとだえかけた。つぶれる小屋もあった。人気をとりもどすため、どの小屋も初日だけは木戸無料ということにした。そうして、詰めこめるだけ詰めこむ。そうやって人気を煽《あお》ろうと仕組んだところ、これが、予想以上の大変な騒ぎをひきおこすことになってしまった。只《ただ》とあって、客は前日から木戸の前に押しかける。時に人死にも出るほどなのだが、いったんこういう慣習が作られたために、取り止めることはできなくなっている。中止したら、それこそ暴動が起こりかねない。そう、頭取からきかされ、役者たちも、前日から楽屋で待機させられたのである。

「よろしいか。狂言の筋など、どうでもよろし。長ぜりふをもたもたやっていたら、野次り倒されます。たっぷり見得をきって、めいっぱい動きまわる、それが初日の客を満足させるコツですわ」

群集の喚声がつたわってくる。

「まるで、いくさ場への出陣じゃねえか」

金太郎は、おもしろがっている。

柿葺《こけらぶき》の屋根に板囲いの粗末な小屋である。壁が揺れている。それでも、掛け小屋とはくらべものにならないし、新門の小屋より大きい。木戸前と小屋の両側には、さしかけ屋根、間口一間ぐらいの茶屋があり、客を場内に案内したり、茶だの莨盆《たばこぼん》だの弁当だのを出したりするのだが、初日だけは、茶屋婆《ちゃやばば》が働く余地はない。名古屋の芝居茶屋の女は、なぜか老婆ばかりで、茶屋婆が通称になっている。

花道が見物席のまん中を通貫し、舞台との付けぎわに『から井戸』があるのは、京、大坂の舞台様式だそうで、江戸のものと違ってゆうには珍しかった。幕もかわっている。江戸では、三座は一枚仕立の引幕、小芝居は上から下ろす緞帳《どんちょう》であった。名古屋は、二枚の幕を左右から引き合わせ、あけるときは左右に引き絞る。これも上方のやり方だという。

二の矢来、三の矢来とぶち破った人々は、狭い木戸口を、鳴門の渦《うず》のように揉《も》みあいながら通りぬけ、桝《ます》のない入れこみの土間になだれこんだころは、髪はざんばら、衣紋《えもん》はぬけ、袖《そで》がちぎれた者もいる。

「どうやって芝居をやれってんだ」

袖からのぞいた金太郎が、呆れた声をあげた。土間から溢《あふ》れた客は、花道の上、舞台の上、ところかまわず坐《すわ》りこみ、息を切らして酒でのどを湿す。だれも懐《ふところ》がふくらんでいるのは、履物《はきもの》をつっこんでいるせいだ。

垢離場でも、大入りのときは舞台に客をあげもしたけれど、隅《すみ》の邪魔にならぬところに案内したのである。

まだ夜明けには間がある。掛け行灯《あんどん》だの燭台《しょくだい》だので小屋の中を照らしているのだが、燭台は、ともすれば見物に倒されそうになる。

狂言は『幡随長兵衛精進俎板《ばんずいちょうべえしょうじんまないた》』で、角蔵が幡随院長兵衛をつとめ、福之助の白井権《ごん》八《ぱち》、金太郎の小紫という配役である。

早く幕を開けろとどなる声が、波のようだ。猿若町なら、留場が高飛車に怒りつけるところだが、この小屋に留場はいない。

芝居を見るためにくるのか、騒ぎがおもしろくて集まるのか、わからないありさまである。柝《き》が入ったが、客は鎮《しず》まらず、幕引きは、舞台に群がる人にぶつかり、ころげてしまう。なにをもたもたしているのだと、苛立《いらだ》った客が、あちらへこちらへと幕をひっぱりあい、裾がちぎれた。

五社明神の場である。まずいな、と角蔵と福之助は顔を見あわせた。幕開《あ》きは、足軽と本庄助太夫、久下玄蕃《げんば》のやりとりだが、三人とも、沸いている客をぐいと惹《ひ》きつける力のある役者ではない。

足軽役が、「ヘイヘイ、本庄助太夫様へ申し上げまする」とせりふを言いはじめたとたんに、

「聞こえんわい」

「大根ッ」

と、声がとびかかった。

足軽役者は、かっと血がのぼって、せりふもしどろもどろになり、どうにか、「ごめんくだされませ」というところまで漕《こ》ぎつけたが、「どりゃ、廻《まわ》って参ろう」と、袖に入ろうとすると、「おお、廻れ、廻れ」と、たちの悪い酔客にこづきまわされた。

「大根、それでひっこめると思っているのか」

足ばらいをかけられ、仰向けにころがったので、見物は喜んで沸き立つ。

「ひでえもんだな。役者をいびって遊んでいやがる」角蔵がつぶやくと、

「こっちも遊んでこようか」

傾城《けいせい》姿の金太郎が、くすっと笑った。なよやかに舞台に出て行き、裾をたくしあげて、

「静かにしやがれ」

どんと床を蹴《け》った。客が気を呑《の》まれてしずまり、再び怒号がとぼうとする寸前、しとやかに膝《ひざ》をつき、愛らしい笑顔で、

「御当地の皆々さまに、御願い申し上げ奉りまする。初お目見得の手前ども、未熟者にはございますれど、お江戸もいまでは東京《とうけい》と、名もあらたまの初下り、お目まだるいとは存じまするが」

袖にむかって、

「もし、権八さんェ」

心得て、福之助が袖からすらりとあらわれ、

「引かれ廓《くるわ》の花の雨、濡《ぬ》るるも知らぬこの身には、色は思案のほかじゃなあ」

思い入れたっぷりに見得をきる。今度の歓声は、二人の美貌《びぼう》と機転をたたえる声であった。

いったん、客の気持をひとまとめにして惹きつけてしまえば、役者の勝ちである。群集は、ここちよく、一つの感情の動きのなかに溶け入り、泣き、笑う。しかし、役者は気を抜けなかった。おもしろかろうとつまらなかろうと、行儀よく見ていてくれる客で

はない。反応は、正直に露骨に、極度に増幅されてかえってくる。鈴ヶ森の雲助との立ち廻りで笑わせ、権八小紫の濡れ場でうっとりさせ、長兵衛が我が子長松を俎上《そじょう》にのせ、煮るとも焼くとも刺身でも、と寺西閑心に迫る大芝居で手に汗を握らせ、存分に見物をひきずりまわしたが、大詰めの幕がひかれるころは、見物も役者もへとへとになり、裾のちぎれた引き幕から役者の足がのぞいても、気のぬけた笑い声が洩《も》れただけで、客の大半はそのまま寝倒れてしまった。

役者たちも、楽屋にひきあげてくるなり、化粧を落とすのもそこそこに、横になる。福之助も衣裳《いしょう》を脱ぎ鬘《かつら》をはずすと、化粧顔のまま、丹前をひっかけて眠りこんだ。

「田之太夫であれば、あんなチャリはやらねえな」福之助が自嘲《じちょう》するようにゆうに言ったのは、一眠りした後であった。ほかの役者たちは宿にひきあげ、楽屋に残っているのは、ゆうと福之助、金太郎の三人だけになっていた。

ゆうは衣裳をひろげ、一枚々々、汗じみを濡れ手拭《てぬぐ》いで叩《たた》いている。金太郎が針と糸を持ちだし、衣裳のほころびをつくろおうとするのに、

「あたしがやるよ、金ちゃん。そこにうっちゃっておき」

「このくらい、おゆうさんの手を借りるまでもねえけれど」

金太郎は針のめどに器用にとおした糸を糸切歯でくわえて切り、「それじゃ、頼まァ」つかねた衣裳の衿《えり》に針をさして、出て行った。

汗を落とした衣裳をたたみ、金太郎の衣裳を膝にひろげ、ほころびを縫いかけて、痛《つ》、とゆうは眉《まゆ》をしかめた。指先のあかぎれに、糸がひっかかったのだ。

福之助は寝そべったまま、

「チャリをやらねえでも、見物を、こう、してやりてえものだな」縄《なわ》でからげてぐいと引きつける身ぶりをした。

「つまらないチャリじゃ、見物衆にばかにされるでしょう。兄さんたちの即妙なチャリはたのしいもの」

「おめえは、おれに甘えから」福之助は軀を起こし、「うゥ、寒《さ》ぶ」と、丹前を肩にかけた。

「汗がひいたから、よけい寒いんでしょう」

手焙《てあぶ》りを、福之助のそばに押しやり、ゆうは火をかきたて、炭をつぎ足した。

福之助は丹前の衿をぬいて肩を出し、顔の化粧を落としはじめる。

「役者ってなァ、褒《ほ》め言葉には、乞食《こじき》みてえに意地が汚ねえものさ。見当ちげえな褒め言葉でも、くさされるよりァありがてえぐれえのもんだ。それでも、あまりばかげた褒め言葉にいい気になっていたら身が腐るぐれえのこたァ心得ていらァな」

「あたし、ばかげた褒めかたをしていますか」

「十人に、大道芸人あがりとおとしめられても、その、おれの芸に惚《ほ》れこんで、家も親も捨ててついてきた女がいるってことは、おれをうぬぼれさせてくれるってさ。役者にうぬぼれは、これァ大切なんだぜ」

芸に惚れたというのとは、少し違う、とゆうは思う。福之助といっしょにいると、ほうっと心が休まるから。暖いから。しかし、福之助にとっては……。うぬぼれ、と福之助が言った言葉を、ゆうは、自負、誇り、と言いかえる。自負を失なったら、役者の芸は水を絶たれた花となる。田之助と思いくらべるとき、福之助の自負はゆらぎ、どうでしがない大道芸人あがりと、己れに見切りをつけたくなるときがあるのかもしれない。

あたしがいることが、ちっとは兄さんの役にたっていると……そう、兄さんは言ってくれているのだろうか。ゆうは驚いた。福之助の傍《そば》にようやく居場所をみつけて、庇護《ひご》されているという思いばかりが強かったのだ。

兄さんは、あたしをほかの女たちとは違うふうに思ってくれているのだと、ゆうはこれまで、自分に言いきかせてはきた。しかし、それは、福之助の言葉のはしばしから、ゆうが無理にもそう思いこもうとつとめたことなのであって、福之助の口からこんなふうにはっきり言われたのは、はじめてだという気がした。——兄さんは、色で惚れられるより、芸に惚れられることを望んでいる。そういえば、最初に会ったころ、おれの芸に惚れさせ、惚れてきた女に貢《みつ》がせる、と言っていた。でも、たいがいの女は、兄さんの色気に惚れるのだ。芸と色気を切り離すことはできないけれど、ただ色事の相手とばかりみなされるのは、兄さんには、不本意で淋《さび》しいことなのだ。ゆうをほうっとくつろがせるのどかな福之助が、一面、己れの芸にはげしく執着するのが、ゆうには、やはり嬉《うれ》しかった。

福之助のうしろにまわり、首すじから背にかけて塗られた白粉《おしろい》を拭い落としはじめると、

「湯に入《へえ》りに行くか」

福之助は鏡にむかったまま言った。

そのとき、ごめんなさいよ、と座方の男が入ってきた。太夫元の使いだと言い、福之助を呼んでくれという客がいるから、座敷に出てほしいと、小料理屋の名を告げた。

「へい、すぐに参上します」

座方が去った後、今夜は帰ってこないのだろうなとゆうは思い、福之助の背に、しばらく頬《ほお》をつけたままでいた。

福之助は、藤紫のなまめかしい着付に、ゆうが手渡す献上の帯をしめて、出ていった。ゆうは手焙りの炭火を火消壺にうつそうとし、火のあるうちにと思いついて、手箱から蛤《はまぐり》の殻《から》をあわせたものを出した。中に黒い練り膏薬《こうやく》が入っている。名古屋までの道中のあいだに、洗濯《せんたく》や水仕事で手を荒らしたゆうに、金太郎が、藤枝の宿で薬売りから求めてくれたあかぎれの薬である。金太郎は、野放図なようで、こまかいことによく気がつく。

練り膏を、針の先に少しとり、火に焙る。こういう淋しさは、わりあい楽に耐えられるのだ、と、ゆうは福之助の背の感触をよみがえらせながら、思う。幼いころ、今戸の寮で乳母と過していたときの淋しさと、同じたちのものだ。福之助が戻《もど》って来さえすれば、あとかたもなく消えてしまう。どこにも居場所がないような、心のなかに空洞《くうどう》を抱えて生まれついたのかと思うような、あの寂寥《せきりょう》感とは別なものなのだった。

とろりとやわらかくなった練り膏を、あかぎれの割れめに塗りつけるように詰める。

火ぶくれのできそうな熱さに小さい悲鳴をあげ、その痛みがしずかに少しずつひいてゆくのを、ゆうは快く感じている。

三人兄弟の芝居は、日延べするほどの人気であった。名古屋の興行は買い芝居である。入りのよし悪《あ》しにかかわらず、一興行いくらと、まとまった額が名古屋の太夫元から吉兵衛にわたされ、その何割かが、角蔵に与えられている。しかし、日延べした分の木戸銭は買い芝居のなかには入っていないのだから、歩合はもらえるのでしょうね、と角蔵は念を押した。それにもかかわらず、三日日延べをしたうち一日分は、『入れ日』だといって、太夫元は歩合をよこさない。

「入れ日だなんて、聞いたこともありやせんぜ」

角蔵は、なれぬ旅先で舐《な》められまいと語気を強めた。

大入りつづきで日延べしたときは、役者がお礼の意味で一日ただ働きをし、その日のあがりを全部太夫元におさめるのが上方の流儀なのだと説明され、

「そんな馬鹿な。大入りにしたのは役者の力だ。そっちこそ、お礼の意味で、一日ぐらいは、あがりを全部こっちによこすのがあたりめえじゃねえですかい」

角蔵の抗議は、笑いとばされた。一座の者に生まれ育ちが上方の嵐鬼丸という役者がおり、たしかに、そういうやり方を上方ではするのだと、鬼丸も言ったので、しぶしぶ納得した。

ほかの者は、腹をたてた。せっかく人気が出ているのだから、来月もこちらでという太夫元の話にも気がのらず、東京を恋しがった。

吉兵衛から音沙汰《おとさた》のないのが、角蔵の不安のたねであった。角蔵は、吉兵衛に手紙をしたためた。福之助と金太郎は無筆だが、角蔵は、いずれは役者より奥役とか帳元といった仕事につきたいと思っているので、読み書き算盤《そろばん》は習得していた。

封書は県庁のそばに設けられた書状集め箱に入れた。四、五日後には、吉兵衛の手にとどくはずである。

旅興行のゆくさきは、その土地土地でわかるようになっていると、吉兵衛は言っていた。しかし、名古屋の太夫元は、そのような話はきいていないと言う。東京から名古屋までの旅の費用は、名古屋の太夫元が、片迎いで持った。往路は負担するが、その先は、次の興行地の太夫元が持つことになる。その、次の興行地が、どこともわからないのであった。

「それは、先乗りが、ここぞという土地に行って、太夫元と談合するのだ。おまえさんたちは、旅ははじめてなのかい」

「どうも、話がちがう……」

いったん東京に戻ろう、と役者たちは言いだした。年とった役者は、いまだに、江戸、と言う。

戻るにしても、路用は、角蔵が受けとっている前渡金を吐き出さなくてはならない。まるで儲《もう》けがなくなってしまう。何のための旅興行かと、角蔵は気が滅入った。

無駄働きになったとしても、とにかく、東京に戻ろうと角蔵の心が決まりかかったとき、一座を買いに来た者がいた。

＊

一里場まわりは、江州が名高い。

江州の農村で、毎年秋の刈り込みがすむころになると、小屋掛けの野天芝居をする。たいがい、一日か二日、長くても五日ほど興行して、すぐに次の村に乗りこむ。村と村との距離は、わずか一里か二里ほどである。それで、一里場まわりと呼ばれるのだが、角蔵たちを買いに来たのは、尾州の、同じような一里場の世話人であった。それぞれの村でいっさいの面倒をみる買い芝居である。入り不入りを心配する苦労はない。角蔵は少し心が動いた。すぐに東京に戻っても、垢離場では興行できないし、新劇場が完成するには、どう短くみつもっても、あと二月《ふたつき》はかかろう。興行する場所がなければ、無収入で過さなくてはならない。

座頭の権限で、角蔵は一存で承諾した。また旅かとうんざりする役者もいたが。名古屋を発《た》つ前に、ゆうは、小屋の裏に桜の種子を二つ三つ埋めた。壺に詰めてあった実は、果肉が溶けてどろどろになっており、甘美なにおいがした。

衣裳や小道具をおさめた葛籠《つづら》、行李《こうり》を積んだ大八車に幟《のぼり》をたて、田圃《たんぼ》のあいだの路をゆくと、あちらこちらから、子供たちが走り寄り、まつわりついてくる。

小さい社《やしろ》の境内《けいだい》に、掛け小屋は、頑丈《がんじょう》に建てられてあった。村の若い者たちが、総出で、杭《くい》を打ちこみ縄でからげ、造りあげたのである。武骨な造りではあるが、役者たちの楽屋には、ささくれのない、真新しい莫蓙《ござ》が敷きつめられ、ゆきとどいた心配りが感じられた。女たちは、役者たちのために飯を炊《た》き、煮物をつくり、腹いっぱい食べさせようと待っていた。

三日間の興行のあいだ、食べ物は三度三度、村の人々からとどけられた。一同がとまどうほど、こまごまと世話をやいてくれるのだった。力仕事は、村の男たちがひきうけた。

村の者ァみんな、役者衆を大切にしましたっけよ、と言った友吉の言葉を、ゆうは思い出す。

一年じゅう、田畑にかがみこみ、悦《よろこ》びも娯《たの》しみも少ない人々にとって、遠くから訪れてきて、この世のものならぬ美しさで、波乱にみちた世界にいざないこんでくれる役者たちは、どれほどか貴重な存在なのだろう。

朝から酒や弁当持参で詰めかけ、一日じゅう、たっぷりと泣き笑い、若い娘などは、夢のなかから抜けきれぬ面《おも》もちで、打ち出しのあとも楽屋をのぞきこんでいる。

村を発つときは、名残り惜しそうに送ってきて、村境で手を振った。

きつのような娘が、また生まれるのだろうかと、ゆうは思う。つかの間の色事は、役者たちにとっても、たのしい遊びであった。

一里場まわりには、苦労もあった。情こまやかに面倒をみてくれるかわり、狂言は、村方から望まれるものを、即座に出さなくてはならない。そんな狂言はやったことはない、という言い抜けは通用しないのである。それぞれの村で、注文も異なる。古くからある名の通った院本ものなら、一通り、特別な稽古《けいこ》なしでも皆心得ているが、上方ではやるが江戸ではあまり出さないようなものを注文され、往生したことが何度もある。そういうとき、例の上方生まれの嵐鬼丸の経験が役に立った。鬼丸は五十をすぎた、名前に似ない小柄《こがら》な役者で、親は小道具作りの職人だった。嵐三五郎に弟子入りし、七つ八つのころから子供芝居《ちんこ》に出ていた。子供のころは、こましゃくれた芸達者が人目を惹《ひ》きけっこう人気があったが、成人しても柄が小さくて舞台映えせず、名門でもないから大部屋でうだつがあがらなかった。そのうち、何か金銭のことで不義理をし、上方にいられなくなって江戸に下ったというような経歴を、ゆうは他の役者たちからきいた。鬼丸は、昔のことほどよく憶《おぼ》えていて、数多い狂言をそらんじている。舞台の上より素顔のときの方が妙な色気があった。

通し稽古をする暇はないので、鬼丸が口立てで筋を説明し、すぐに舞台《いた》にかける。即座に機転をきかすのは福之助たちのおはこだから、めったにぼろは出さずにすむ。鬼丸は上方にいたころ一里場まわりも何度かやっており、役者の修業にはこれが一番だと言ってしなを作り笑った。

旅のあいだに、ゆうは糊紅《のりべに》の煮方をおぼえ、汗どめのやり方を知った。祝言はあげていないけれど、福之助の女房と一座の者にはみなされるようになっている。形ばかりでも祝言するか、と福之助はまた言ったのだが、ゆうは、今のままでいいと言った。年季で縛られた子供や娘、年季で縛る我が親を見て育った。どんな形にせよ人の心を束縛するのも我が心が束縛されるのも、少し人並はずれていると自分でも思うほど、耐えられなくなっている。夫婦《めおと》になるのと、遊女の年季証文をいっしょにするばかがいるものかと、福之助は呆《あき》れたように言った。ええ、わかっています。でも、今のままの方が、ずっと倖《しあわ》せなんです。そんなことを言っても、と角蔵がそのとき、少し腹立たしげに言葉を返した。この暮らしが、おゆうさんには縛られない安気なものにみえるかもしれねえが、おれたちだって、がんじがらめなんだぜ。まず、太夫元に縛りあげられている。かねが無《ね》え。貧《ひん》というやつに縛られている。おゆうさんは、小さいときから、うまいものを食ってきれえなべべを着て、贅沢三昧《ぜいたくざんまい》はもうし倦《あ》きたから、こんな貧乏暮らしが珍しくておもしろいんだろうが、おれたちみたようなしがねえ火縄売りの子に生まれていてみなせえ、こんな暮らしはまっぴらだ、絹物《おかいこ》を着て乳母日傘《おんばひがさ》で育てられりゃあよかった、もうちっとましな暮らしのできるところに出ていきてえと思うだろうよ。だれにしろ、生まれと育ちには縛られているのだ。分別くさい説教口調は角蔵の癖であった。

ええ、そのとおりだと思います。ゆうは、うなずく。でも……なまいきを言うようだけれど、あたしは、違う暮らしをしてきたから、あたしのこれまでの暮らしにはなかったこのよさが身にしみてわかるんです。

これから追い追い、いやなところもわかるよと、金太郎が、おれァ役者は大嫌《でえきれ》えさ。だれが好きこのんで男傾城《じごく》でかせぎてえものか。おれァ、餓鬼のころから、前もうしろも使われっぱなしよ。もう、倦き倦きした。わっちゃ嫌《いや》だね、洗い髪の投げ島田を根からふっつり切って、男の膝《ひざ》に叩きつけ、と、あとの方はどんつくの一節にまぎらせた。ゆうにそれまでみせたことのなかった悲惨な貌《かお》をちらりとのぞかせた。かんにんしておくんなさい、とゆうは心のなかで呟《つぶや》く。あたしのしたこと、しなかったこと……あたしのしなかったことを、かんにんしておくれね。

「贔屓《ひいき》から金《かね》をまきあげる骨法を教えてやろうか、おゆうさん」金太郎は、露悪的に言ったのだ。「抱かれてやりゃあいいってものでもねえんだぜ。落ちそうにして落ちねえでいるあいだの方が、せっせと貢いでくれるものなのさ。長く絞りあげようと思ったら、そうあっさりとは抱かれねえことさ。早いところとるだけとって、数でこなそうというのなら、手間ひまかけずに寝てやるのも手だが。贔屓はよ、みな、おれを一人占めにしていると思いたがってよ、へ、いい気なもんだ」

かんにんしておくれ。ゆうはまた、口には出さず呟いた。金太郎が、女を抱くと言わず、女に抱かれるという言いかたをしているのが、ゆうをせつなくさせた。そんな暮しを小さいときからさせられていながら、無垢《むく》なものを、金太郎はゆうに感じさせるのだった。

福之助は、女に抱かれるとは言わない。おれの芸に惚れさせる、と言う。負け惜しみとは思えぬ気概を感じさせる言葉である。ゆうの目につく限りでも、福之助は客に媚《こび》はみせず、水の上をすいと渡るような気軽ないろごとですませている。自分の好みもしかとは言えぬ幼いころから、金太郎は、色子まがいの稼《かせ》ぎをさせられてきたのだ。この暮らしが縛られなくていいなどと、ゆうが言うのは、金太郎の目からみたら、どんなにかおこがましいことであるのにちがいなかった。

血糊に使う糊紅は、煮たあと半日はおかないと十分に冷《さ》めないから、忠臣蔵六段目、勘平切腹の場を出すときなど、ゆうはだれより早く起きて七輪に火をおこし、土鍋《どなべ》をかけ、うどん粉とふのり、蘇芳《すおう》、明礬《みようばん》を溶きまぜて煮込む。女手は一座にとってこよなく重宝であり、だれもが、ゆうがいるのがあたりまえのような気持になっている。

一行は十七人であった。福之助たちのほかに、上方下りの鬼丸、荒事にたけた酒くらいの岩十郎、生世話の脇《わき》の達者な女癖の悪い亀吉、若手女形《おやま》の牡丹、内木戸をあずかる角力《すもう》とりのように図体の大きい弥五、下座の三味線ひきのおかん……。それぞれ性格は違うが、概して、のんきでずぼらな連中だった。

行く先々で、ゆうは、発つ前に桜の種子を埋めた。

「何をしているのだえ」福之助に訊《き》かれ、

「種子《たね》を埋めているんです」泥《どろ》のついた指を手拭《てぬぐ》いでぬぐう。

けげんそうな顔を、福之助は、した。

「兄さんの歩いたあとに、花が残っていくんです」

女の考えそうなことだ、と福之助は笑った。子供じみたことを、と、笑った目もとが言っている。

目を閉じると、ゆうは、花の並木が見える。その下を、福之助、金太郎、きつや玉衣や芳三が歩いてゆく。友吉もいる。生者も死者も、同じように、いる。垢離場の〝やてかんせ〟だの、深川の仮宅だの、押しいってくる武士の刀のきらめきだの、すべてが、花の種子のなかに、ある。

丸一月《ひとつき》もまわると、農家は春仕事でいそがしい時季になり、興行の誘いはこなくなった。そのころまでには、角蔵の手もとにはかなりのかねが残った。角蔵は東京に帰ろうときげんよく言い、一行は帰路についた。

埃《ほこり》にまみれ、垢《あか》に汚れ、角蔵たちの一座が東京に帰り着いたのは、四月のはじめであった。

荷を積んだ大八車を曳《ひ》いたまま、まず、久松町河岸に行った。

喜昇座は、建っていた。空地は変貌《へんぼう》していた。外側はほとんど完成して、すぐにも蓋《ふた》をあけられそうにさえみえる。新富町の守田座とくらべれば、いかにも急ごしらえで貧弱な、板張りの小屋である。

しかし、正面に高々とかかげられた、丸に喜の字の座紋をいれた櫓《やぐら》を見上げた役者たちは、感動していた。角蔵の瞼《まぶた》が薄紅《うすあか》く濡《ぬ》れるのを、ゆうは見た。

鼠木戸《ねずみきど》は錠をとざし、中には入れない。皆は、周囲を歩きまわり、壁を撫《な》でたりした。

その後、大八車を鈴木吉兵衛の家まで曳いていった。小道具や衣裳《いしよう》の葛籠をあずけるためである。角蔵たちの長屋では、荷物を置いたら寝る場所がなくなる。

吉兵衛は留守で、女房のおてつが応対した。

「おお、臭いね」鼻の前を手で煽《あお》ぐ。

「豪勢な小屋ができたじゃありやせんか」と言う角蔵に、

「早く湯屋へ行っておいでよ」おてつはせきたてた。

「親方ァ夜には帰られやすか」

「いいえ、今夜はおそくなると思うよ。明日、出なおして来ておくれ」

「柿落《こけらおと》しは、いつになりやすんで」

「さあ、あたしは何もきいていないねえ」

おてつのあしらいは、そっけなかった。

旅先では、入浴もままならぬときが多い。

ゆうは福之助たちと連れ立って、久々に湯屋に行った。番台で、ゆうは糠《ぬか》を買い、持参の紅絹《もみ》袋《ぶくろ》に詰めた。役者たちの紅絹袋を縫うのも、旅のあいだ、ゆうの仕事であった。廓《くるわ》にいるときは、お針が、たえず縫っていたものだった。

あかぎれはなおったけれど、ずいぶん指先が荒れた。踵《かかと》も固くなった。顔からのど、胸と、いとおしむように丹念に糠袋でこすりながら、鈴木吉兵衛に対して兆《きざ》した不信を、ゆうは思い返す。角蔵をはじめ役者たちも、おかしいと思いながら、しいて気づかないふりをしているようだ。

流し場の隅《すみ》の木箱に、旅の汚れを十分に吸いこんだ糠を捨てた。木箱のなかは、女たちが使い捨てた糠が、すでに溢《あふ》れんばかりだ。

傍《そば》にいた女が、ざっと桶《おけ》の湯を浴びた。床にこぼれている糠が、浮き漂って流れた。

翌日、角蔵が吉兵衛のもとを訪れたところ、またも留守だったので、役者たちの不信と不安は増大した。名古屋で、次の興行地が決まっておらず、吉兵衛から興行中何の便りもないときに、すでに芽生えた不安であった。

おてつの迷惑そうなあしらいが、不安を大きくさせた。

三日め、ゆうが共同井戸で男たちの汚れ物を洗っているところへ、鈴木吉兵衛がたずねてきた。笹屋をはなれた――つまり、金づるにはならないとみきわめのついた――ゆうに、吉兵衛は冷淡だった。ゆうは家にもどり、茶を淹《い》れた。狭い家だから、ことさら聞き耳をたてなくても、話は耳に入る。そのとき家にいたのは角蔵だけだった。福之助と金太郎は、旅から帰ったと知った贔屓に呼び出されたのである。

「てめえら、どこをほっつきまわっていやがったんだ」角蔵と顔をあわせるなり、吉兵衛は、頭ごなしにどなりつけた。「おかげで、こっちは、穴を埋めるのに大金を使わせられたのだぞ。名古屋の次は大坂の、どこそこ、何という太夫元のところへ行けと、手紙が届いただろうが」

「いいえ。そんな話になっていたんですか」

「何をとぼけやがって」

「待っておくんなさいよ。わっちらァ、そんな手紙は、受けとっておりやせんぜ」

「何ぬかしやがる。お手当てのいい太夫元の方へ、かってに乗りかえやがって。いまごろ、おれの前へ面《つら》ァ出せた義理か」

角蔵が出した手紙も、吉兵衛のもとに届いていないという。

新しい郵便というやつは、あてにならないものだと、ようやく、双方で納得したようだが、ゆうは、郵便はそんなに不確かなのだろうかといぶかしく思った。一通ならともかく、どれも届かないなんて……。

「それじゃあ、おめえらも案じたろうが、こっちは、ひでえ損よ。この穴ァ埋めてもらわねばな」

「しかし、手紙が届かなかったのは、わっちらのせいじゃあありやせんが」角蔵は、不服な声で抗《さから》う。

「ごたく抜かすな。埋め合わせに、一興行只働《ただばたら》き、と言いたいところだが、お上の手落ちからおこったことだ、まあ、目ェつぶろう。とりあえず、もう一月《ひとつき》、草鞋《わらじ》を履《は》いてもらおうか。給金は払うぜ」

「一月も旅に出て、喜昇座の柿落しにまにあいますかね。もう、ほとんどできあがっているようですが」

「実ァ、それで昨日もその前も、出歩いていたのだ。大工の方が、あいだにほかの仕事をいれやがって、中の造作が、まだ、からきしできていねえのだ。柿落しは、まず五月の半ばだな。四月いっぱい、宇都宮でつとめてきてもらおう。おめえたちを名指しで、買いたいと言ってきている。建元ァ、土地の顔役《かお》で、『床亀』の親分、表向きは髪結床の御亭《ごてえ》だ。奥山でおめえたちの芝居を見たことがあるんだそうだ。帰ってくるまでに、狂言も決め、表方、裏方、揃《そろ》え、舞台に立ちさえすればよいように、万端ととのえておいてやる」

「親方、旅に出る前に、小屋のなかを拝ませてもらいましょうよ。たとえ、まだ、がらんどうでも」ゆうは茶を注《つ》ぎながら言った。

吉兵衛は、木戸の錠の鍵《かぎ》は棟梁《とうりよう》が持っており、おれは開けられないと言い、うるさい奴《やつ》だという目でゆうを見た。

その後も、棟梁のつごうがどうのこうのと、一日のばしにされ、ついに小屋の内部はのぞくことなく、宇都宮にむかって発つ日になった。

発つ前に、ゆうは、また深川の浄心寺に行った。暦が太陽暦にかわったおかげで、花どきは四月になった。五分咲きの花が、満開のみごとさを思わせるように、枝を飾っていた。

＊

若葉の色がみずみずしい五月のはじめ、角蔵の一座は、一箇月にわたる宇都宮の興行を打ちあげ、東京に帰ってきた。

平穏な興行ではなかった。

荷物は下廻《したまわ》りに命じて吉兵衛のところにはこばせ、他《ほか》の者はそれぞれの住まいにひとまず帰し、角蔵たち三人兄弟とゆうは、家にも寄らず、まず、久松町河岸に足をはこんだ。

息をのんで、立ちすくんだ。

喜昇座は、華々しく開場していた。

名題看板に記された狂言の題目は、一番目に『絵本太功記』、中幕『桂川連理柵《かつらがわれんりのしがらみ》』、大切《おおぎ》りが『松竹梅寿之鶴亀《しょうちくばいいわいのつるかめ》』と揃え、役者名は、坂東鶴蔵を座頭に、立女形は大黒屋昇若。ほかに、坂東三八、坂東家太郎《やたろう》、中村十蔵などと、並んでいる。

坂東鶴蔵は、ゆうたちも名は知っていた。坂東彦蔵の弟子である名題下だ。

「罠《わな》にはめやがった！」

「吉兵衛のやつ……」

ゆうに、長屋に帰って待っていろと言い、角蔵たち三人は、血相かえて仕切場に駆け込んだ。

——やはり……。やはり、そうだったのか。目のくらむ怒りを押さえ、

「初日はいつだったんですか」

木戸番に、ゆうはたずねた。

「四月二十六日だよ。まあ、入って見さっせえ」木戸番は、ゆうの声の慄《ふる》えには気づかず、のんきにすすめる。

「座元はどちらさん」

「鈴木吉兵衛旦那《だんな》と、高木秀吉旦那だ」

頭取は大和屋《やまとや》坂蔵、立作者は音羽屋新造、と木戸番は問われないことまで自慢げに言いたてる。

旅に出ろと言われ、劇場《こや》の中をみせてもらえなかったとき、ゆうの心に疑念はすでに生じていた。宇都宮での興行中に、角蔵たち三人が入牢《じゆろう》するというあの大変な騒ぎがなかったら……と、ゆうは唇《くちびる》を嚙《か》む。途中で、様子を見にだれかをよこしただろう。

罠。たしかに、罠にはめられたのだ。

「さあ、入《へ》えりな、入えりな」木戸番がせきたてるが、のんびり芝居を見る気になど、

なれたものではない。ほどなく、金太郎を先頭に、荒々しく三人が表に出てきた。

「いやがらねえ。これから、吉兵衛のうちに押しかける」

「おめえは家に帰って待っていな」

福之助は容赦ない声で命じた。

閉めきってあった長屋の戸を開けると、畳はかびくさく湿っていた。壁一枚でへだてた隣りの住まいから赤ん坊の泣き声がする。風呂敷包みをひろげ、汚れものと洗いずみのものとによりわける。旅のあいだは小まめに洗濯《せんたく》ができなかったから汚れものがたまっている。

しかし、――みすみす、罠にはまったのだ……。口惜《くや》しさが湧《わ》き、手の動きはおろそかになる。

一月前、吉兵衛に命じられるままに東京を発ち、宇都宮の一つ手前の宿、雀宮《すずめのみや》まで来ると、地元の座方の者が七、八人、花駕籠《はなかご》をつらねて迎えに出ていてくれた。ゆきとどいたことだと、一座の者は大喜びしたけれど、あれがそもそも、吉兵衛が床亀に手をまわし、仕組ませた罠だったのだ。そうとしか考えられない。

出迎えの男たちは、揃《そろ》いの遠山模様の着物の裾《すそ》を、上州織白献上の帯にはさんでからげ、緋縮緬《ひぢりめん》の褌《ふんどし》をのぞかせた派手ないでたちで、駕籠は紅白の布で飾り、梅の枝を挿《さ》し、それに役者の名をしるした短冊《たんざく》を結んであった……と、まざまざとゆうは思い出す。

角蔵、福之助、金太郎が、茶屋で化粧をし衣裳をつけ、それぞれ、垂れをはねあげた駕籠に乗り、他の者は、ゆうも含め徒歩《かち》で、華々しく宇都宮にのりこんだ。

雀宮から宇都宮まで三里、途中、野良《のら》の人々が仕事の手を休め、役者の一行に手をふってくれた。——この手ごたえが、旅のあたしたちにとって、どれほど嬉《うれ》しいことか……。

慈光寺さんに小屋を掛けるよ。見に来ておくれ。若い者たちが呼びかける。

来てやっておくんなさいね。ゆうも、幾度も頭をさげ、手を振りかえした。

いつのまにか、一行のまわりには、近在の人々が、役者だ、役者だ、と、ついて歩いている。旅まわりのあいだに、いつも経験したことだった。

派手やかな乗りこみだから、人は人を呼び、宇都宮の町に入るころは、大変な見物にとり巻かれ、駕籠が進むのにも難渋するほどになっていた。

駕籠につきそった出迎えのなかの頭だった者が、ついでに二荒《ふたら》さんにお参りしていきませんかと、すすめた。本殿は戊辰《ぼしん》のいくさのとばっちりで焼け、仮の社を普請中《ふしんちゅう》ではあるが、当地で興行する者は、必ずといっていいくらい、蓋を開ける前に参詣《さんけい》するならわしと聞き、一同、その気になった。

ところが、二荒山神社の石段の下に着くころ、駕籠のまわりの群集は、役者が外に出ることも叶《かな》わぬほどにふくれあがっていた。

三丁の花駕籠が、ふいに高々とかつぎ上げられた。一気に石段をかけのぼる。ゆうたちは、群集に巻きこまれ、揉《も》まれながら、後につづいた。上から神官が走って来て、制止しようとする。

頂上まで走りのぼった駕籠は地上に下ろされ、三人は、駕籠から下りて、普請中の仮殿の前で参拝した。ゆうもそれにならったが、神官が若い者の頭に何か文句を言っているのを、目のすみに見た。

それから興行の場所にむかう。小屋は慈光寺という寺の境内《けいだい》に、なかなかしっかりしたものが建ててあった。建元の床亀も出向いてきて、楽屋で盃《さかずき》をかわした。

前景気は上々だ、これなら初日から大入りだろうと話しあっていると、棒縞《ぼうじま》の着物の裾をはしょった男が数人、無遠慮にあがりこんできた。県の捕亡吏であった。角蔵、福之助、金太郎の三人の名を呼び上げ、屯所《とんしょ》まで来いと命じた。理由をきいても答えず、とにかく、来いと、ひったてていった。

ゆうたちは、楽屋で、不安な夜を過した。

翌日になっても、三人は帰ってこないので、初日の幕を開けることができない。朝から詰めかけた見物が、騒いでいる。

「どうしたんでしょう」

座方の者にたずねても、様子がわからない。昼ごろになって、床亀の配下の者が来て、事情を知らせてくれた。

二荒山神社の乗り打ちを咎《とが》められたのである。二荒山神社は、昔から、大名でさえ乗り打ちは禁じられており、御一新後も、皇族貴族といえども、乗り物から下りねばならぬ、それを、役者風情《ふぜい》が乗り打ちとは許しがたいというのであった。

「うちの親分も心配して、屯所にかけあいに行っている。なに、じきに御赦免になる」

と言われたが、ゆうはいたたまれず、屯所に連れていってくれと頼んだ。

「女の出る幕じゃねえ。親分にまかせておけ。うちの親分は、御一新前は十手取縄《とりなわ》をあずかっていた。県のお偉方にも顔がきく。少しかねを出してもらった方が、話が早いとは思うが」

「お役人に賄《まいな》いを渡せば、許してもらえるんですか」

「そう、大きな声で言っちゃあいけねえよ」

「あたしたちは、この土地の事情は何も知らないんです。二荒さんが乗り打ちはいけないのなら、そう教えてくれたらよござんしたのに」

「座方の者の話では、いけねえと禁《と》めたのに、役者衆が、どうでもかつぎ上げろと言うので、しかたなかったということだぜ。ずいぶん思い上がった衆だと、実は、親方も内心腹をたてなさったのだ」

「とんでもない」

と打ち消しながら、ひょっとして、騒ぎの好きな金太郎あたりがおもしろがって、駕籠で行けとはしゃいだのではなかろうかと、不安になる。あのとき、人垣《ひとがき》にへだてられて、ゆうには、正確な事情はわからなかった。

頼みこんで、その男に屯所に連れていってもらった。岩十郎と弥五が同行した。弥五は弁舌はたたないが姿《なり》が大きいから、みてくれは用心棒になる。もと重臣の屋敷だったという建物が屯所にあてられていた。豪農の家の造りに近い。式台のある表玄関は閉ざされていて、裏までつきぬけた土間に、ゆうたちは土下座させられた。役人は框《かまち》に立って見下ろし、会わせることはならぬと、ゆうたちは追いかえされた。その足で、床亀の見世にまわった。びん付油のにおいのこもる見世は、暇そうだった。梳《す》き子と客らしいのが、三人ほど隅の方でさいころをいじっていた。

「親分さんはおいでになりませんか」ゆうは小腰をかがめた。「富田の一座の者でござんすが」

「役者か」と、四十年輩の梳き子が立ってきた。「おめえたち、とんだことをしてくれたものだ。おかげで、親分にまでとばっちりだ。親分は、今度のことの話をつけるために、お役人のあいだをまわって骨を折っていなさる。おめえたちはおとなしく待っていることだな」

しかたなく、楽屋に戻《もど》った。見物はとうに散り、役者たちは不安そうにしていた。

翌日、床亀がやってきた。分厚い唇がくろずんだ男である。手は打ってあるから、待っていろと床亀は言った。

「何とか幕は開けることだな。こっちも只で場所を貸しておくわけにはいかねえ。銭をいれてもらわんとな」

花形の福之助と金太郎を欠いているのである。女形は牡丹がつとめるが、あとは花のある役者はいない。それでも何とか狂言を立てる算段をした。役者たちは町に出て、明日から返り初日でつとめますからおはこびのほど願い上げますと、ふれ歩いた。

主だった三人が召し捕られたことは町中にひろまっていた。どんな事情があろうと縄をかけられたというのは気持のよい話ではないし、花形役者が出ないのでは客は不入りだろうと見こしたのだが、事件がひろめの役も果たし、好奇心を持った客がやってきて、返り初日の入りは七、八分というところであった。狂言は一座としては手なれたお静礼三を出した。はじめて主役のお静をつとめる牡丹は、この奇禍を少しよろこんでいた。礼三は、亀吉がめいっぱいきれいに白塗りにしてつとめた。舞台は役者たちにまかせ、ゆうは一人で屯所に行った。幕が開いてしまえば、一座の者のだれ一人として、軀《からだ》のあいた者はいないのだった。ゆうは下役人に追いかえされた。

次の日から、入りは落ちた。この度の興行は、木戸銭のあがりを座元六分、一座四分でわける歩興行であり、しかも収益は東京に帰ったら吉兵衛に支払わねばならないのである。人気を盛りあげるてだてはないものかと相談しあったが、さしあたって妙案は浮かばないのだった。

ゆうは、毎日屯所にかよった。五日め、角蔵、福之助、金太郎の三人はとうに屯所にはおらず、県の囚獄に投じられていることを知らされた。

七万八百石の宇都宮藩は、明治四年の廃藩置県で宇都宮県となった。獄舎は藩政時代の牢が、そのまま利用されているということであった。

「そんな……。何も知らずにしたことです。どうぞ、かんにんしてやってくださいまし」

ゆうは、用意してきたかね包みを役人のなかでも一番偉そうにみえる男にそっと握らせた。男はさりげなく包みをおさめ、この一件は県の聴訴課の手にわたったから、自分は何もできないと言った。

楽屋に戻り、三人が投獄されたことを告げた。役者たちは動揺した。理由が何であれ、投獄は忌《いま》わしい。

翌日、ゆうは福之助たちの着替えの襦袢《じゅばん》や下帯をととのえ、囚獄に行った。四月というのに、四囲をとりまく山なみから吹き下ろす風は冷たかった。風のなかに、山桜の花びらが舞った。大名屋敷の門のようないかめしい屋根のついた門の扉《とびら》は閉ざされていた。

かたわらの番小屋にいる番人に、係の役人に会わせてくれるよう賄いをわたして頼みこんだ。

番人は、いったん取り次ぎに入ったが、戻ってきて、「追って沙汰《さた》あるまで待て」という伝言だけを伝えた。

ゆうは毎日通い、三日めに門のなかに呼び入れられた。小部屋に通され、下番小頭の役職にあるという男が、刑が決まったと申しわたした。

角蔵、福之助はそれぞれ、懲役二十日、贖罪金《しょくざいきん》二円五十銭、金太郎は懲役二十五日、贖罪金五円ということであった。

「どうして、金太さんだけ……」

金太郎は、吟味中、お上に反抗的な言辞が多かったので、刑が重くなった、と、きかされた。

「十円のお金を工面して、お上にさしあげなくちゃならないんですね」

ゆうは念を押し、気が遠くなりそうだった。

会うことは、どれほど頼んでも許されず、ひとまず小屋に戻った。三人兄弟を欠いた一座は、牡丹を中心に、芸達者な岩十郎や亀吉がしゃかりきに活躍して、どうにかもちこたえている。

「あたしたち、何かが足りなけりゃあ、それなりに、何とかやりくりしてしまうんだねえ」

舞台はやりくりできても、十円の贖罪金は、工面がつかない。

たかが、神社の石段を駕籠でのぼったくらいで、と、口惜しさがこみあげる。

床亀に前借をたのんだが、こっちの方が大損をしているのだ、返せるあてのないかねは貸せないとことわられた。事情をしたためた手紙を、ゆうは、一座の下廻り藤次というのに持たせ、吉兵衛のところへ行かせた。郵便は、心もとない気がした。

懲役二十日。金太郎は二十五日……。

牢のなかで、どんな暮らしをしているのかと、案じられる。かねを持っていれば、牢のなかでも、少しはましだときくけれど、わたすすべがない。かねの到着を待つあいだ、ゆうは、吉原に身売りしてかねを作ろうかと半ば本気で考え、笹屋に身を売る自分を思って、泣き笑いの顔になった。

六日めに、使いにやった藤次が帰ってきた。一円銀貨だの一分銀だの通宝札だの、とりまぜて十円分入った包みを、ゆうは、押しいただいた。十円という大金を手にしたら、そのまま帰ってこないのではないかと疑いもしたのを、恥じた。しかし、藤次は、その翌日、姿を消した。理由に心あたりはなかった。

十円のかねを握って、ゆうは県庁の聴訴課にかけつけ、贖罪金を支払った。その後、毎朝、囚獄の裏口に立った。懲役人が、外役に連れ出されるのを見送る。道普請にかり出される懲役人は、鉄鎖で腰をひとつなぎにされていた。角蔵はゆうを見ると、驚き、すぐに目を伏せた。福之助は目で苦笑してみせた。金太郎は、声をあげて、なぐられ、そのあとは、目だけで合図するようになった。

同じことのくり返しなので、二十日という日数は、ずいぶん長く感じられたが、過ぎた分は重なりあって、一日のようにも思えた。

髭《ひげ》だらけの顔で、角蔵と福之助は出獄してきた。床亀の見世で髭をあたり、さっぱりしたみなりになった。

しかし二人は舞台《いた》に立つのは遠慮しろと、床亀に命じられた。

「不浄の縄をかけられた軀で、舞台を汚されては困る」

二人とも、すぐに舞台をつとめる元気はなかったが、腹は立った。何も、泥棒や人殺しをしたわけではあるまいし。どちらにしても、あと数日で打ち上げである。

千秋楽が、金太郎の放免の日であった。

牢内で、金太郎は、銭をかせいできた。牢内で使う枕《まくら》は、杉の丸太を半分に切ったものなのだが、その底をくりぬいて、手製のサイコロや花札をかくし、牢内では博奕《ばくち》が盛であった。金《つる》を持ちこんでいる者もけっこういる。丁半や花札《はな》で、金太郎は、かねを巻きあげ、かくし持って出てきたのである。おれは役者より博奕打ちが性にあっている、と、金太郎は冗談ではない口調で言った。やっと、やりてえことがわかった。これまでも手なぐさみはやらねえじゃあなかったが、素人《しろうと》の遊びだ、牢では、娑婆《しゃば》で鳴らしたやつを、さしで負かしたんだぜ。

駕籠でかつぎあげろと強要などしなかった、と、金太郎も角蔵、福之助も、断言した。命じたのは、駕籠わきについた出迎えの座方の者だった。

「取りしらべのとき、そう申し立てたのだが、とりあげてもらえなかった」

あの派手々々しい駕籠の出迎えも、人目をひいて群集を寄せ集め、ああせざるを得ない状況を作りだすためだったのだ。

かねをとりにやった使いの藤次が、帰った翌日から消えたのもおかしい。東京に来て、様子はわかったはずなのに、一言も知らせなかった。吉兵衛にかねで口をふさがれたのだ。東京にとんぼがえりして、ひょっとすると、今が今、喜昇座の舞台に立っているのではあるまいか。

名古屋に行かされ、放り出されたのも疑わしい。手紙が届かなかったというが、お上の郵便が、どれも届かないなど、そんないいかげんなものなのだろうか。

それでも、開場している喜昇座を目の前に見るまで、角蔵親方などは、吉兵衛を信じたがっていた。長いつきあいだ、そう阿漕《あこぎ》な人柄《ひとがら》ではないと、角蔵は言うのだった。

陽《ひ》が落ちてから、酒のにおいをさせて三人は帰ってきた。髪が乱れ、顔や手足に傷や青痣《あおあざ》をつくっていた。角蔵が一番ひどく酔っていた。

金太郎は、「ええ、おゆうさん、富田三兄弟の武勇伝で、一席ごきげんをうかがいやしょう」と、おどけた。喜昇座の仕切場にも奥にも、めざす吉兵衛はおりませぬ、と、金太郎は講釈師の口ぶりをまねた。吉兵衛の家に押しかけますと……、

「『何だ、てめえたちは、ひでえ不始末をしでかしやがって』と、のっけから、吉兵衛の野郎、かさにかかって浴せたね。奴の言うことが、『こともあろうに、役者がもっそう飯を食うとは何事だ。そんな軀で、舞台《いた》にゃあ立てねえぞ』うちの角蔵親方、腹の虫

をひとまず押さえて下手に出た。『喜昇座の柿落《こけらおと》しは五月の半ばということじゃあなかったんですかい』」

金太郎は、吉兵衛と角蔵の問答を、声色と身ぶりまじりの仕方噺《ばなし》で、

「『思いのほか早く、普請が進んだのだ。おめえたちを呼び返そうとしていた矢先、使いが来て、とんでもねえ仕儀でお縄だというじゃあねえか。まったく、話にも何もなりゃあしねえ。こっちは泡《あわ》くって、役者を揃《そろ》えるのにてえへんだったのだ』

『どうも、すんませんでした。こうやって、無事に帰ってきやしたので、喜昇座の狂言、つとめさせていただけやすね』

『そうはいかねえ。もう、一座を組んじまったのだ』」

こんな、ふざけ半分みたいな仕方噺でなくては、とても語れないのだ、と、ゆうは、金太郎の大げさな身ぶりや声色がいたましくなる。

「『そんな……。それじゃあ、次の狂言から』」と、金太郎は、おずおずと上目使いのかっこうをしたかと思うと、威丈高になり、

「『ばかやろう。臭い飯をくった不浄な軀で、御見物の前に、どの面《つら》さげて出るつもりだ。貸した十円は、手切れにくれてやる。二度とおれの前に面ァ出すな』このとき、

すっと膝《ひざ》をすべらせた福之助、懐《ふところ》に呑《の》んでいた匕首《あいくち》の鞘《さや》を払って、吉兵衛につきつけた。それと同時に、金太郎（と、自分の胸をさし）、吉兵衛の両腕をつかんでねじりあげます。痛てて、痛てて、と、もがく吉兵衛に、『吐きやがれ。てめえの仕組んだことだろう。おれたちをはめやがったな』きりきり白状しやがれ、と、福之助、白刃で吉兵衛の頰《ほお》を叩《たた》きます。『待ってくれ』吉兵衛、だらしなく泣き声になりまして、『さぞ、おれを怨《うら》んでいるだろうが、おめえたちをはずせというのは、金主の高木の旦那が金を出すにあたっての注文だったのだ』」

じたばたと許しを乞《こ》う吉兵衛のさまを滑稽《こっけい》にまねる金太郎に、ゆうは、泣き笑いの顔になる。

「『それじゃあ、最初《はな》っから、おれたちをだます気だったのだな』角蔵親方、歯ぎしりして、拳《こぶし》をふりあげますと、『待ってくれ。おれもな、おめえたちのためにずいぶん骨を折ったつもりだ。ところが、高木の旦那がどうしても、うんと言いなさらねえ。劇場《こや》の格は役者で決まる。大道の飴《あめ》売りあがりを座頭や書き出しに据《す》えたんじゃあ』」

ゆうでさえ、はっとするほど嘲笑《ちょうしょう》的に、大道の飴売りあがりを……と言ったかと思うと、金太郎は、跳《は》ねとんで相手をとりひしいだ見得をきり、福之助の声色で、

「『親方、こいつ、どうしようか。好きなように料理するぜ』と、福之助、親方の下知しだい、本気でのどをも抉《えぐ》ろうという構えでございます。『まあ、髷《まげ》でも切ってやれ』角蔵親方、いささか腰砕けとなりました。『それで気がすむか。髷切ってざん切りァ、この節流行《はや》りだぜ。面ァかっ裂いてやらねえでよしか』『よし』」

ゆうが見ると、福之助は苦笑して、ちょっと首を横にふった。金太郎はかまわず大げさな仕方噺をつづける。

「福之助、匕首をとりなおし、吉兵衛の月代《さかやき》に、刃先ですうっと切れめをいれ、おまけにもう一すじ。ななめ十字の形に血が噴き出しました。それから、髻《もとどり》つかんで、ざっく、ざっく。散髪屋の代わりをしてやったのでございます」

そんな大向うを沸かすような一幕はなかったよ、と福之助は笑った。自嘲が混ったような笑いと、ゆうには感じられた。

吉兵衛のところには、子分もいる。三人が金太郎のいうような暴れかたをしたのなら、無事に帰ってこられるわけがない。実際はもっとみじめな交渉に終わったのだろうと、ゆうは思う。でも、金太郎の作りあげた武勇譚《たん》は、そのままにしておこう。金太郎は、泣きごとをいう代わりに、ゆうのために、福之助に花をもたせた話を作ってくれたのだ。

角蔵は、何を言う気にもなれないようで、沈みこんでいる。

「親方」福之助が声をかけた。「一里場でよ、みんなよろこんでくれたっけな」

――ああ、この人は、やはりあたしと同じふうに考えている……と、ゆうは思った。

一里場の旅興行は、ゆうには心はずむものだった。たのしみに恵まれない片田舎の人たちが、どれほど、役者たちを愛してくれたことか。よろこび迎えてくれたことか。小屋は、粗末ではあるけれど、村の人たちの心が、柱の一本、結いあげた縄の一すじにもこもっていた。見物衆は、三座の芝居を見なれた人たちのような見巧者ではないかもしれない。しかし、役者が手を抜かず、せいいっぱいつとめれば、心の底から感じいって、芝居と一つになってくれる。芝居の持つ魔性のたのしさを本当に感じとってくれるのは、こういう人たちじゃないのだろうか。兄さんは、そういう見物衆をしんそこ好いている。見物衆の好意に、兄さんは、工夫をこらし、熱をこめた芝居で応《こた》える。

「おれァ、旅は嫌《きれ》えだ」角蔵が、ふいに泣くような声をあげた。「屋根のある板囲いの小屋が持ちてえじゃねえか。雨が降ろうが雪が降ろうがびくともしねえ小屋が欲しかろうが。座元とはいわねえまでも、せめて奥役か帳元で……」

「親方は、苦労が好きなんだなあ」金太郎が、ちょっといたわるような笑顔をむけた。「奥役も帳元も、人の世話ばかりでよ。苦情をぶつけられるばかりの役どころでよ。苦労なことが好きな人だなあ」

——あたしは、福之助とまた旅に出られそうなのを喜んでいる……。

角蔵を見るゆうの目は、やさしく詫《わ》びるようになった。

宇都宮の一件のおかげで、あたしも性根が坐《すわ》ったようだ。この先、何があろうと、この人と旅をして行ける。

男地獄《おじごく》ほど卑《いや》しい生業《なりわい》はなかろうが、と言い捨てた父に、旅での福之助を見てほしい、とゆうは思う。都の檜《ひのき》舞台に立つばかりが役者じゃない。野の果て、山の裾《すそ》に、いっときの幻の花を絢爛《けんらん》と咲かせて歩く役者もいるのだ。火縄売りの子に生まれついた兄さんは、喜昇座の花道は踏めなかった。でも、兄さんの歩く道がそのまま、花の道になるのだ。

＊

明治十二年、八月十三日。久松町河岸に、日本一と呼べる壮麗な大劇場が、初日の幕を開けた。劇場の内外に、数百の瓦斯燈《ガスとう》があかあかと灯《とも》り、建物を内からも外からも照らし出す。屋上に納涼場をもうけ、桟敷《さじき》の左右に運動場《うんどうば》（ロビー）を作った最新式のものである。破風《はふ》は銅《あかがね》、棟には松に鶴、柱には獅子《しし》の彫物をとりつけ、正面にかけた額には、『久松座』と、しるされている。

喜昇座が、大改築して生まれかわった姿である。舞台は檜《ひのき》、その上の一文字幕は、緞《どん》子《す》に金糸で『丸に松かさね』の座紋を刺繍《ししゅう》した豪勢なものである。

喜昇座は、あまりに粗末な普請《ふしん》であり、両国の掛け小屋の印象が、いつまでもついてまわって、まるで小芝居のように低くみられていた。それを嫌《きら》った金主の高木秀吉は、佐倉藩士族高浜敷勲《のぶより》を相座元にひきいれ、両国の香具師《やし》の親分だった鈴木吉兵衛を、座元の地位から追い除《の》けた。そうして、最新最大の劇場であった新富座を上廻る大劇場に建て直したのである。新富座は、守田座が改築改称したものである。

役者も、大物を揃えた。訥升《とつしよう》改め助高屋高助を座頭に据え、東京の役者は守田勘弥におさえられているので、大坂から尾上多見蔵、中村翫雀《かんじゃく》、市川九蔵などを呼び抱えた。立作者には瀬川如皐《じょこう》を迎え、大劇場にふさわしい布陣となった。

狂言は『稚桜真砂児《おさなざくらまさごのふりそで》』『《うちでのつち》高賀実入大蔵《こうがじついりのおおくら》』『艶千種浮名棒《いろもちぐさうきなのこいぐち》』『鶴歳亀齢栄久松《ちよよろずさかえのひさまつ》』と

揃えた。

初日は、招待した朝野の貴顕紳士、新聞記者などで賑《にぎ》わった。劇場前にはぶっちがいに掲げられた国旗がはためいた。

ゆうは、舟の上にいる。喜昇座あらため久松座の開場の噂《うわさ》は、宇和海を小舟でわたるゆうの耳にはとどかない。鈴木吉兵衛の失脚もつたわってはこない。

大小数艘《そう》の舟に一座の者がわかれて乗り、櫓《ろ》を漕《こ》ぐのは昨日芝居を打ち上げた島の漁師である。ほかの者は素顔だが、ゆうと一つ舟に乗った福之助と牡丹は白塗りの化粧をし衣裳をつけている。舞台で見れば豪奢《ごうしゃ》な衣裳だが、海風が金糸銀糸のほつれをなびかせ、陽光はすりきれた袖口をあらわにする。福之助は頭をゆうの膝にあずけ横になって眠っている。宇和の海に点在する島から島へ、興行がすむごとに漁師たちが舟で送り継いでくれる。旅暮らしは六年になる。白塗りの下の福之助の頬は強靱《きょうじん》に陽灼《ひや》けした。

三味線をかかえたゆうの手も、太陽と風にさらされ、手甲の痕《あと》がくっきりついた。

ゆうは三味線をかたわらにおき、手拭《てぬぐ》いで福之助ののどをつたう汗をぬぐう。舟に乗る前に、小豆をいれた袋で福之助ののどや背を叩いて汗どめをしたのだけれど、海上の強烈な陽射しにはかなわない。

角蔵と金太郎の姿はない。

六年前、旅に出る寸前、角蔵は、あらたまって弟たちに頭をさげた。鈴木吉兵衛が、角蔵に、喜昇座の仕切場手代をつとめないかと言ってきたのであった。

角蔵にとっては、願ってもない申し出であった。吉兵衛は、根は小心な好人物で、高木秀吉との間に立って板ばさみになり、角蔵に無情な仕打ちをしたことを、寝ざめ悪く思っていたらしい。また、喜昇座の奥役、帳元をはじめ仕切場の者が相座元の高木秀吉の息のかかった者ばかりなので、吉兵衛は少し不安になっており、自分の子飼いの角蔵を送りこみたいという考えもあったようだ。角蔵は、喜昇座にみれんがあった。新しい劇場《こや》に、どんな形にしろ、関《かか》わっていたかった。仕切場手代をつとめていれば、帳元、奥役といった、彼の性分にもっとも適《あ》った仕事につく道も開けていけそうである。しかし、吉兵衛は、福之助と金太郎は困るというのであった。役者は十分に揃っているし、あんな喧嘩《けんか》っ早い野郎どもは、ぶっそうで、手もとにおけねえ。おめえは、実直で仕事もたしかだと、吉兵衛は角蔵を褒《ほ》めあげた。

自分だけは喜昇座で仕事の口につくということを、角蔵は、ほとんど喧嘩腰で、福之助と金太郎に言いわたした。うしろめたさが、口調を荒くしていた。出発のぎりぎり寸前まで、角蔵はそれを言いだしかねていたのだが、そのかわり、福之助たちが旅立つにあたって、一座の陣容をととのえるのに、できるかぎりの手はつくし、役者を揃え、吉兵衛とはかって、当座の興行先を決めたりしてやった。それが、彼の、弟たちへのはなむけであった。

喜昇座に立つことをたのしみにしていた一座の役者たちのなかには、角蔵のやり口に腹を立て、これ以上都落ちの旅暮らしはいやだと、座を脱ける者もいた。多少のかねでなだめられ、喜昇座の稲荷町に加わった者も何人かいる。牡丹と鬼丸、岩十郎、亀吉、弥五などが福之助のもとに残ったのは心強かった。新手も加え、裏方ともども、二十人ほどの座組みとなった。一里場や宇都宮での苦労で、芸が一まわりも二まわりも大きくなった役者もいる。若い牡丹がその一人だった。宇都宮で、金太郎、福之助の穴を埋め、立女形をやり通したのである。三人兄弟の一座に入る前は、色子づとめをしていたと、ゆうはきいていた。

金太郎が一座を離れたのも、牡丹が彼のかわりになれると見越したからだろう。清水で興行しているとき、脱けると言いだした。そうかと福之助は淋《さび》しそうにしたが、〝役者は嫌えだ〟は金太郎の本心と知っていた。

何をやるか決めちゃあいねえが、当分ひとりで気ままに歩きまわる、と金太郎は言った。早死にしそうだな、金ちゃんは、とゆうは感じた。博徒《ばくと》の仲間に入るつもりなのかもしれない。やりたいことをやるのに、とめはしない。ゆうはそのとき、いまのあたしは芳三と似ていると思った。芳三は、あたしが本気で死にたいのなら、とめないというふうだった。

準備をととのえ東京を発《た》ったのは、夏のはじめである。出発に先立ってゆうは浄心寺に行き、地に落ちている桜の実を壺《つぼ》にいっぱい拾い集めた。

小舟は、波にのってゆったり揺れる。

大坂の『中の芝居』で、田之助の舞台を見ることになったのは、一昨年だった、と、ゆうは思い出す。興行先に行く途中で、絵看板があがっているのを目にした。田之太夫は、舞台を退《の》いたんじゃあなかったのか。こっちで興行していなさるのか。両肢《りようあし》を失ない両の手を失くしても、舞台をつとめなけりゃあ、役者は口が干上がるのだなあ。足をとめる福之助に、見ないでおきましょうよ、ゆうは言った。田之太夫は、あのお別れ興行で死んだんです。

福之助が承知するわけはなく、大切りの『日高川』を平土間で見た。

日高川の清姫なら、だるま役者にうってつけやな。隣りの桝《ます》の客の高声が耳に入った。

安珍のあとを追う清姫を描いた人形浄瑠璃《じようるり》をもとにした舞踊劇である。日高川を渡ろうとして船頭にことわられ、上半身は鬼女、下半身は蛇体《じやたい》と化して川を越える清姫を、人形ぶりで演じるのが決まりである。宗十郎や福助、鰕十郎《えびじゆうろう》などが人形遣いをつとめ、清姫に扮《ふん》した田之助をささえた。軀の不自由さを逆手にとった田之助の清姫は、妄執《もうしゆう》蛇体と化す女を、おそろしいほど鮮やかにみせた。田之助は、以前の楚々《そそ》とした感じを失ない、切見世の女郎のような居直った凄《すさ》まじさを身につけていた。以前の田之助が透明なびーどろなら、このとき見た田之助は、その上を泥《どろ》絵具で塗りつぶしたようだった。しかし、内側の透明な美しさは、泥絵のむこうから灯明《ほあか》りをあてたように、うかがえた。しなやかな動きを封じた仕草に、清姫の閉じこめられた情念、そうして田之助自身の閉じこめられた憤怒《ふんぬ》が発光していた。

こら、おもろい見物《みもの》やな。手足に木ィつけて、ほんまに半分人形やがな。

そう口にした隣りの桝の客を、幕が下りてから福之助はなぐりつけようとし、相手がすばやく逃げたので、騒ぎにはならずにすんだ。

——あれを見たことが、兄さんにとってよかったのか悪かったのか……。

田之助の舞台を盗むことで修業してきた福之助である。食いつくように凝視していた。

兄さんは、沢村田之助の影法師じゃあない、富田福之助じゃありませんか。

ゆうは思ったが、口には出さなかった。

田之助うつしであろうと、いやおうなしに、福之助は福之助なのだ。田之助の清姫の凄まじさは、田之助の無念が迸《ほとばし》る力になっているが、福之助には福之助の無念があろう。そうして、福之助のおおどかな暖さは、見物にも一つの魅力になってつたわるのだと、ゆうは思う。

泊まり泊まりで、福之助は人形ぶりの清姫の稽古《けいこ》にかかった。日高川を見るのも演じるのもこれがはじめてではないから、振りは身についている。福之助は新《あらた》に、田之助に迫ろうととりくんだのだ。どのようにも動く手足を木偶《でく》のそれと化し、眼《め》を人形のそれのように一点に据え、人間が人形となり、しかも、生き身の人間にまさる激情を表出せねばならぬのであった。福之助は珍しく、人形遣いをつとめる岩十郎や亀吉に苛立《いらだ》った罵声《ばせい》を浴びせた。気楽なたのしみを求める田舎の見物相手である。人形遣いの役者たちは、ふっと気をぬくことがあり、そういうとき、楽屋に戻ってからの福之助の怒りようは激しかった。両国の垢離場ではじめて福之助の民谷伊右衛門を見たときは、ずいぶん投げたちゃらけたことをやっていた。――まだ兄さんも子供だったのだ、あのころは……。

人形ぶりは喝采《かっさい》をはくし、行く先々に評判がつたわり、所望されるようになった。一幕は人形ぶりをつとめるのが福之助の一座の呼びものとなったのだが、あれは兄さんの寿命をちぢめると、ゆうには思える。宙をとぶけれんをたのしむ見物は気楽だが、福之助は真剣白刃なのだと、ゆうはいたいたしくなる。報われるところがあまりに少ない。富田福之助の名は、人の口にのぼることもなく、ほんのいっとき、田舎の見物の目に花をうつし、消えてゆく。

大舞台に立たせたいと、ゆうは思うことがある。福之助の人形ぶりを、東京の見巧者、評者が見たら、何と評するだろうか。いいえ、いいのだ、と打ち消す。大舞台の役者は、ゆきとどいた大道具、小道具、衣裳、鳴り物、多くの力を借りて花を見せる。兄さんは、兄さんの軀《からだ》ひとつが咲かせる花。

このごろの東京の芝居は、守田勘弥と九世団十郎が中心になって、芝居の絵空事や荒唐無稽《むけい》をとりのぞき、それといっしょに毒っ気や洒落《しゃれ》っ気もぬきとられた、固苦しい史実にのっとったものばかりが高く認められる風潮だそうだ。でも、史実の〝実〟とは何だろう。絵空事や荒唐無稽でなくてはあらわせぬ真実《まこと》もあるのだ。そうして、また、人の心の奥にひそむ魑魅《ちみ》は、舞台の魑魅に誘いだされ、日常では許されぬ魔宴をともにし、いっとき堪能《たんのう》し慰められて、また闇《やみ》の眠りに帰ってゆくのだけれど、東京の見物はうわべばかり行儀のいいお偉い方が多くなって、そういう人たちの眉《まゆ》をしかめさせるようなものは、蔑《さげす》まれるのだそうだ。あたしたちが子供のころからなじんだ『芝居』とは、別のものになってしまったようだ。

去年、東京に帰った田之助が狂死したということを耳にした。ゆうたちが名古屋で興行しているとき、地元の興行師からきかされた。田之助は狂暴になり、座敷牢《ざしきろう》に入れられ、頭を壁に打ちつけて狂い死んだというのであった。

大坂での田之助は、いわば見世物だった。人一倍誇りの高い田之太夫が屈辱に耐えぬいたのですもの。気も狂いましょう。ゆうは言った。福之助は無言で酒をあおり、ゆうがぞっとするような声で、低く笑った。泣き声に似ていた。その声に、ゆうは、死者に対する生者の優越感をちらりと感じたような気がした。そのあと、酔いつぶれて横になったが、目尻《めじり》から涙がつたい落ちた。ゆうが知る以上に、福之助は、内心で田之助との葛藤《かっとう》をつづけてきたのだと、ゆうはそのとき察した。ゆうに語るとき、福之助は、田之助への心服ばかりを口にし、田之助をほめたたえていたのだった。歩兵の乱闘騒ぎのとき、田之助を背負って見得をきった福之助は、内心の翳《かげ》を少しもあらわしてはいなかった。誇らしげにさえみえた。しかし、袂《たもと》で打たれ、無視され、口惜《くや》しくなかったはずがない。兄さんの一人角力《ずもう》に終わってしまった。田之助は死んだ。

やはり、あたしは、兄さんの何もかもをわかっているわけではない。こうあってほしいと思う姿しか見えていないのかもしれない。金太郎が自分の口から言うまで、その辛《つら》い部分に目がとどかなかったように。けれど……福之助はいま、波にゆられながら、身も心もゆうにあずけきったように、膝枕《ひざまくら》で眠っている。ゆうも、昔のように、暖い逃げ場ばかりを求めはしなくなった。逆に、福之助にそっと心を添わせて見守っている。

ゆうは、膝を動かさないように気をつけながら、かたわらの風呂敷包みから壺を出した。蓋《ふた》をあけ、果肉が萎《しな》びきって種子が露出した実を一つとり出し、舟べりから海に落とした。海の底に、色のない桜がさかりの姿をうっすらと見せ、盛りあがった波にかくれた。

みちたりている、と思う。寂寥感《せきりようかん》がしずかにゆうを包む。いるべき場所にいる。だからこそ、生の寂しさを明晰《めいせき》に意識するのだろう。興行する先々に埋めてきて、種子はもうわずかしか残っていない。旅はおそらく、死ぬまで続く。来年の夏は東京近辺に戻り、浄心寺に行って、実を拾ってきたいのだけれど。きつの桜がどれほど育ったことかと思う。その折には、笹屋の消息も知れるだろう。遠く離れていると、すなおに、父や母をなつかしむ気持になれる。

櫓《ろ》のきしむ音が単調にひびく。舟は四国宇和島の岬《みさき》の突端にある漁村にむかっている。浜辺に群れて迎える人々の姿はまだ遠いけれど、ゆうには視《み》える。総がかりで小屋を組み、役者たちのための飯を炊《た》き出し、沖の一点から陽光を背に漕ぎ寄ってくる舟を待ちこがれている。手を振り、声をあげて呼ぶ。その声も聴こえる。

六年のあいだに、二度妊《みご》もり、二度とも流れた。まるで赤子の方で流れ芸人の暮らしを否《いな》むように。

ぎいと舟が揺れ、福之助が頭をおこした。牡丹は手鏡をのぞき、汗にくずれた化粧をなおしている。

福之助は起きなおり、衣紋《えもん》をつくろう。金泥《きんでい》の地に花を描いた舞扇をひらく。汐《しお》に濡《ぬ》れ、少し皮のゆるんだ三味線を、ゆうは膝にかかえなおす。撥《ばち》をあてようとかまえ、遠い記憶の底から、琵琶《びわ》の音がひとすじ、流れた。

あとがきにかえて——少女のビルドゥングス・ロマン

皆川博子

さくら、遊女屋、江戸歌舞伎。

『恋紅《こいべに》』（三月、新潮社刊）の、三本の柱といえる素材である。どれも、華やかであると同時に、哀《かな》しい陰翳《かげ》を持つ。

江戸の芝居小屋は、公認されているのは猿若町《さるわかちょう》の三座だけで、その他は、みすぼらしい掛け小屋しか許されなかった。

両国橋の袂《たもと》にも、掛け小屋が三つあり、そのなかに、大道飴売りあがりの三人兄弟が人気を得ている小屋があった。富田角蔵、福之助、金太郎と、名前も文献に残っている。

明治維新後、十座まで公許されることになり、両国の三つの掛け小屋もそれぞれ中心地に進出し、常打《じょうう》ちの劇場として、華々しく櫓《やぐら》を上げたのだが、その時点で、三人兄弟は消えてしまっている。〈喜昇座〉の櫓を上げた座元は、名のある歌舞伎役者を揃え、出自の低い三人兄弟は、放り出されたわけだ。（この〈喜昇座〉は、現在の〈明治座〉の前身である。）

わたしが心を惹《ひ》かれたのは、この、劇場史ではほんの二、三行でかたづけられている三人兄弟である。

一昨年、『壁――旅芝居殺人事件』（白水社刊）を書き下ろしたとき、取材のために、何人かの旅役者さんに会っている。そのときの印象が、三人兄弟に重なった。もちろん、現在では、大衆演劇と名も変わり、皆、定住の家を持ち、放浪の旅役者は死語になってはいるのだが。

その取材中、明治生まれの郷土史家に、子供のころ、旅芝居の訪れをどれほど待ちこがれたかという思い出をきいた。宇和島の岬の突端にある漁村では、島々をめぐりながら、沖から舟で漕ぎ寄せてくる役者の一団を、浜辺に村人が総出で出迎えるというのであった。きらめく波や、色褪せてはいるけれど華やいだ衣裳をつけた役者をのせた小舟が、わたしの目にも、くっきり視《み》えた。

そうして、さくら。

いま、東日本でさくらというと、染井吉野がほとんどだが、これは、幕末に、染井の植木職人が改良して作り出したものなのだそうだ。

その植木職人たちは、春三月（旧暦）、吉原に大量のさくらの樹をはこびこみ、仲之町《なかのちょう》にさくら並木を作る。花の時が終わると、樹々はひきぬかれ、はこび去られる。

この話も、わたしの心に残っていた。

両国の盛り場に、寂寥《せきりょう》感に心をわしづかみにされた幼い女の子が佇《たたず》んでいる情景が、ふいに視えてきた。

そのときから、『恋紅』の物語は、動きはじめた。女の子は、遊女屋の娘である。遊女屋と放浪の役者の世界が、対比的であることに、書きながら気づいた。一方は束縛する者とされる者の関係で成り立ち、他方は根生《ねお》いの地を持たぬ漂泊の人々である。縛り縛られることの無惨を幼くして自覚させられた少女の、ビルドゥングス・ロマンが、いつか、育ちはじめていた。

『波』一九八六年三月

付記

旅役者が歩いた後に桜が咲くというイメージを大事にしたくて、この物語では大きな嘘を一つつきました。栽培種の染井吉野は、接ぎ木でないと増えません。読者も嘘を承知で読んでくださると思ったのですが、そのまま信じてくださる方が多いので、興醒めですが、書き添えます。

『恋紅』覚え書き

初刊本　新潮社　昭和61年3月　※書下し長篇

再刊本　新潮文庫　平成元年4月

埼玉福祉会（大活字本シリーズ）　平成6年10月　※上・下二分冊

（編集　日下三蔵）

春陽文庫

恋《こい》紅《べに》

2024年3月25日　初版第1刷　発行

著者　皆川博子
発行者　伊藤良則
発行所　株式会社 春陽堂書店
〒一〇四―〇〇六一
東京都中央区銀座三―一〇―九
KEC銀座ビル
電話〇三（六二六四）〇八五五（代）
印刷・製本　中央精版印刷株式会社

本書のご感想は、contact@shunyodo.co.jp にお願いいたします。

定価はカバーに明記してあります。

ISBN978-4-394-90476-2　C0193